Alain

解 忧 处 方 笺

[法]阿兰 | 著

冯道如 | 译

世界大师散文坊 | 精装插图版 |

江苏凤凰文艺出版社

图书在版编目（CIP）数据

解忧处方笺 /（法）阿兰著；冯道如译. —南京：
江苏凤凰文艺出版社，2019.5
（世界大师散文坊）
ISBN 978-7-5594-1973-6

Ⅰ.①解… Ⅱ.①阿…②冯… Ⅲ.①随笔-作品集
-法国-现代 Ⅳ.① I565.65

中国版本图书馆 CIP 数据核字 (2018) 第 088788 号

解忧处方笺

（法）阿兰 著　　冯道如 译

责任编辑	汪　旭
责任印制	刘　巍
出版发行	江苏凤凰文艺出版社
	南京市中央路 165 号，邮编：210009
网　　址	http://www.jswenyi.com
印　　刷	江苏凤凰通达印刷有限公司
开　　本	880×1230 毫米 1/32
印　　张	8.25
字　　数	224 千字
版　　次	2019 年 5 月第 1 版　2019 年 5 月第 1 次印刷
书　　号	ISBN 978-7-5594-1973-6
定　　价	44.00 元

江苏凤凰文艺版图书凡印刷、装订错误可随时向承印厂调换

我们中间很少有人能意识到，一百年后，阿兰的作品将受到越来越多的人追捧，到那时候，那些被今人奉为经典的作品在阿兰的作品前都会黯然失色。

前几日，一位美国哲学教授对我说："你知道法国有个叫阿兰的作家吗？他的思想、他的文字是那样棒，可是知道他名字的人却不多，他好像不是那么出名。"

我回答他说："阿兰的大名早已为人知，那些有幸读过他的书的人，没有一个不知道他的大名。"

——安德烈·莫洛亚

（美国《读者文摘》，1940年2月刊）

目 录

前言 / 001

一　亚历山大的坐骑 / 011

二　恼怒 / 013

三　忧伤的玛丽 / 015

四　神经衰弱 / 017

五　忧郁 / 019

六　论情绪 / 021

七　神谕的终结 / 026

八　论想象 / 028

九　病态的思想 / 030

十　没病找病 / 032

十一　医学 / 034

十二　微笑 / 036

十三　事故 / 039

十四　海难 / 042

十五　论死亡 / 046

十六　姿态 / 049

十七　体操 / 051

十八　祈祷 / 054

十九　打哈欠的艺术 / 056

二十　坏脾气 / 058

二十一　性格 / 061

二十二　宿命 / 064

二十三　操心的灵魂 / 068

二十四　未来 / 071

二十五　算命 / 073

二十六　赫拉克勒斯 / 076

二十七　榆树 / 078

二十八　抱负 / 080

二十九　论命运 / 084

三十　遗忘的力量 / 087

三十一　在草地上 / 089

三十二　与人相处 / 091

三十三　家庭生活 / 094

三十四　关心 / 096

三十五　家庭的安宁 / 098

三十六　爱 / 102

三十七　男人和女人 / 105

三十八　无聊 / 110

三十九　快速列车 / 112

四十　赌博 / 115

四十一　希望 / 117

四十二　行动 / 120

四十三　行动派 / 122

四十四　第欧根尼 / 126

四十五　自私者 / 130

四十六　国王的生活 / 132

四十七　亚里士多德 / 134

四十八　快乐的农夫 / 137

四十九　劳作 / 139

五十　事业 / 141

五十一　眺望远方 / 143

五十二　旅行 / 147

五十三　活在当下 / 149

五十四　牢骚 / 151

五十五　哀史 / 153

五十六　情绪的说服力 / 155

五十七　论绝望 / 157

五十八　怜悯 / 159

五十九　别人的痛苦 / 163

六十　安慰 / 165

六十一　祭拜亡灵 / 167

六十二　头脑简单的西蒙 / 169

六十三　在雨中 / 171

六十四　情绪与战争 / 174

六十五　爱比克泰德 / 178

六十六　斯多葛学派 / 182

六十七　认识你自己 / 184

六十八　乐观主义 / 186

六十九　打开心结 / 188

七十　放慢脚步 / 190

七十一　善意 / 192

七十二　咒骂 / 196

七十三　修养 / 198

七十四　一种新型疗法 / 200

七十五　精神卫生 / 202

七十六　母乳礼赞 / 205

七十七　友谊 / 207

七十八　优柔寡断 / 209

七十九　仪式 / 212

八十　新年快乐 / 215

八十一　美好的祝愿 / 217

八十二　礼貌（一）/ 219

八十三　礼貌（二）/ 221

八十四　给予快乐 / 223

八十五　作为医生的柏拉图 / 225

八十六　健康的秘诀 / 227

八十七　幸福是什么 / 229

八十八　诗人 / 231

八十九　幸福是美德 / 233

九十　幸福即慷慨 / 235

九十一　幸福之道 / 237

九十二　幸福是一种义务 / 239

九十三　誓言的力量 / 241

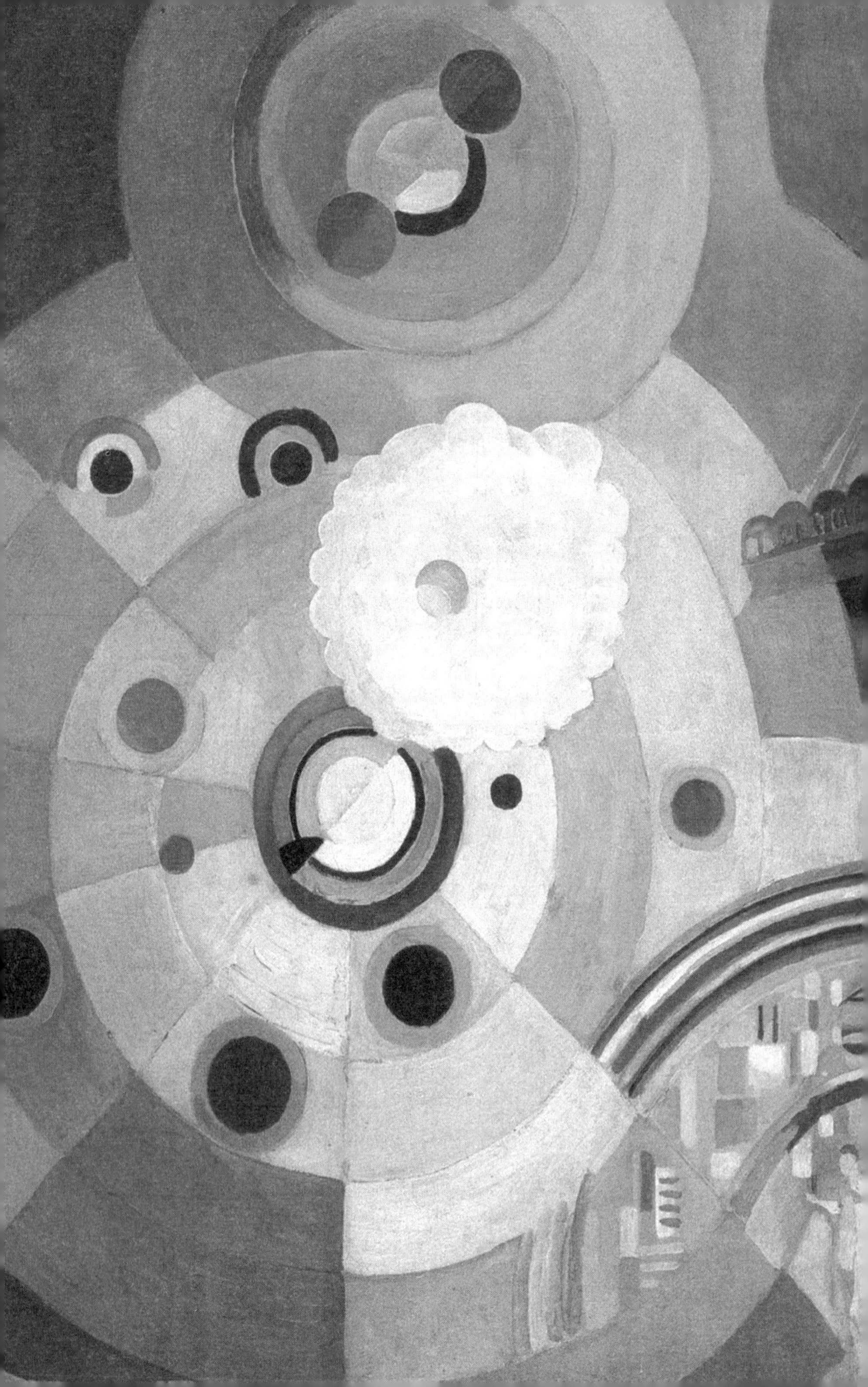

前言

1951年，埃米尔·查尔特走完了他人生的八十三个春秋，离开了人间。埃米尔·查尔特是法国当代最出色的哲学家之一，他先后在法国的洛里昂、鲁昂、巴黎等地教授过哲学。在有生之年里埃米尔·查尔特曾以"阿兰"为笔名写了许多书以及数千篇文章。他思想深邃，文笔犀利，深受几代法国人的喜欢与爱戴。查尔特教过的学生不计其数，那些有幸聆听过他讲课的人，都从他那里获益匪浅，而他们当中有一批人后来成为了法国各个领域的佼佼者，如：传记作家、小说家安德烈·莫洛亚，哲学家、神秘主义思想大师西蒙娜·薇依，著名外交家、记者、作家莫里斯·舒曼，等等。查尔特的思想影响了一代又一代法国人，堪称法国当代最伟大的思想导师之一。身为一名教师的查尔特，所讲授的内容自然不限于书本，事实上这是所有伟大教师的共同特征。查尔特告诉他的学生，要勇于追求真理，心抱信仰，胸怀希望，努力创造属于自己的未来。查尔特精力充沛，待人真诚，为人慷慨，在他的学生中间享有崇高的威望，学生们都称他为"真正的男人"。

对于我们这些外国的读者来说，我们更熟悉的不是一个叫作"查尔特"的教师，而是一个叫作"阿兰"的作家。当然，作为哲学教师的查尔特和作为作家的阿兰是不可分割的统一体。哲学和文学不仅不矛盾，反而相互兼容，相互需要。阿兰有意让哲学融入文学，让文学融入哲学，他不仅做到了这一点，而且做得非常出色。法国十六世纪人文主义思想家、作家蒙田曾说："再也没有比哲学更轻松、更好玩、更怡人、更能给人快乐的了。"在对待哲学的态度上，阿兰是蒙田的追随者。阿兰要做的，就是要拨开蒙在世人心绪之上的迷雾，把他们从毫无必要的恐惧之中解除出来。为此他坚决反对教条主义的那套做法，向诺曼农民——他的那些诺曼祖先们——学习，积极从常识和生活的实际出发，教会人们舒展身体和心灵，学会为自己松绑。

阿兰出生于1868年，他的父亲是当地有名的兽医。阿兰从小天资聪慧，在医学、科学、音乐以及其他诸多领域都展现出过人的天赋和才能。然而后来，他并没有在这些领域研究下去，而是选择了学习哲学和文学。他就读的学校是巴黎高等师范学院，这是一座有着悠久历史的著名高等学府，罗曼·罗兰、萨特都曾在此深造。1892年，阿兰顺利毕业、拿到学位，并很快开始了他的执教生涯。他先是在莫尔比昂省的蓬蒂维执教，后来又来到洛里昂（摩尔比昂省的首府）。1894年，法国历史上爆发了著名的"德雷福斯事件"[①]，犹太籍的上尉军官德雷福斯被诬陷犯有叛国罪，被革职并处终身流放。当时，对政治抱有浓厚兴趣的阿兰对法国政府的这一做法感到非常愤怒，他立即写了几篇文章，投给激进派报纸《洛里昂先锋报》，为德雷福斯辩护，揭露政府的虚伪与欺骗行为。随后的十年时间里，阿兰继续从事他的教学工作，并间或参与一些政治或新闻报道活动。在此期间，他还发表了许多哲学方面的论文，并写了一部论述荷兰哲学家斯宾诺莎的专著。

从1900年至1902年这三年间，阿兰在法国西北部的一个城市鲁昂从事教学工作。一年后，他移居到巴黎。不过，在朋友的劝说下，他继续为鲁昂当地的一家报纸供稿写文章。也就是在这一年，《鲁昂先锋报》为阿兰开辟了专栏，阿兰每周在这个专栏上发表一篇长文。

每个作家，在找到最适合自己的创作节奏和风格前，总要经过反复试验、不断摸索，阿兰也不例外。阿兰对生活有着深刻的洞察力和敏锐的直觉，看问题时他喜欢单刀直入，擅长于写一些短促有力的短文和警句，而不太习惯写那种长篇大论。阿兰后来在自己的回忆录中谈及这一点时说道："那些文章可把我害苦了，整个星期都被破坏了。"尽管如此，他还是继续在《鲁昂先锋报》上撰写专栏，这样的专栏文章写了大概三年。三年后，也就是1906年，阿兰终于决定放弃每周写一篇长文的做法，而改写一些较短的文章，每天一

[①] 德雷福斯事件：1894年法国陆军参谋部犹太籍的上尉军官德雷福斯被诬陷犯有叛国罪，被革职并处终身流放，法国右翼势力乘机掀起反犹浪潮。此后不久即真相大白，但法国政府却坚持不愿承认错误，直至1906年德雷福斯才被判无罪。

篇。按照阿兰自己的说法,写这些短文的好处是:"一旦发现写得不好,就可以立即修改"。

1906年2月5日,阿兰终止了长文的写作,而十一天后,他的那些篇幅更为短小的文章开始出现在他为之写过长文的那家报纸上。新开辟的专栏名曰"诺曼德一日谈",每日刊文一篇,作者署名为"阿兰"。埃米尔·查尔特为自己起名"阿兰",其灵感来自十五世纪诺曼诗人阿兰·查尔特。从1906年一直到第一次世界大战爆发,阿兰每天晚上坚持写作两页,这些随笔小品融入了他的哲学思想,具有深邃的内涵,闪耀着思想的光芒。其实,他的那些新闻报道里也揉进了他对哲学的思考。截止到1914年,这样的短文他一共创作发表了三千零七十八篇,他把这些文章称作"散论"。一战结束以后,他又陆续为几家报刊写了大概两千篇这类文章,不过并不是像以前那样每天写一篇。除了这类散论以外,阿兰同时还在写作专著。在接下来的三十年里,每年都有阿兰的一部或多部作品出版,这些作品涵盖了哲学、政治、美学、文学等诸多领域。自此,阿兰作为一名作家声名远扬,逐渐为世人所知。

阿兰的这些散论,有一些是他在战场上写就的。一战爆发后,阿兰志愿参军入伍,在炮兵部队服役了两年半。在这两年半的时间里,阿兰接受部队的委托,写了大量的新闻体文章,这些文章有的随同战火一起消失了,有的则好不容易保留下来。保留下来的这部分文章后来汇集成册被出版了。阿兰一生共创作了近五千篇散论性的文章,后来,这些文章按照不同的主题被分成几类,汇编成册,分别出版。1928年,其中的一个集子出版,这个集子里共包括九十三篇散论性的文章,它们基本上都与"幸福"这个主题有关。这个集子的法文名为Propos sur le bonheur,直译过来就是"幸福散论"。

阿兰所用的"Propos"这个词,实际上并不好翻译。对蒙田我们都不陌生了,世人经常将阿兰跟蒙田放在一起进行比较。我们知道,蒙田用"essai"这个词来指称他写的那些论述性的文章。"essai"在法语中是"尝试"或"实验"的意思,蒙田的那些散文性文章一般被叫作尝试集或随笔。得益于蒙田的使用,以后人们就用"essai"这个词特指类似于蒙田随笔那种风格、那种样式的文学作品。无独有偶,阿兰用"Propos"来指称他为报刊所写的那些篇幅短小的文章。"Propos"原本在法语中有多个意思,但是自从阿兰使用过这个词语之后,它就主要用来指称类似于阿兰散文那样的文学作品了。也就是说,阿兰也像蒙田那样创造了一种特定的文学类型,这在整个文学史上都是极其罕见的。从"Propos"一词的本义来说,它指的是"口语"或者"交谈用语",常常用在非正式的社交场合。与此同时,它还有"提出建议"的意思。而阿兰的那些短文,就是向读者提出并留待读者去检验的有关人生的一系列建议,阅读它们就像是聆听一位有着丰富阅历和丰富智慧的老者谈天,它们听起来是那么亲切自然,同时又能给予人启迪。这些文章长的不过两千字,短的不过一千字,短小精悍,一气呵成,散播着无数的名言警句,充满了深刻的人生智慧。

在写作这些文章时,阿兰为自己立下一个原则,那就是:一篇文章一旦写作完,就决不再去修改它,更不会将其推倒重写。多年以后,当他回想起当年的创作情景时,阿兰这样写道:"每个晚上,我都会坐在书桌前,面前摆上两张白纸。我知道当第二页纸用完的时候,我就必须结束我的一篇文章的写作。如果我写得顺利,写得令自己满意,我就会手舞足蹈,兴奋欢喜。"阿兰非常清楚,因为这些文章第二天就要在报刊上发表出来,所以他没有修改或推倒重写的机会,由于时间有限,也不允许他去精雕细琢,细细打磨。为此,他每分每秒每处每地都要做出精心选择,将那些与主题无关的想法、素材通通抛弃,只保留能说明问题的材料和观点。与此同时,由于篇幅所限,他必须懂得惜墨如金,使自己的语言尽量简洁,但凡能用一句话说清楚的事情决不用两句话。于是,这样创作出来的作品"既有力量,又带着诗性"。

今晚写的文章,明天早上就要拿去发表,这对于任何一个作家来说都堪称是一个挑战。面对这个挑战，阿兰意识到了意志力的作用，并认识到了发挥意志力的必要。他领悟到，一个人若是想做成一件事，不论这件事是写一篇文章、做一把椅子，还是经营一片菜园，他只有一条路可以选择，那就是：鼓足干劲，立即去做。在此，我们触及了阿兰在幸福这个问题上的思想核心：如果一个人不懂得发挥自己的意志力努力去创造幸福，他就不可能获得幸福。在一篇名叫《认识自己和认识他人》的文章中，阿兰写道："当然，未必所有的理想都能实现，但是，如果一个人没有坚强的意志，他就什么理想都不能实现。"在《幸福即慷慨》这篇文章的开篇，阿兰写道："幸福需要我们拿出诚意并付出努力。"这句话既是阿兰给世人的忠告，也是他写作这些散论时的真实写照。这些散论表面上谈到了各种各样、丰富多彩的话题，但这些话题最终都能归到"发挥意志"这个概念上。

为了能够收获幸福，我们首先要做的，就是去寻找快乐与悲伤、幸福与不幸的根源。一句话，我们必须看清现实。为此，阿兰曾用三个月的时间向他的学生讲授有关知觉与认知的哲学问题。在散论这本书里，我们有机会再一次聆听到阿兰在这方面给予我们的教诲。

阿兰的这些散论，几乎都以一个具体的、读者很容易就能想见或理解的事件作为开篇。有的时候，它是读者熟悉的、历史上确实发生过的一个突发事件，比如该书的第十四篇，开头提到的是泰坦尼克号沉船事件；有的时候，它是一则个人轶事，比如该书的第二十七篇；还有的时候，它展现的是我们每个人都熟悉的、我们每个人都有的身体的某种生理现象或运动，比如打喷嚏、咳嗽、打哈欠、挠痒痒、吞咽等等。

《亚历山大的坐骑》是本书收录的第一篇文章，这篇文章不仅体现了阿兰一贯的文风，而且它所涉及的主题也具有代表性，通过它可以窥见整本书的思想灵魂。文章的开头，作者描摹了一个婴儿哭泣的场景。这个婴儿哭闹不止，怎么哄都哄不好。这时，婴儿的保姆就说这是婴儿的性格和本性使然，没有解决的办法。她甚至把问题的根源一直追溯到婴儿的父亲那里。直到她在这个婴儿的被褥里找到一根别针，这才发现原来一切都是这根别针惹的祸。当她把这根别针拿开时，婴儿立即停止了哭泣。通过这个例子阿兰想告诉我们，在遇到烦恼或遭遇不顺时，我们不要做抽象的胡乱的猜测，而是要切中问题的要害，找出造成某一问题的根本原因，这样方能解决问题。似乎感到单个例子还不足以说明问题，阿兰接着又举了一个例子。这次的例子是一则陈年轶事，发生在遥远的年代和遥远的国度，故事的主人公是亚历山大大帝，故事讲述了亚历山大年轻的时候，驯服了一匹别人以为难以驯服的名马布斯法鲁斯的经历。

尽管阿兰的论述总是建立在常见的生理现象和生理现实之上，但它绝不是一部生理学教科书，生理学意义上的现实仅仅是他用来说明问题、证明自己观点的材料。实际上，这部作品丰富多彩，包罗万象，里面穿插了各种神话传说、哲学思想、文学形象、名人轶事，堪称一部百科全书。让我们继续以《亚历山大的坐骑》这篇文章为例。青年亚历山大发现布斯法鲁斯害怕自己的影子，于是他就让布斯法鲁斯的头对着太阳，这样布斯法鲁斯就看不见自己的影子，也就不再感到害怕了。亚历山大正是利用这个法子驯服了世人眼中难驯的马。这个故事讲完后，阿兰笔锋一转，自然而然地抛出了自己的结论："一个人若是不能找到引发他情绪的真正原因，他就不能很好地驾驭自己的情绪。"纵观阿兰所有的文章，他的论述基本上都是遵循着由具体到抽象的叙述思路。然而，光是讲故事举例子还不够，要想使自己的文章具有很强的说服力，还需要其他东西的辅助。于是我们看到，阿兰在接下来的篇幅里，利用他丰富的学识，引经据典，做出及时的观察和评论。就像一首曲子有它的乐旨一样，《亚历山大的坐骑》这篇文章也有自己的乐旨，像"哭泣""恐惧""别针"这些关键词，都是直接表达这篇文章的"乐旨"的，它们隔三岔五地就会出现，有的时候是变换了一套行头，以其他面目出现。当然，这些并不是空洞抽象的论述，而是紧紧地围绕着先前讲过的故事、举过的例子展开，它们就像是一个跳板，在做出一番理论上的解释和阐述之后，绕了一圈，最终又会回到具体事例上去。就像我们在《亚历山大的坐骑》后半部分所看到的那样，在一番论述之后，阿兰很快以一个简短的句子和戏谑的口吻提到了马塞纳元帅的一则趣事，而后又引用了法国改革家塔列朗的一句话作为段中总结。似乎感到例子还不够，在文章的最后，阿兰又以第一次世界大战为例，阐述了它爆发的原因，进一步强化了自己的观点。

　　阿兰文章的核心结构并不是像哲学的论述那样由一个观念引起另一个观念，一个观点导出另一个观点，一环套一环，环环相扣，并且不可逆转，不容辩驳。相反，阿兰的论述像自行车的轮辐一样以一个单一的主题为轴心，展开辐射似的论述，而那个中心主题在文章的开头就已点明。所有的论述都围绕基本的主题展开，它们从不同的角度阐述或是证明这一主题。在证明论题的过程中，他的语气舒缓自然，不慌不忙，不紧不慢，娓娓道来。而结论通常都是在文末用一个简短的句子来表达，就像一则寓言那样，总是可以从中提炼出某种可以用于指导我们生活的教训，读者读过之后会有一种猛然大悟或醍醐灌顶的感觉。当然，这些结论或曰教训几乎总是一针见血地切中问题的要害和世人的痛点，有时不免让人感到尖刻，甚至难以接受，而由于它又的确言之有理，所以我们又不得不对其表示认同。一般情况下，在抛出自己的观点、给出教训之后，阿兰又会重新把读者引到他们所熟悉的现实世界中来，而这种现实世界同文章开头展现的那种现实世界相仿，它们首尾呼应，相互映照，从中可以看出作者经世致用的写作宗旨。《亚历山大的坐骑》同样体现了这样的写作策略。在这篇文章的结尾，作者向世人发出呼吁，要求大家去寻找那根"别针"。在这里，"别针"的出现既是对文章开头的呼应，同时它又不同于开头的用法，而具有了比喻和象征的意义，表示"一切问题的真正根源"。

　　在情绪这个问题上，阿兰同斯多葛学派的哲学家、笛卡尔以及斯宾诺莎的观点一致，阿兰称他们为"情绪控制大师"。阿兰认为，除了我们身体上真实感到的疼痛以外，除了偶尔降落到我们头上的那种罕见的真正的不幸以外，我们感到的不快或是我们的不幸福感，无一例外都是由我们的情绪引起的。恐惧，绝望，生气，恼怒，这些不良情绪的发作都会给我们的身体带来某些变化，改变我们身体的某些功能，此时，我们的肌肉会变得僵硬，心跳会加速，呼吸也变得困难起来。"情绪是可以被管理和控制的。"阿兰安慰世人说。当然，要做到这一点并非易事，我们必须首先弄清楚我们的思想与我们的身体之间的关系。我们无法直接控制我们的思想，那些使我们不快乐、给我们带来不幸的负面情绪也不是我们想摆脱就摆脱得了的。不过，正像阿兰在本书里所说的那样，"人的意志对控制情绪无能为力，但是对人的身体的运动却有直接的影响"，我们可以通过控制我们身体的运动间接地来控制我们的情绪。情绪并不是自动产生的，它实际上受制于我们身体的运动，那些智者都懂得这一点，所以他们能很好地管理和控制自己的情绪。笛卡尔是第一个阐明这一点的人，他的《情绪论》对此有详细的阐述。阿兰受此启发，做了进一步的论述。他说："当一个人感到厌烦的时候，他的身体的动作或姿态，如他的坐姿、站姿、说话做事的方式等，肯定出了问题。"所以，要对付不良的情绪，就只有管理好我们的身体，也就是说，我们要展开明智的行动，做出得体的、合适的动作。

为了更好地阐明自己的观点，阿兰引入了"体操"这个概念。按照他的说法，"我们的身体一旦习惯了做某个动作、某件事情，我们的肌肉一旦通过体操的锻炼而变得柔顺、灵活，我们就可以做到随心所愿。"正是基于这一点阿兰才指出，合适的姿势、礼貌的言行、各种社交礼仪和宗教仪式都能帮助我们控制情绪，获得幸福。总之，快乐的心情需要我们自己去营造，幸福的生活需要我们自己去创造，在这个无所谓险恶也无所谓友好的世界里，如果我们不付出切实的努力，我们的生存就会变得艰难，我们注定会遭遇各种不幸。

柏拉图曾经在《理想国》的末尾讲过一个有关埃尔的神话故事，阿兰非常喜欢这个故事,他在这本散论集里曾两次引用了这个故事。这个故事讲述的是:在一次战役中,埃尔负了伤,冥王哈迪斯误以为他已死,便将他送入冥界。不久,哈迪斯发现埃尔还活着,便将他送回人间。重返人间的埃尔向人们讲述了他在地狱的经历。据他讲,灵魂们被带到一片宽阔的草地上,草地上放着许多口袋,每个口袋里装着不同的命运,等着被选择。灵魂们对自己的前世记忆犹新,对曾经的遗憾依然耿耿于怀。于是现在,当新的选择机会摆在他们面前时,他们无一例外地都选择了自己最想要的,从此也便有了新的命运。最后,大家来到"遗忘之河",饮了"遗忘之水",将前世以及地狱里的经历全部忘掉,重新回到人间,按照刚刚做过的选择重新生活。通过这个故事,阿兰想告诉我们,无论我们是幸福的还是不幸的,其实都是我们选择的结果。阿兰告诫世人,要杜绝两种疯狂的倾向:一种倾向认为,我们可以为所欲为,什么都可以做;另一种倾向认为,我们在不幸面前无能为力,只能坐以待毙。在阿兰看来,这两种倾向都是对我们有害的,需要竭力避免。阿兰的作品充盈着对人类精神的信任,阅读他的作品能帮助我们驱除心中的恐惧,燃起对生活的希望。晚年的阿兰因为患有严重的关节炎而瘫痪在床,当他回顾自己这漫长的一生时,当他想到自己曾经创作出那么多的作品时,他用他那一贯的自信平静地写下了这样一句话:

有一种歌唱能驱除恐惧,为整个世界带来信心。

这句话正是他一生的写照。

罗伯特·D·科特尔

一　亚历山大的坐骑

一个婴儿哭闹不止，怎么哄都哄不好，这时婴儿的保姆便天真地以为是这个婴儿的性格或者说本性造成他这样，没有解决的办法。她甚至求助于遗传学方面的解释，把问题追溯到他父亲那里去。而直到她在婴儿的衣服里找到一根别针，发现这才是他哭闹不停的原因，这类心理学的探索才算终止。

当名马布斯法鲁斯①被牵至青年亚历山大面前时，没有一名骑手能驾驭得了这匹烈马。见识肤浅的人往往会说："这匹马天生性烈，很难驯服。"可是亚历山大却不这么认为，他开始去寻找真正的原因。后来他发现，布斯法鲁斯非常害怕自己的影子，一看到自己的影子，它就会战栗不已，立马跳脚起来。而这一跳，又会使它的影子跟着跳，从而使它更加惊恐，由此便进入一个恶性循环。了解了这种情况之后，青年亚历山大就让布斯法鲁斯的头对着太阳，这样布斯法鲁斯就看不见自己的影子，也就不再感到害怕了，最终安定了下来。不愧是亚里士多德的门生，亚历山大其实早就知道，一个人若是不能找到引发他情绪的真正原因，他就不能很好地驾驭自己的情绪。

很多人批驳过恐惧心理，而且都有正当的理由。但问题是，恐惧的人并不愿意听那些道理，他们只能听到自己的心跳和血液的流声。老学究们认为，一个人因为看到了危险才感到恐惧；易受感情支配的人则认为，他先是有了恐惧，才去推想可能存在某种危险。两者都想找到合理的解释，但两者都错了。不过，学究们加倍错了，因为他们既没弄明白恐惧的真正原因，也不知道后者的错误所在。身处恐惧的人，由于没有现实可见的诱因可抓，于是便想象出某种危险来，以解释他那种无名的恐惧。对于这样的人来说，哪怕是最小的意外事件，即便它不构成任何威胁，也会使人害怕，比如：附近突然响起一阵枪

---

① 布斯法鲁斯：马其顿国王亚历山大大帝的战马，世界最知名的马之一。

声,或是面前猛然出现一个人。拿破仑时代杰出的军事家马塞纳①元帅,一生骁勇善战,军事才能无人能比,可是当他看到幽暗角落里的一座雕像时,顿时魂飞胆破,拔腿而逃。

有时候,一个人之所以发脾气,表现得不耐烦,只是因为他站得太久了,这个时候你不要跟他讲什么道理,只需给他提供一张板凳就可以了。塔列朗②曾经说过,态度决定一切。这话说得太对了,而且他自己就是这样的人。遇到麻烦事,塔列朗总是保持冷静的头脑,认真寻找可能导致问题出现的那枚"别针",而且总能找到。今日的外交家们,在其马裤里肯定有一根别针放错了地方,所以才导致欧洲战乱频仍。我们知道,一个孩子哭,会引来一群孩子跟他一起哭,而更糟糕的是,一旦开了头,他们就会越哭越厉害。面对这种情况,有经验的保姆会帮他们翻过身,让他们趴着。很快,孩子们便停止了哭泣,再也不闹腾了。这是一个切实可行的法子,比讲一通大道理来得更有效。在我看来,1914年的那场灾难③根本原因在于那些大人物们受到了惊吓,最终被恐惧压垮。一个人一旦有了恐惧,便离发怒不远了,而一旦发了怒,他便什么事都可能做得出来。一个正在休假的人突然被老板叫回来处理公司事务,这个人肯定会不高兴。同样的,熟睡中的人被突然叫醒,这个人也肯定会有一肚子的火。所以,别再说某人本性邪恶,也别再讲一个人性格怎么怎么样,遇到问题和烦恼时,你要做的就是去找那枚"别针",也就是引起问题和烦恼的真正原因。

1922年12月8日

---

① 马塞纳:法兰西帝国十八大元帅之一,深得拿破仑的喜爱。
② 塔列朗:法国改革家。
③ 此处指第一次世界大战。

二　恼怒

我们若是在喝水的时候呛了一下，我们的身体就会做出巨大的反应，出现一阵骚动，就好像有大军压境，危险就在眼前似的。我们身体的各个部位都会做出反应，心脏也不例外，一切都像痉挛发作了一般。对此我们该怎么办呢？我们能克制住自己，不让身体做出这些反应吗？哲学家或许会这么认为，因为他没有一点生活的经验。可是一个体操或击剑教练却不这么看。如果他的队员找到他，对他说"我无法控制自己，我的肌肉总是绷得紧紧的，这让我十分难受"，那么他肯定会对这个队员嘲笑一番。我曾经结识过一位击剑教练，如果他的队员向他如此抱怨，他会在征得队员的同意后，用自己的剑狠狠地击打他们，以此来提醒他们，叫他们恢复理智。众所周知，我们的身体受到我们思维的控制，只要我想伸出胳膊，很快我便能伸出胳膊。我们在呛水的时候之所以任由痉挛和其他反抗发生，就是因为我们不知道这一点，不懂得用思维去规约我们的动作。在呛水的情况下，我们要尽可能地放松身体，尤其注意不要用力呼吸，以免加重病情，同时我们应该想方设法将呛进气管的水排出来。遇到这种情况，我们千万不能慌张不能害怕，否则就可能造成伤害，带来可怕的后果。

这种方法在对付由感冒引起的咳嗽上同样有效，遗憾的是，很少有人这样试过。出现咳嗽时，大部分人都会越咳越想咳，越想咳就越咳。这就像挠痒痒一样，越痒越想挠，越挠越痒痒，由此进入一个恶性循环，搞得我们筋疲力尽，着急上火。针对这种症状，医生一般会建议患者服用一些止咳含片。在我看来，这些含片的主要功能不过是让我们做吞咽的动作。吞咽是一种强有力的机体反应，与咳嗽相比，它不听意志的使唤，因而更难控制。当我们做吞咽动作时，我们的喉咙会出现一种类似于痉挛的反应，这种反应同咳嗽时出现的那种反应正相反,它们是互相排斥的关系。换句话说,当我在吞咽的时候,我就不可能同时再咳嗽了。说到底,这还是那种"让婴儿翻个身"的老办法。不过我相信,只要在刚想咳嗽的时候就去控制它,那么我们连止咳含片都不用吃。在刚出现咳嗽时,只要我们不瞎折腾,不着急忙乱,而是让自己放松下来,那么这个小小的烦恼很快就会过去。

我们的语言充满了智慧。在法文中,"irritation"既是"发炎"的意思,也可以指"恼怒"这类最激烈的情绪。实际上,我看不出一个恼怒的人跟一个处在咳嗽状态下的人有何区别。恐惧也是这样,它是我们的身体所表现出来的一种苦恼,我们不晓得通过体操运动来克服它。无论是恼怒时还是恐惧时,我们都犯了一个同样的错误,那就是:我们以极大的热情投入到这些情绪中,任由其摆布,这个时候我们的理智处在麻痹状态,没有发挥任何作用。这样做的结果就是使病情朝更严重的方向发展。在古希腊人看来,真正的体操就是用清醒的理智去控制身体的运动。当然,并不是控制身体全部的运动,它只是要求我们不要以狂热的不良的情绪去阻碍身体的自然反应。谁不懂得这一点,谁就会受到命运的摆布。在我看来,我们的学校应该教孩子们知道这一点,你看那些美丽的雕像、惹人喜爱的物体,它们都是进行这种教育的极佳范例。

1912年12月5日

三　忧伤的玛丽

心理学家都熟悉那个著名的"忧伤的玛丽和快乐的玛丽"的故事。这个故事现在已基本被世人遗忘，但它的警示意义值得我们再次将它记起。这个故事说的是，从前有个叫玛丽的小女孩，她的情绪总是在忧伤和快乐之间来回摆动。这一周她还阳光灿烂笑容满面，下一周就会乌云密布一脸忧伤，而再下一周，她又会重回快乐，就像没事儿一样。她情绪上的这种变化非常有规律，就像时钟的转动那样。当她快乐的时候，一切都是那么美好。她喜欢艳阳高照，也喜欢大雨滂沱。别人的一个微笑都能让她欣喜若狂。当她想起曾经交往过的男友，她会对自己说："老天是多么照顾我呀，给我送来了一位王子。"她从不感到烦闷和无聊，她的每一个想法都抹上了快乐的色彩，像美丽的花儿那样大胆绽放，招人喜欢。亲爱的朋友们，这种状态也是我希望你们有的。就像智者说的，每个土罐都有两个把儿，每个事物也都有两个方面：它既可以是悲惨的、令人沮丧的，也可以是欢乐的、给人带来安慰的，关键取决于各人的心态。一句话，我们为幸福而付出的所有努力都会得到回报。

言归正传，让我们再回到玛丽这边。只见一周之后，玛丽的情绪大变。她一脸的绝望，无精打采的，对一切都没了兴趣。在她的眼里，所有的东西都是灰暗的，没有任何光彩。她不再相信幸福，不再相信爱情。她这副模样、这个状态，使得大家都不再喜欢她。她感到自己是个愚笨、招人厌的人，这个想法盘踞在她的脑海，挥之不去，更平添了她的苦恼。她也知道这样做不好，可她就是控制不了自己，只能任由自己被坏情绪撕成碎片。你若关心她，她会说你是假情假意；你若称赞她，她会指责你在取笑她；你对她好一点，她会觉得自尊心受到了伤害，甚至连你为她好，不想让她知道某个秘密，都变成了针对她的一个阴谋。其实，这些烦恼都是她自找的，而且无药可治，因为再美好的事物，遇上不快乐的人，也会变得暗淡无光。

后来，心理学家们又发现了一个更令人震惊的现象，这对勇敢者来说也是一个极大的考验。这个现象便是：在玛丽这样的人的身上，当快乐期临近末尾的时候，他们血液中红血球的数量会显著减少，而当忧伤期临近末尾时，血液中红血球的数量又会显著增加。根据这一现象，心理学家们于是得出结论：红血球数量的多少决定了一个人情绪的波动与变化。所以，当忧伤的玛丽再四处抱怨时，我们的心理医生就可以对她说："别担心，你明天就会好起来的。"可是，玛丽根本不相信这些。

我的一个朋友，自以为生性忧郁，有一次跟我说："事实已经很清楚了，既然我们无法按照自己的意愿想增加红血球的数量就增加红血球的数量，那么我们的情绪变化也就由不得我们了。一句话，一切都已注定，说什么也没用了。就像寒暑更替、阴晴变化一样，我们的苦乐悲欢也由宇宙根据自己的规律决定，我们每个个体只能顺从接受，无法去改变。我渴望快乐就像我渴望出去散步一样，只是一种愿望，至于这个愿望能不能实现，就不是我说了算的。我不能操控我的忧伤，就像我不能操控哪片云彩会落雨。于是，我只好默默承受，而且我知道我在承受。这好坏也算是一种安慰吧。"

然而，事情并没有那么简单。当一个人一味地沉溺在对过去不幸遭遇的回忆，或是反复琢磨那些无根无据的不祥预测时，他就自己为自己织就了一张悲伤的网，与其说他被这张网痛苦纠缠，不如说他把它当成佳酿一般玩味品尝。既然现在我知道了一切都是红血球在掌控，那么我就可以一改以前的那些做法，把忧伤扔回体内，任其发展成为疲劳或者某种小毛小病，除此之外，再也不会有其他什么东西。与背叛相比，偶尔的胃痛更容易让人忍受，不是吗？对一个动不动就忧伤的人来讲，与其抱怨自己缺少朋友，不如抱怨自己缺少红血球。这个道理对我们每个人都有益，谁能明白这一点，谁便能收获安宁。

1913年8月18日

四　神经衰弱

近期天气多变，人们的心情也像天气一样起伏不定。我有一个朋友，他知识渊博，智慧过人。昨天，他遇见我，向我诉苦说："我对自己十分不满意。一旦停止了工作，或是不再玩桥牌，我的脑海里就会浮现出成百上千种想法，这些思想的碎片搞得我一会儿快乐一会儿悲伤，情绪变化之快，超过了变色龙变色的速度。有一封信要写，错过一班电车，早上出门时穿错了衣服，照理说，这些都是些小事，可是我却把它们看得无比重要，好像它们真的给我带来了多大不幸似的。我也曾竭力劝说自己，让自己不必太在意这些鸡毛蒜皮的小事。可是，我找的那些理由就像被雨水打湿的鼓一样沉闷、乏力。一句话，我觉得自己得了神经衰弱症。"

看到他一脸无奈的样子，我劝他说："不要想得太多，要用正常的眼光看待你遭遇的一切，要知道，你的遭遇和其他人并没什么不同。你的不幸正在于你太过聪明，想自己想得太多；你总是想弄清楚为什么自己前一秒还很快乐下一秒却坠入悲伤，当你追求解答而不得时，你又会十分恼怒。"

究竟是什么造成了一个人的幸与不幸其实并不重要，重要的是我们要有一个健康的身体和良好的心态。即便是体格最健壮的人，也免不了有情绪低落的时候，而且一个人在一天之内，情绪可能变化很多次，从无精打采到无比亢奋，从无比亢奋再到无精打采。我们所吃的食物，所做的运动，所干的工作，所读的东西，甚至是天气，都可能给我们的心情带来变化。我们的情绪就像是在风浪中行使的小船，会随着波浪的波动而起伏不定。一般而言，这些都是正常的变化，只要你有事情可忙，只要你不是老想着它们，它们就不会给你的生活带来多大影响。相反，一旦你拿它们当回事，时刻关注着它们，那么，即便是再小的事都会惹得你心烦意乱。你以为它们是引起你不快的原因，实际上它们只是你情绪的结果。习惯于悲伤的人总能找到使自己悲伤的理由，一如快乐的人总能找到使自己快乐的理由。面对同一样东西、同一件事，一个人可能感到快乐，而另一个人则可能感到悲伤。病中的帕斯卡尔①，看到满天的星光，心中不免惊恐万分。而之所以会是这样，不因别的，只因他彼时倚窗而立，感了寒凉，而他竟不自知。同样是面对这片星空，身体康健的诗人却像面对自己的情人一样，与其对酒高歌，倾诉衷肠。

　　斯宾诺莎②说，人不可能不受情绪的影响，但智慧会让愉快的思想在其心中占据主导，这样一来，那些不良的情绪自然就变得无足轻重了。斯宾诺莎是一位伟大的哲学家，自有其复杂而独特的理论体系，身为普通人的我们不必重复其哲学探索的道路，我们只需从身边、从生活中出发，便能为自己创造出一篮子的幸福。比如，我们可以广交朋友，或是拿起乐谱和画笔，让自己沉浸在音乐的海洋和绘画的天堂，一扫平日的忧愁和烦恼。经常参加社会活动的人，由于一心忙于事务而忘记了肝痛。如果你没有从一份正当、有意义的工作中收获快乐，如果你没能从读书交友中获得幸福，那么你真应该为自己感到脸红。拒绝对有价值的东西或活动发生兴趣，这是一个人犯下的最严重的错误，要知道，我们的幸福正有赖于这样的东西和活动。谁能自愿追求自己的理想并在此过程中收获快乐，谁便是人生的赢家。

1908年2月22日

---

① 帕斯卡尔：十七世纪法国著名数学家、物理学家、哲学家，著有《思想录》。
② 斯宾诺莎：荷兰伟大的哲学家，提出"民主政体最优论"，著有《伦理学》《神学政治论》等。

五　忧郁

不久前，我遇见我的一个朋友，那时他正遭受肾结石的折磨，意志非常消沉。众所周知，这种病很容易使人情绪低落。我向我的这位朋友谈起这一点，他连连点头称是。后来，我跟他说："既然你明白这一点，当你情绪低落时，你就不应该感到惊讶才是，而且你不能允许它把你变得如此消沉。"听完我的话，他不禁放声大笑起来，这让他暂时忘记了烦恼。虽然我是以开玩笑的口吻说这番话的，但我所言的都是事实。我常想，要是所有饱受不幸折磨的人都能听到我的这番话就好了。

深度忧伤总是由身体的某种不健康的状态引起的。只要忧伤的情绪还未发展成为真正的疾病，我们就大可不必过于担忧。可惜，很多人都没有认识到这一点。只要疲劳或是隐藏在我们身体某处的结石没有发展到足以扰乱我们心神的地步，我们想到这种小毛小病时就不会过度悲伤，至多对之感到惊讶而已。大部分人都不承认这个事实，他们宣称，真正让他们感到痛苦的，并不是不幸本身，而是自己耿耿于怀于自己的不幸。说得似乎没错，然而一个不容否认的事实是，当我们不快乐时，我们总能隐隐约约地感觉到某种观念、某种想法正张牙舞爪地怒视我们，给我们带来折磨。

让我们来看看忧郁病患者的情况。对于一个忧郁病患者来说，任何事似乎都可以让他感到不开心。他们对外界非常敏感，你说的每一句话都可能伤害到他。比如，你若怜悯他，他会觉得自己的自尊心受到了侮辱，向你摆出一副苦大仇深的样子。你若对他不闻不问，他又会抱怨自己一个朋友都没有，独自在一边对镜流泪，顾影自怜。他的每一个想法都会把他引向忧郁，给他带来的不幸境地。表面上看，他被他以为的使他感到悲伤的那些东西折磨得够呛，但背地里他却像品位美味佳肴一样品位他的忧伤。所以，在忧郁的人的身上，我们看到的总是一张放大了的受折磨的形象。很显然，在他那里，忧郁成为了一种疾病。实际上，有些人之所以会被忧郁激怒，对它感到烦恼，是因为他们总是三番五次、五次三番地关注它，分析它，而这无异于自戳痛处。

我们只需告诉自己忧郁只是一种普通的疾病，便能将自己从能使情绪激化的那种疯狂的劲头中解脱出来。我们必须像对待其他疾病一样来对待忧郁，而不要让自己陷入追根究底的泥潭，为忧郁找那么多理由。这样，我们也就不会抱怨这抱怨那，到处向别人倾诉自己的不幸。我们要像看待胃痛一样看待我们的忧郁和悲伤，就当它不存在一样，这样，在遇到小小的烦恼时，我们便能安然处之，坦然承受，而不会再四处抱怨和控告。如此一来，我们的心情就会相当平和，而这恰恰是抵御忧郁所需要的，也是祈祷所要达到的目的。君不见，在上帝面前，所有虔诚的信徒都停止了思考，而所有虔诚的祈祷都立刻得到了回报。这是宗教给予我们的有益启示。停止胡思乱想，浇灭疯狂的妄想，这本身就是不小的成就，有了这粒精神药片，我们就不会躺在悲伤的深渊里，细数自己的不幸。

1911年2月6日

六 论情绪

  情绪比疾病更令人难以忍受。许多人认为,之所以会如此,是因为情绪受我们的性格和想法的支配,谁都摆脱不了也逃脱不掉。倘若我们不小心被小刀划伤,在身体的某个地方留下一个伤口,那么除了这个伤口会稍微让我们感到疼痛之外,其他部位都是好好的,而既然我们知道了疼痛的所在,我们也就安心了,不会胡思乱想。当我们听到某种声音、看到某种形象、闻到某种气味时,我们可能会感到害怕,但由于我们很容易找到那个形象、声音、气味的来源,所以我们的害怕很快就可以消除。可是情绪就不一样了。当你心中充满爱意或是愤怒的时候,你的这些情绪的对象却未必在你面前,于是你只能像写诗那样去做各种想象,很明显这是个非常主观的过程,不可避免地会造成各种扭曲和变形。然而你却控制不了自己,时时刻刻会想着它,你的那些想象明明没有根据,而你却觉得它言之有理。你所遭受的痛苦还不止这些。倘若你是受了某个怪物或不明声音的惊吓,这倒还好办,只要你立即逃离开也就完了,当时并不会有其他想法,事后也不会再经常想起它来。可是现在,你面对的不是惊吓,而是由惊吓或害怕引起的耻辱。你越想越闹心,越想越恼怒,越想越痛苦。当夜深人静一个人独处时,你依然沉浸在这件事情上无法自拔,你像舐舐你的伤口一样舐舐你的那些心情,变得痛苦不堪,不知道未来在何方。你自己射出的箭,最后都落在了你自己身上。你发现你与自己作对,你成了自己最可怕的敌人。你坠入情绪为你打造的深渊不能自拔,而你却没有意识到这一点,偏偏说你什么毛病都没有。当别人为你指出问题并向你指明问题的所在时,你却振振有词地为自己辩护说:"情绪是我的一部分,我拿它也没有办法。"

  一旦你任由自己情绪的摆布,你迟早会陷入自责与恐惧之中。你会对自己说:"我怎么会落地这步田地呢?为什么我控制不了自己,总是翻来覆去地想同一件事？"想到这，于是你就有了一种羞辱感，心中充满恐惧。你对自己说："我的思想受到了毒害，我的那些推理总是与我作对，是不是我中了什么魔法？"的确，你就像魔鬼附了身一样多疑，别人对你说的一句话或是看你一眼，都可能被你解读为不怀好意。你认为自己受到某种神秘力量的操控，逃脱不了受苦受罪的命。你去找而且一定能找到无数个证据来验证你的这种想法，好像全世界都与你过不去似的。而事实上，一切都是你自己造成的。你的内心受到了错误思想的引导和奴役，你甘愿被自己的情绪摆布来摆布去，所以你才落到现在这种局面。既然你不承认自己有病，既然你不想改变你的思想和心态，既然你不打算停止胡思乱想，那么你遭受的这种痛苦就没有尽头而且会越来越深重，以至于为了解除这种痛苦，你甘愿拿刀自刎，来个彻底了断。

对情绪这个问题，很多人都做过精辟的论述。古希腊斯多葛学派[①]哲学家曾就如何远离愤怒、消除恐惧提出过很多中肯的建议。然而，第一个抓住情绪问题的要害并做出深刻阐述的是笛卡尔[②]。在《情绪论》一书中，笛卡尔告诉我们，情绪表面上看是一种思想状态，实际上则受制于我们身体的运动。夜深人静的时候，有些不愉快的想法不断地向我们扑来，让我们不胜其扰，其实这都是我们体内的一些运动在作怪。血液和一些我们不了解的体液穿过我们的神经，冲击我们的大脑，在我们体内横冲直撞，恣意乱行。由于这种行为过于微妙，我们几乎觉察不到它的存在，我们唯一能看到的就是它所带来的后果，而我们却误以为是我们的情绪在发作。既然我们知道了事情的真相，我们就可以通过一些具体的行动使自己免于情绪的纠缠。我们要告诫自己，千万不要去分

[①] 斯多葛学派：由塞浦路斯人芝诺于公元前300年左右在雅典创立的学派，是希腊化时代一个影响极大的思想派别，主要代表人物有塞内卡、爱比克泰德、马可·奥勒留等。

[②] 笛卡尔：法国著名哲学家、物理学家、数学家、神学家，西方现代哲学的奠基人，近代二元论和唯心主义理论的代表人物，创立了解析几何，对物理学的发展也有重大贡献。

析我们的情绪和我们的梦。我们要把自己从自我责备、自我控诉的坏毛病中解救出来,接受那不容改变的自然的规律。我们要对自己说:"我忧伤,我心情不好,这或许是我的胃在作怪,又或是我身体其他的部位在表达看法,它与我的思想无关,也与外部事件无缘。"

1911年5月9日

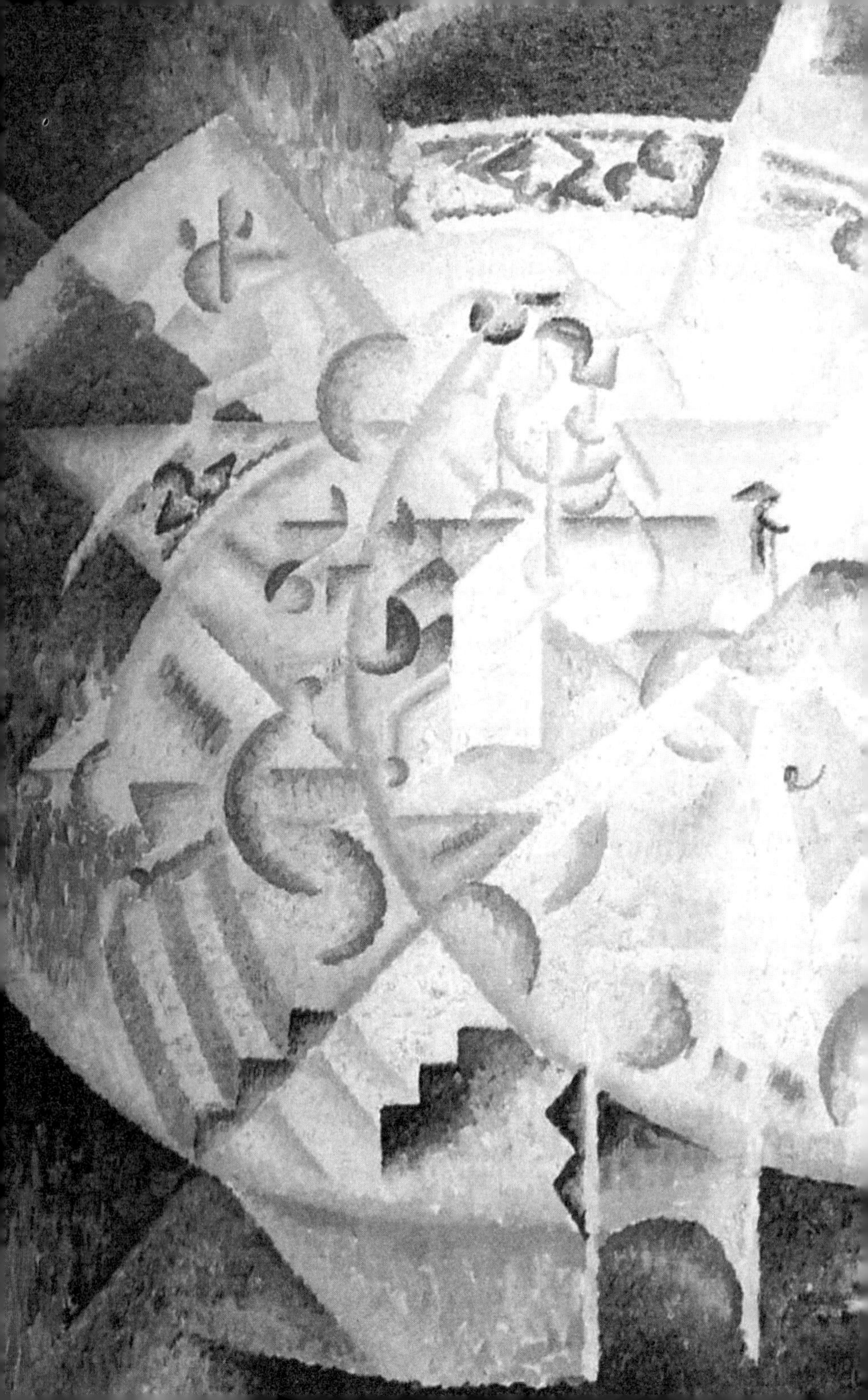

5

七　神谕的终结

我想起一个炮手,他以前经常为人看手相。他原本是个伐木工,长期跟大自然生活在一起,这让他学会了迅速解读各种符号的本领。大概是看到算命先生给人算命,觉得很好玩,于是他渐渐对手掌的纹路有了兴趣。从此以后,他便学会了看手相。他能通过掌纹读懂一个人的命运,就像有人通过眼神或脸上的褶子读懂一个人的心思一样。他在森林里建了一座庙,取名"白橡"。庙里烛光环绕,好不威严。就这样,他在庙里做起了算命的生意。他有时给人预测近期的吉凶,有时则为其占卜未来的好坏,但不论是做什么预测,都很灵验,都能得到别人的信服。后来,一次偶然的机会,我见证了他的一个预言应了验。出于对这个应验了的预言的好奇,我在回忆和描述它时多少有些夸张和修饰的成分。不过,面对想象力的种种诡计,我还是多了几分谨慎,这是我一贯的做法和智慧。尽管我见证了一个预言的应验,但我依然不相信算命和看手相的,所以我也从未让这个炮手或其他人帮我看过手相。怀疑是一种智慧,这种智慧的体现之一便是拒绝倾听神谕的意见。一旦你倾听了神谕的意见,你势必多少有点相信它所说的。因此,神谕的终结标志着基督教革命的开始,这绝对算得上一个伟大的历史事件。

泰勒斯[①]、比亚斯[②]、德谟克里特斯[③]以及古代其他著名的智者,在他们步入老年时,毫无疑问,他们的头发肯定也出现了脱落,他们的血压肯定也出现了问题。只是他们故意不去关注这些衰老的迹象而已,而这正是他们智慧的表

[①] 泰勒斯:古希腊时期的思想家、科学家、哲学家,古希腊七贤之一,创建了古希腊最早的哲学学派——米利都学派。

[②] 比亚斯:生活在公元前六世纪,古希腊七贤之一。

[③] 德谟克里特斯:古希腊哲学家,原子唯物论的创立者。

现。堤伯德①的那些隐士们得到的好处更多，对于死亡，他们勇敢地面对它，甚至是主动走向它，而不是对之担心、惧怕，这种心态反而使他们长命百岁。从生理学的角度来看，担忧和恐惧都是一种病态的表现，如果一个人在有这两种病态心理的同时还生有其他疾病，那么他患的这种病一定会受到这两种心理的影响，变得更加严重。从这个角度来说，一个人若是知道自己患了病，或是预先从医生那里得知自己将会患病，那么这个人的病情无疑会双倍加重。为了医治或预防疾病，世人总是想到去寻求医学的帮助，或是遵循某种养生之道。试问，哪种医学，哪种养生之道，能消除人们心中的恐惧呢？

当站在高处时，我们会感到眩晕，这实际上也是一种疾病。我们之所以会有这种病，是因为我们想象自己会从高处掉下去，并在心里一遍遍地模仿掉落后垂死挣扎的情景。其实，这都是想象力惹的祸。一个人想到要参加考试，胃部就会出现痉挛，从而变得疼痛，也是这个道理。了解了这一点，我们便不难想象，长期的恐惧会给我们的健康带来怎样的负面影响。不消说，恐惧心理无疑会加重我们的病情。所以，我们要多想想自己处于健康的状态，而不是想象自己有病，这对我们的健康绝对有好处。尽管这种精神体操的好处还鲜为人知，但另一个有益于健康的行为却已普遍被证实，这便是：在与别人交往时，懂得礼貌待人，心怀善意。这也恰恰验证了那条普遍的真理，即：健康的外在标志就是参加有利于健康的运动。差的医生总是那种会迎合你、倾听你诉苦的医生，而好的医生则在问一句"你好吗"之后，扭头就走，不容你做任何回答。

1922年3月5日

---

① 堤伯德：古埃及的一个地区，位于尼罗河下流附近的沙漠地带，古代有许多基督徒在此隐居。

八 论想象

你遭遇了一次不太严重的车祸,脸上被划出一道伤口。医生在你的脸上缝了几针,他的医药箱里还备了一杯朗姆酒,以防你晕针时正好可以给你壮壮胆。然而,实际情况中,往往不是患者本人,而是在一旁陪护的病人的家属或朋友喝下了这杯朗姆酒。他们不知道病人是什么感觉,他们自己则一个一个地脸色发白,几乎要晕过去。这个例子向我们表明,与一个著名的道德家的说法相反,与自己的痛苦相比,我们更没有勇气去见证和承受别人的痛苦。

上面这个例子值得我们好好思考,因为它让我们看到了一个有反常识的事实,即:即便是那些与我们无关的人,当我们看到他们遭受痛苦或不幸时,也会表现出怜悯。看到别人的身上溅出几滴血,或是针头正缝向别人的皮肤,我们会浑身战栗,就好像流血的或被缝针的不是别人而是我们自己似的。这是想象力带来的结果,而我们的意志对此无能为力。理智告诉我们,被缝针的不是我们而是别人,但理智在这种场合发挥不了任何作用,倒是朗姆酒更管用一些。

由此我们便可以说,我们的同胞只需满脸情绪地往我们面前一站,不需他说一句话做一个动作,就可给我们施加影响。怜悯、恐惧、愤怒、悲伤,所有这些情绪,根本不容我们去想我们究竟看见了什么,便将我们吞没。看见一个可怕的伤口,我们的脸顷刻间变得煞白,而我们煞白的脸则向别人表明一定有可怖的东西存在,于是只需一张煞白的脸,别人甚至都不晓得我们究竟看见了何物,便像我们一样脸色大变。任何文字描述,即便它再精彩,再生动,也不如一张煞白的脸一副惊恐的表情来得有效。与文字相比,表情和情绪的刺激来得更直接更迅速。因此,说一个人之所以有怜悯之心是因为他在别人的遭遇里看到了自己,这是不准确的。实际情况是,我们总是先有怜悯之心,然后才对他人表现出同情。通过对同类的模仿，我们的身体很快便感受到了痛苦，于是一种不那么清晰的焦虑将我们吞没。我们必须给自己一个解释，一定要弄清楚我们为什么会被这种情绪控制，就像被疾病控制。

为了弄清楚这个问题，先让我们来看看眩晕这种现象。一个人站在深渊的边上往下看，心里想自己可能会掉下去。如果这时他手扶着栏杆，他就可以对自己说他不会掉下去。尽管如此，这个时候他还是会从头到脚感到一阵眩晕。这便是想象力的结果，它总是首先表现为某种生理反应。有人曾告诉我他做过的一个梦，他梦见自己来到一个刑场，但他不知道即将被处以死刑的是别人还是他自己，只觉得自己的脖颈一阵疼痛。这纯粹是想象力在作怪。长期以来，人们一直以为，我们的灵魂是高贵的，它可以脱离肉体，拥抱广袤的世界。然而在我看来，情况恰恰相反，我们的灵魂很少关注自身以外的东西。活生生的肉体更诱人，不是吗？过度的思虑对肉体来说是一剂毒药，这剂毒药只有行动才能化解，当然这个过程难免会充满挣扎。然而，真正高贵的思想，正在于它懂得挣扎，懂得去克服难题。

1923年2月20日

九　病态的思想

我们的想象力就好比是刽子手，其实它比刽子手还残忍。它使我们感到恐惧，同时又像美味那样引诱我们，让我们对它魂牵梦绕，欲罢不能。真正的灾难不会两次袭击同一个地点。遭遇车祸的人，当场就已毙命，而就在前一秒，他跟我们大家一样还好好的。一位行人受到一辆汽车的撞击，被抛出六十码①以外，当场死去。这场悲剧似乎还没开始就已结束，它发生得如此突然，没有过去也没有将来。然而，思考和想象则会让它一再留存延续。

当我的脑海想着这种事故时，我不可能给予它准确的判断。原因就在于，我所处的视角是一个可能被撞到实际却没有被撞到的人的视角。我想象着一辆车正向我撞过来，实际上，如果我真的看见它向我撞来，出于本能的反应，我一定会立即躲向一边。问题是，我现在只是处于想象中，我就没有那么做，因为我把自己置于了被撞的那个人的位置。在想象中，我就像放电影一样，一遍又一遍地将车祸的场景重放，有时候会暂停一下，就像电影中的定格画面那样，但很快又会继续下去。我明明活着，却以这种方式死了一千回。帕斯卡尔说，一个健康的人，正是因为他是健康的，所以一旦疾病来袭，便难以忍受。当一个人生了重病，疾病本身使他受尽折磨，此时他根本没有时间去顾及其他的事，分分秒秒都处在痛苦之中。对病人本人来说，这种局面自然不好，但无论它有多糟糕，也还有另外的好处，这便是：既然它已经成为一个事实，这便自然免去了他胡思乱想的可能，这样他就可以安心养病，期待早日康复了。身染重疾的人，想起以前曾经有过的小病，心中不免觉得彼时的他是多么的幸福，而当初在患这些小病时，他兴许还抱怨过它呢。

真正的疾病就像刽子手那样进展十分迅速。他削去我们的头发，扒下我

---

① 码：长度单位，1码等于3英尺，等于0.9144米。

们的衣衫，捆上我们的手臂，然后把我们推向铡刀，整个过程干净利落，一点都不拖泥带水。然而，对于外人来说，这个过程却十分漫长。原因就在于，他们在脑海里不停想着它，追溯它，他们仿佛听到剪刀剪开衣服的声音，仿佛感觉到刽子手的手正按在他们的手臂上。然而，在真正的疾病那里，一个事件接着一个事件，一个印象接着一个印象，一切进展得都是那么迅速，病人真正地感受到了痉挛般的痛苦，那种感觉就像是一个虫子被切成了千万段。

遇到多年未见的朋友，发现他已白发苍苍或是变成了一个酒鬼，我们会特别地难受。我们之所以会难受，是因为我们发现他们已不是我们想象中的那个模样。我们一厢情愿地希望看到他们既是他们现在的自己又是他们过去的自己。但是生命的荣枯盛衰自有其规律。多亏生命的进程不可倒回，它的每一个变化更替都不可逆转，于此我们才看到不同的人生风景。我们在时间的一个点上看到老朋友的不幸，然而对我们的老朋友来说，他们的不幸则是散布在时间的长河中。

所以，对死亡感到悲伤和恐惧的总是活着的人，对不幸感受到沉重压力的总是那些幸福的人。一个更让人难以相信的事实是，与对自己的痛苦相比，我们总是对别人的痛苦有着更加灵敏的感受。这个事实使我们常常误判人生，进而有可能影响我们一辈子的幸福。为了避免这种结局的出现，我们必须努力活在当下，关注当前，千万别在想象中演出悲剧。

1910年12月12日

十　没病找病

　　针尖大点的小事，比如鞋子挤脚了，都可能把美好的一天给毁了。这时候，你看什么都不顺眼，脑子好像也失灵了似的。其实，解决的办法也不难，所有的烦恼和不快都可以像脱去衣服那样被抛掉。只要我们弄清楚究竟是什么导致了我们的不快，问题就会迎刃而解，所有的烦恼就会烟消云散。一个婴儿，被大头针扎了一下，疼得直叫，就好像生了重病一般。他之所以哭得如此厉害，是因为他不了解是什么弄疼了自己，也不知道该怎么办。有时候，他哭的时间太长了，有些不舒服了，就会哭得更凶。这就是所谓的想象出来的病，它同真正存在的病一样，也会对我们的身体造成伤害。之所以说它是想象出来的，是因为它是由我们的思想造成并维持的，我们自己都没能意识到这一点，反而将原因归罪于外部的因素。犯这种错的不止婴儿。

　　有人说，坏脾气是一种病，无药可治。其实，不是无药可治，只是我们没有找准原因，找对方法。像痛苦、恼怒这些情绪，只消几个简单的动作，就能将之减轻或消除。想必很多人都体验过腿肚子抽筋的滋味，腿部抽筋时，哪怕最坚强的人也会疼得眼泪掉下来。遇到这种情况，其实你只要把腿绷直，将全身重量都放到抽筋的那条腿上，坚持那么一小会，问题很快就能解除。假设一只小飞虫或一粒灰尘钻到你的眼里，这时如果你用手揉眼睛的话，你的眼睛一定会疼的。遇到这种情况，其实你只要双手平举，伸向前方，目光注视着你的鼻尖，要不了多久，你的眼泪就会流出来，从而把飞虫或灰尘冲走，不适就此解除。自从我知道了这个方法之后，到现在我已经用了有二十多次，每次都很灵验。上面这些例子告诉我们，遇到麻烦或是不开心的事时，不要立马指责别人，而是要先从自己身上找原因，找到解决的办法。有些人天生就好闹情绪，整天一副郁郁寡欢的样子，这在某些疯子的身上体现得更为明显。不明就里的人往往以为，这些人身上有一股神秘的力量，或是被魔鬼附了身。其实，这些人都被自己的想象力骗了。一个人在抓挠自己的皮肤，并不是因为他有自虐倾向，只是因为他内心充满焦虑，烦躁不安罢了。他越挠就会越烦躁，越烦躁就会越挠，由此便进入恶性循环。骑过马的人都知道，我们都很担心从马背上摔下来，为了防止这种情况的发生，我们会在马背上做一些看上去很笨拙的动作，而这些动作很容易把马儿吓到，从而使它狂奔起来，这样反而更容易使我们摔下来。通过这个例子，我可以像西徐亚人①那样有把握地说，如果一个人能驾驭好一匹马，那么他一定也能驾驭好自己，成为自己的主人。懂得了这个道理，甚至摔倒都能成为一门艺术。你看那些醉鬼们，走路时从不考虑自己会怎样倒下去，这样他们反而更不容易摔倒。消防员就更令人叫绝了，他们像体操运动员那样飞檐走壁，身轻如燕，丝毫不担心自己会从高处掉下来，即便坠落也不感到害怕。

很多人拿微笑不当回事，认为它不会对我们的心态产生什么影响，所以也就不曾试着保持微笑。可是有时候，出于礼貌的需要，我们还是得强迫自己面带微笑，以示友好。而这往往能给我们带来很多好处，生理学家最明白这一点。就像打哈欠那样，微笑能深入我们身体内部，使我们的咽喉、肺部和心脏得到放松，它的作用是那么明显，发挥作用的方式是那么温柔，医生的药箱里都找不到有如此疗效的药物。由此可见，想象力可以让我们生病，同样可以帮助我们解除烦恼。对一些事不在乎时，我们有时会耸耸肩，可别小瞧这个动作，它能扩张我们的肺部，让我们的心平静下来。"心"这个词的意思很多，它既可以指心脏，也可以指心情。而当我们的心跳平缓了，我们的心神也就安定了。

1923年9月11日

---

① 西徐亚人：又叫斯基泰人或塞西亚人，是一支具有伊朗血统的游牧民族，主要活动在中亚地带和俄罗斯南部地区。

十一　医学

科学家说："我掌握许多真理,拥有丰富的知识。我知道一台机器的工作原理,并且明白,如果一颗螺母松了,整部机器都会停止运转,后果不堪设想。而这往往都是人们粗心大意、心不在焉造成的,当然,有时候是因为人们没有及时请教专家。正是基于这个原因,我才非常重视我的身体,我把它看成是一部精致的机器,我每天都会抽出一些时间来检查我的这部机器。一旦听见异响或发现异常,我会立刻请来医生,让他为我掐指把脉,看看究竟是哪个地方出了毛病。有了这些预防措施,再加上天才的笛卡尔给的忠告,我相信,除非遭受某种不幸,否则我的生命一定会达到我的身体——这部机器所允许的最长使用年限。您瞧瞧,这就是我的智慧带给我的好处!"这便是这位科学家的话,然而他过得并不快乐,他的生活了无生气。

喜欢读书的人说："我认识一些人,他们受到某些错误观念的误导,日子过得并不快乐。我从这些人的身上彻悟了一些重要的道理,而这些都是科学家们所不曾知道不曾了解的。我从书上得知,想象力才是人世间的主宰,伟大的哲学家笛卡尔曾在他的《情绪论》一书中向我阐明其中的道理。他说,如果我一直处在焦虑中,即使有一天我把焦虑消除了,它还是会搅乱我的胃。一个受到惊吓的人,他的心跳肯定会加快。同样的道理,看到沙拉盘里有个小虫子,我一定会感到恶心。上述这些奇怪的想法,即使我不相信它们的存在,它们也会深深地扎根在我的心里,搅动我的生命器官;它们会改变我的血液和我的体液的流动方式,而我的意志却做不到这一点。反过来,如果我每吃一口东西都吞下了大量的肉眼看不见的有害细菌,而我在知道这种情况后又无比担忧,整天胡思乱想,那么,那些细菌对我的健康造成的伤害决不会比担忧和胡思乱想对我的健康造成的伤害更大。所以,我要做的第一件事就是尽可能地保持愉悦的心情。其次，我不能疑神疑鬼胡思乱想，不能对着我的身体瞎担忧，要知道，无谓的担忧是最伤害身体的。纵览各民族的历史，我们不难发现，有许多人因为相信自己遭到了诅咒而抑郁而亡。一个人一旦相信了妖术，妖术的威力就会显现出来，给信它的人带去负面的影响。医生，即便是最好的医生，也都是倚靠这一点知识为人看病的。问题是，既然医生的一句话就能改变我的心跳，我还要他的药丸干什么呢？我不知道现代医学都能给我们带来什么好处，但我却很清楚它能给我们带来哪些坏处。每每我的身体，这台被我称作精妙机器的大家伙，出了问题时，我首先会想到，问题的根源在于我的思想出了问题，长期以来我过于忧虑了，最好的解决之道就是少一些对身体的关注，少一些对健康问题的担心，什么胃痛背痛的，全都把它们当成脚上长了个鸡眼来对待。这样想，让我感到特别宽慰。"

1922年3月23日

十二　微笑

在我看来，坏脾气这种东西与其说它是结果不如说它是原因。我甚至认为，大部分疾病都是没有表现出应有的礼貌而导致的。当一个人表现得没有礼貌时，他不仅冒犯了别人，也冒犯了自己。我的父亲出于职业的需要，经常要跟动物打交道。过去他曾对我说，动物和人的生存环境基本上没有区别，所受的外界的制约也基本相同，但奇怪的是，动物却不像人那样会生那么多的病。在我看来，之所以如此，是因为人会闹情绪，而动物则不会。也就是说，动物不像人那样会胡思乱想，杞人忧天，相应的，也就不会生气发怒、感到无聊，被这些坏情绪搞得筋疲力尽，这样它们也就有更强的抵抗疾病的能力。举个例子来说。当我们想睡却睡不着时，我们的心情就会变得十分糟糕，而糟糕的心情又会反过来让我们更加难以入眠。再比如，一个病人，整天在那里疑神疑鬼，胡思乱想，担心疾病会突然恶化，以至于病入膏肓，一命呜呼。他越是这样担心，就越是容易把自己搞得筋疲力尽，免疫力自然也就越低，如此一来，疾病似乎是在配合着他的想法向前发展，结果他担心的情况很有可能出现。类似的情况还有很多。比方说，现在你要爬一段楼梯。你站在下面往上看，一排楼梯呈现在你眼前，你望着它们，心里发起怵来，你越想越紧张，越想越犯难，心脏也跳得越来越厉害。当你迈步开始往上走，在最需要你屏气凝神攒把劲的时候，你却发现自己已经吓得腿脚发软，气衰力绝，再也使不上劲儿了。毫不夸张地说，生气是一种病，就像咳嗽一样。我们甚至可以把咳嗽看作是愤怒的一种特殊的类型，虽然它的病源在我们的肉体之内，但它的根源很多时候则在于我们的思想和精神。在咳嗽尚未出现前，我们的大脑便已开始了活动，想象着、期待着、渴望着它的出现。我们天真地以为，我们可以通过加剧咳嗽来消除它给我们带来的不适和烦恼，就像我们给自己挠痒那样。我发现，有些动物也会给自己挠痒，有时甚至把皮肤都挠破了。然而跟动物不同的是，人是有思想的，他甚至可以不用手，直接动一动脑袋瓜子就能给自己挠痒痒；他通过自己的情绪就能直接控制自己的心脏，从而让血液流向他身体的每个部位。

然而，所有的情绪都是可以通过管理而得到控制的。当然，你不是只靠想想就能实现这一点的，要摆脱不良情绪，你必须采取切实的行动，甚至采取迂回的方法（就像聪明的人为了免受名誉的诱惑而不去追求名誉一样），虽然这个过程有点漫长。我们之所以会受到坏脾气的束缚、压制并有一种要被窒息的感觉，那是因为我们自己给自己施加了一种生理状态，这种生理状态使我们倾向于与忧郁为伴，从而促进了忧郁的出现。一个烦闷无聊的人，如果你稍加注意的话，你一定会发现他的坐姿、站姿以及说话的方式都是有问题的，它们是繁殖烦闷无聊的最佳土壤。经常发怒的人通过另一种方式为自己设置囚牢。沮丧的人，原本应该采取行动，绷紧肌肉，补足行动所需的能量，而他却偏偏懒洋洋的，让自己的肌肉处于松弛的状态。

要克服不良情绪的影响，就不能依靠判断力，因为判断力在对付情绪这方面是没有任何效果的。我们必须改变我们的姿态，让我们的身体做一些适宜的运动，要知道，我们唯一能够通过意志控制的就是我们的肌肉，而我们的肌肉则决定了我们能发出的动作。一个微笑，一次耸肩，就能为消除忧虑做出贡献。微笑，耸肩，这些都是很容易做的动作，它们能改变我们的血液循环，疏通人体的脉络，进而有益于我们身心的健康。自由地伸展四肢，或是打个哈欠，这些都是最佳的体操，对解忧除烦有很大帮助。可是令人叹息的是，那些脾气暴躁容易上火的人，并不懂得通过这种方式祛火除燥，而长期饱受失眠困扰的人也从未想到其实可以通过假装睡着来解决他们的睡眠问题。恰恰相反，他们老是在心中想着自己的烦恼，结果把自己推向更深的烦恼之渊。倘若我们缺乏控制自己的智慧，我们至少还可以求助于礼貌的帮助。在待人接物时，如果我们能做到彬彬有礼，微笑示人，我们的心情自然就会好起来，那些不良的情绪自然也就没有发泄和展现的机会了。这也正是人们喜欢公共活动、喜欢参加社交的原因。

1923年4月20日

十三　事故

　　我们每个人都曾想过从高处掉下来的情景。一辆大客车跑丢了一个轮子，逐渐向一侧倾斜。一开始，这个过程还很慢，但猛然间，整个车子连同车里的乘客迅速倒向万丈深渊，乘客们发出凄惨的叫声。任何人都可以想象出这样的场景，有些人甚至在梦里梦见过这种经历，体验了一次下落的过程，准备好接受触地时的那番撞击。一切只因为他们有时间琢磨这种事，并将其全过程一遍遍地重演。这样做让他们体验到了真实的恐惧，正是因为他们现在没有掉下去，他们才能虚构、想象出如此逼真的场景来。一位女士有一天对我说："我每天都在为某些事担心，每天都在忧虑中度过，但是还是免不了一死。"是的，担心解决不了问题。多亏我们还有很多事要做，一旦让自己忙起来，我们便没时间去胡思乱想了。这时，时间之流仿佛被切断，我们不察过去，不想未来，只处在川流不息的当下之中，这种情况下，即便是再大的痛苦也像幽灵一样让人感觉不到。恐怖事件实际上是麻醉剂，当我们身处其中时，由于注意力被事件本身占据，我们恰恰感觉不到它的恐怖。一切麻醉剂都只是对身体中负责思考的部分起作用，而此时，体内的其他器官依然在进行自己的活动，各自遭受各自的痛苦。然而这还不算完，所有痛苦都渴望得到关注，不然的话，它就不会被感觉到。可是，那仅仅持续了万分之一秒便消逝了的痛苦又算得了什么呢？其实，很多苦痛，例如牙痛，都是我们预想出来的。在牙痛尚未出现之前，我们便预想它可能出现，并等待它的出现。等到我们的牙齿真的感到疼痛时，我们又去回想以前的情况，并预测以后的情景。如此一来，正在遭遇牙痛的当下仿佛不存在了。由此可见，对于痛苦，我们更多地是害怕它忧虑它，而不是实际体验到它。

　　上述这些结论是建立在对意识进行仔细分析的基础之上的，它让我们看到了痛苦的本质。不过，我们的想象力不可小觑，它的威力非常大，它尤其擅长编造一些恐怖的故事。有过亲身经历的人都能感受到这一点，而每个人都不缺乏这样的经历，我自己当然也不例外。记得有一次我在剧场看戏，观众席中突然出现一阵骚动，把我推了九十英尺①远。后来我才知道，原来是有人闻到了一股烧焦的味道，大家以为是失火了，于是便蜂拥而起，向出口逃去。出于本能的反应，我也跟着跑起来。夹在汹涌的人群中，被人流推来搡去，不明缘由，也不知道下一站将前往何处。世上还有比这更悲惨更恐怖的遭遇吗？当时我不知道发生了什么，也没有感到任何恐惧，后来当我想起这件事时，也是如此。我只知道当时挪了一下位置，裹挟在人群中，不能自主，根本没时间去思考，没有回忆，没有期待，什么念头都没有。如此一来，我也就没有任何知觉或感觉，只感到自己睡了几秒。

还有一次，那是一个夜晚，我坐着一列火车前往前线。车厢里人声鼎沸，嘈杂喧哗，大家都在讲战场上的各种见闻，听上去十分恐怖，激起我很多不愉快的想法。我所在的车厢里有几个刚从沙勒罗瓦②战役中逃出来的士兵，他们讲起自己的遭遇来，吐沫横飞，听着都让人胆寒。更巧的是，这列车厢里还坐着一位形容枯槁的士兵，他脸色苍白，头上缠着绷带。他的存在，无疑给那些有关战争的骇人听闻的讲述平添了几分可信性。那几个士兵继续讲道："敌人向我们扑来，黑压压一片，我们的炮火阻挡不了他们的攻势。"听着这样的讲述，周围的人都沉浸在各自的想象中。就在这时，那个脸色苍白的家伙开口了，他告诉我们，在阿尔萨斯③作战时，他被一个弹片击中耳根后部，差点送了命。这样的事不是想象出来的，而是来自一位士兵的真实经历。"我们在树林的掩护下前行，"他继续讲道，"最后我逃出树林，来到一片开阔地

---

① 英尺：英美制长度单位，1英尺等于0.3048米。
② 沙勒罗瓦：比利时南部城市。
③ 阿尔萨斯：位于法国东北部的一个地区，隔着莱茵河与德国相望。

带。后来的事我就不知道了。我感到有一股强烈的气流向我袭来,很快我便失去了知觉。待我醒来时,我发现自己已在医院的病床上。医生告诉我,他们从我的脑袋里取出了一个弹片,有大拇指甲那么大。"这个家伙是又一个从死亡堆里逃出来的埃尔,他的讲述把我从想象的痛苦带回到现实的痛苦中来。由此我想到,人世间最大的不幸是思想出了毛病。虽然我无法就此停止想象弹片穿身、脑浆迸裂的悲惨场面,但它至少让我明白了,想象出来的不幸同实际遭受的不幸决不是一回事。

1923年8月22日

十四　海难

　　沉船事故的生还者，至今仍忘不了海难发生时那可怕的场景。最初，有人通过舷窗看到一座冰山。人们还在迟疑，不相信所乘的船会出事，与此同时，大家纷纷开始祈祷。接着是一幅看似祥和的画面，只见平静的海面上漂浮着一艘巨船，船上灯火通明。突然，船首开始下沉，船上的灯光全部熄灭。顷刻间，一千八百个人齐声哀嚎。然后，船尾竖立起来，宛若一座灯塔。船上的所有设备一起滑向轮船的前部，发出震耳欲聋的响声。后来，黑夜来临，冷风劲吹，周围死一般寂静。在漆黑寒冷的海上漂浮，每个人都充满了绝望，直到救援到来。这便是活跃在生还者脑海中的有关那次海难的场景，每当夜深人静的时候，他们躺在床上，辗转反侧，难以入眠，这时便会想起这幅场景。人们回忆起沉船时的情景，努力将碎片化的记忆拼成一幅连贯的画面，宛如一出精心撰写的剧本，其中的每个细节都透露出悲剧的意义。

　　莎士比亚的悲剧《麦克白》中有一个场景，描述的是：太阳从东方升起来，照耀在麦克白的城堡上。城堡守门人站在那里看日出，一群燕子从他眼前飞过。这是一幅多么清新的画面，透露出朴实和纯真。然而，读过这部作品的读者都知道，平静的表面下掩盖着已经犯下的罪恶，这是悲剧的结尾，也是恐怖的高潮。我在一开始的时候提到的对海难的回忆，也是这种情况。当沉船事故在生还者的记忆中重新复活时，每一时刻的意义都取决于下一刻发生了什么。一开始，巨轮上灯火通明，周围一片平静，轮船在大海上平稳地航行，一切显得那么令人安心。但是，无论是在海难生还者的记忆里和梦中，还是在我的印象里，它都是黑暗前的黎明，是可怕的悲剧的肇始。通过生还者的回忆和讲述，那次海难成了一出戏，展开在观众面前。这个观众有时候是别人，但更多时候是生还者自己。他们明白每一刻的痛苦，并深情地将之温习再温习，品味再品味。可是，在沉船事故实际发生时，现场并没有观众。当时情况危急，人们根本就没有工夫去想别的。事故持续发生，场景不停变换，船上人的感觉、印象也在随之不断变化。哦，准确地说，根本就不存在什么场景，只有一个接一个的、此前未曾体验过的、未经解释的感觉。最重要的是，情况紧急，需要立刻采取行动，容不得任何思考。在当时那个环境里，思考就像沉船一样刚露头就被淹没，有的只是一个接一个的、出现又消失的形象。处身事件中的人们根本没机会据此创造出"戏剧"来，而那些在这次海难中不幸死去的人，则什么也没感觉到，什么也没留下。

去感觉，就意味着去思考，去回忆。每个人在或轻微或严重的事故中都能观察到这一点。当一个事故发生时，我们先是感到惊讶和措手不及，紧接着便是采取紧急行动，这占据了我们全部的心思，此时的我们根本无暇去感觉，去体验。那些在事故后努力还原事故经过的人，必定会说他当时就像在做梦一样，不知道发生了什么，也没有去想后面还会发生什么。可是现在，当他回忆起当时的情景时，免不了会感到一阵恐惧，而正是这种恐惧引诱他，让他据此创造出一个个惊心动魄的故事。我们对悲伤的体验也是如此。想象一下你曾照顾一位临终病人，你陪伴他经历了所有的苦痛，直至他离开人世。在那段时间里，你家前院后，忙这忙那，几乎忘记了外面的世界。你沉浸在当时的场景中，被手头的事包围。虽然后来你向别人讲起这段往事时，描画的是一幅令人绝望的场景，而你的心中也充满了恐惧，可是当时，身处那个现场，你却没有感到丝毫的痛苦。有的人喜欢回忆，当他们把曾经有过的不幸经历讲给别人听时，讲述本身能给他们带去一丝安慰。

无论死者生前经历过什么遭遇，有过什么感受，随着他的离世，他所经历和感受过的一切也都烟消云散，不复存在了。在他们的故事被印上报纸前，他们的痛苦就已消失了，他们也彻底被治愈了。这种情况听起来是那么耳熟，它使我想到，人们其实并不相信来世。可是，对于生者来说，死者所遭受的痛

043

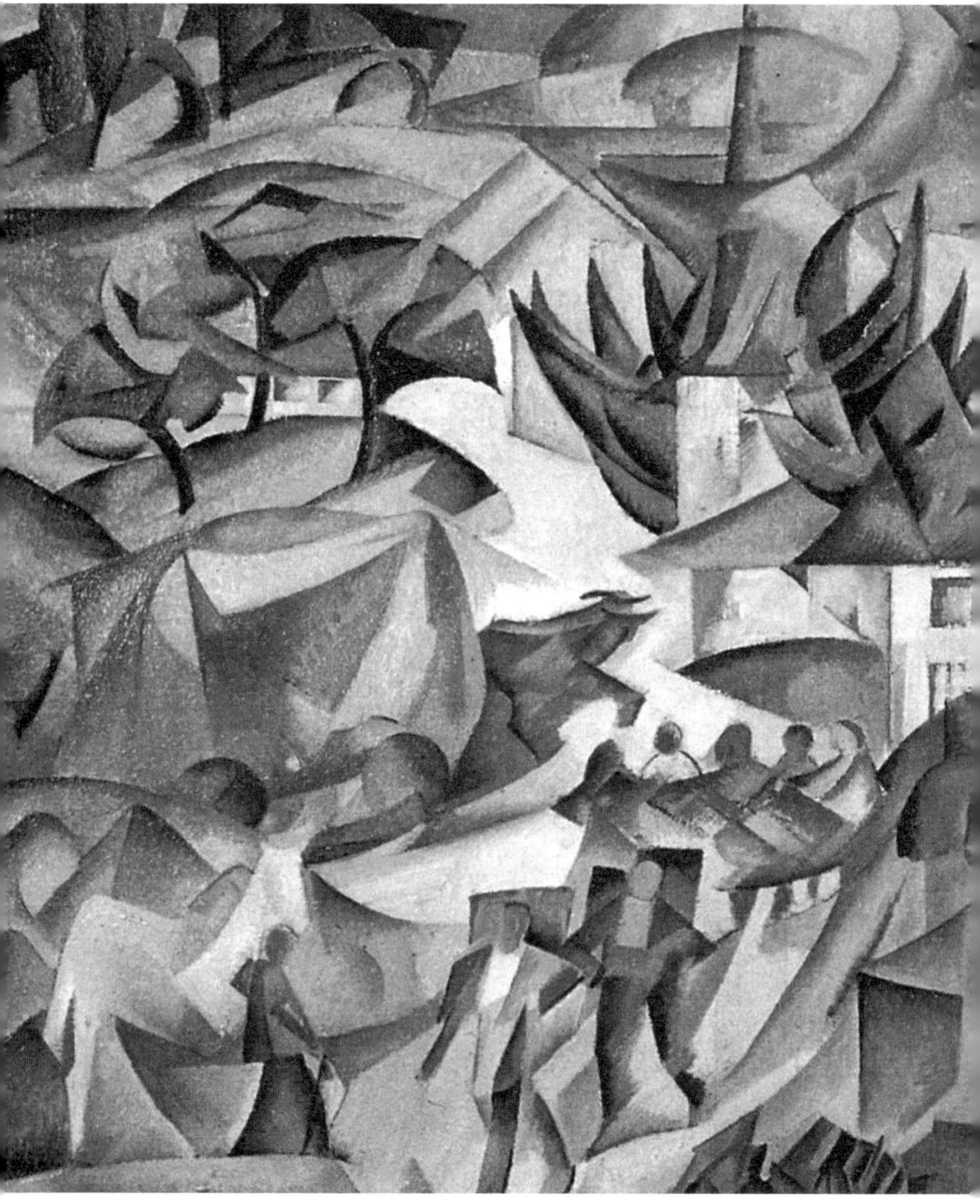

苦还没有完,他通过记忆和想象将它一遍遍复活。

1912年4月24日

十五　论死亡

每每有政治家离世，都会挑动某些人的心弦，引起一些人的思考，一时间，满大街都是"神学家"。每个人都在反观自己的境遇，并想到将来需要面对的死亡。然而，这些思考一律都没有个目标，没有个具体的对象，人们这样做实在是杞人忧天，自寻烦恼。死亡，它看起来是个巨大的威胁，但这个东西太过遥远，太过抽象，以致我们只能干着急，不知怎么对付它。笛卡尔曾说，犹豫不决是人类最大的邪恶。现在，很多人就被置于这种境地，找不到出路。相较之下，那些自寻短见的人，境遇要好得多。他们只需要一个地方、一根绳子以及最后的一跳，便了结了一切。还有那患痛风的人，他忙于为自己的腿脚找一个舒服的位置，所以根本无暇顾及什么死亡不死亡的事，因此也就没有忧虑来打搅他。由此可见，只要有事可做，哪怕这件事再麻烦，我们的思想和手脚就不会闲着，而是全都为它忙起来，这样我们也就没工夫再去胡思乱想了。而一个非常健康、身体没有任何毛病的人，却坐在那里想着死亡的事，这就很荒唐了，因为根本看不到死亡的威胁，一切危险都是模糊不清的。这种做法非常不理智，而且它很快就会让人变得焦虑起来，直至失去控制。相反，纸牌游戏倒是一项有益于我们身心健康的活动。玩牌时，由于要叫牌出牌，或是有其他的事要做，我们的思维非常活跃，忙于做出各种决定，这样我们心无旁骛专心打牌，心中自然就不会出现焦虑和烦恼。

人，并不是在特定场合才表现得勇敢，而是生来就勇敢。行动需要勇气，思考也需要勇气。对于人类来说，危险无处不在，然而人却无所畏惧，他甚至主动去寻找死亡，向它发出挑战。然而人不能忍受的，是坐在那里等待死亡。无所事事的人因为无事可做，便会变得无聊和焦躁不安，因此也很容易无事生非，挑起事端。这倒不是说他有意找死，他这么做，只是为了有事可做，证明自己还活着。发生战争真正的原因，在于有少数的几个人变得无聊了，他们必须找点事来做，打发他们的无聊。他们有意寻求一些事，而且就像纸牌游戏那样，这种事越具体越好，越危险越好，任务越明确越好，于是战争就成为他们最佳的选择。由此我们不难推断，靠自己的双手劳动的人，他们的性情一定是温和的，他们的心绪一定是安宁的，他们每天都能看到劳动的成果，每天都有收获。他们的生命是充实的，充满了可贵的向上的力量。通过忙于有意义的事，他们战胜了死亡，而这也是面对死亡的唯一正确的方式。让我们再来看看士兵的情况。对于一个处在战场上的士兵来说，他脑子里想的不是人必有一死这个抽象的命题，而是一个接一个的实实在在的危险。对于一个忧虑的人来说，战争或许是其消除忧虑的唯一办法。那种整天纠缠于自己的影子并与之过不去的人，最终必会把我们引向战争，因为只有战争这个实在的危险才能治愈他对死亡无端的恐惧和焦虑。

　　再看病人的例子。一个人生病了，生病前，他总是疑神疑鬼，胡思乱想，老是怀疑有这个病有那个病，一日不得安宁。然而，若是真的生了病，他的心反而踏实了，也就没必要担心会不会生病了。许多东西实际并不存在，而是我们凭空想象出来的，宛若空中楼阁。由于这些空中楼阁抓不着看不见，不受我们控制，所以天长日久我们便生出诸多焦虑与不安来，这等于我们给自己制造许多敌人出来。让我们再来看看商人的例子。如果一个商人破产了，他必定有很多事情需要处理，于是他让自己忙着收拾残局，根本就没有时间胡思乱想。可是，倘若这个商人实际并没有破产，却整天担心自己会破产，那么他纯粹是自寻烦恼，自找不快，因为他所忧虑的那些发生革命、时局有变或是遭受财产损失等等的情况，均是他臆想出来的，毫无根据。只是为着某种可能出现的事情瞎操心，实在是误入了歧途，陷进了恶性循环，因为未来有无数种可能，今天你为这个可能买单，明天又要供养另外一个可能，你的忧虑和烦恼便会一个接一个，层出不穷。前一个担忧还没有结果，后一个担忧就接踵而至

047

了，它们就像一张网，将你紧紧缠住。你陷入网中，不能有任何作为。在我看来，无端地担心只是一场没有结果的躁动，而冥想又会加重这种躁动。人一想到死亡就害怕，此乃人之常情，本无可厚非。但问题是，你只是坐在那里瞎想却不采取行动，这样又有什么用呢？这只能让你更担忧更害怕。如果你只是陷入未来无限的可能性中而不能自拔，这只能徒增你的烦恼，更添你的恐惧。有人一想到考试就肚子疼，身体内翻江倒海，五脏六腑都拧结在了一起，就好像有人拿着一把致命武器顶在他肚子上似的。然而我们都知道，实际情况并非如此，只是因为他无事可做，才自导出一场苦情戏来。

1923年8月20日

十六　姿态

再普通的人，在诉说自己的不幸时，都成了伟大的艺术家。如果他的胸腔感到紧张和压迫，他会把胳膊压在自己的胸上，全身的肌肉绷得紧紧的。虽然面前没有敌人，他的牙齿也会紧咬着，肌肉变得很僵硬，拳头挥向空中。即使从外部看他并没做这些令人不安的动作，他身体的内部此时肯定也是翻江倒海，呼天抢地，不得安宁，而且程度也会更加激烈。当我们睡不着觉时，我们的脑海里就像是过山车一样，回忆起各种各样的事，翻腾着各种各样的想法，而且几乎都是令人不快的事情和想法。可以确定地说，我们的脑海里之所以会有如此多不快的想法，是因为我们在自己的身体内做出了那么多同样不快的动作。一切精神疾病，甚至是所有其他疾病，在其初发阶段，都可以通过放松肌肉、操练体操来治愈。这种疗法几乎是屡试不爽，非常灵验，可惜的是，大家都没想到这么做。

一切有教养的、体现出礼貌的行为都能给我们的思想和情绪带来积极而巨大的影响。为人谦和、善良，有助于我们战胜不良情绪对我们的影响，甚至可以缓解胃痛。在待人接物时，面带笑容，发出优雅得体的动作，这对我们也都有很大的好处，我们在这样做的时候，就不可能同时做出表示愤怒、蔑视、悲伤的动作。正是这个原因，人们才如此热衷于参加各种聚会和社会活动，才如此频繁地走亲访友，出入各种公共场合。在这些场合里，由于我们都竭力向他人表现出我们最好、最积极的一面，所以我们总是面对微笑，礼貌待人，这让我们暂时从负面情绪中解脱出来，沉浸在欢乐之中。

信徒在祈祷时所做的动作值得每一个医生好好研究。祈祷时，他们双膝跪下，内心充满平静，身体变得柔顺，内部器官得到放松，这使得他们执行起宗教仪式来更加轻松从容。"低下你的头颅吧，西冈勃尔人[①]！"这是圣雷

[①] 西冈勃尔人：日耳曼民族的一个分支。

米①主教对那个凶残的日耳曼部落说的话。圣雷米主教并不奢望西冈勃尔人能永久地消除愤怒，不再昂起骄傲的头颅。他只是劝他们保持安静，不再叫嚣，闭上眼，享受全身放松的那一刻。这样做，便能消除他们性格中充满暴力的部分。不是永久消除——我们的能力还达不到这一点，只是暂时抹去。虽然是暂时的，但也是美好的。由此不难发现，所谓宗教的奇迹并不是宗教本身带来的，而是由信仰宗教的人在执行宗教仪式时通过具体的动作产生的。

看一个人是如何将烦恼和忧虑驱除出脑海的，是一件很有意思的事情。只见他耸耸肩，深吸一口气，仿佛要将身体里所有的结全都解开。他把头转向一个崭新的方向，以便眼睛和心灵能看到此前从未看到的东西。接着，他猛地一抖，似乎要把心中所有的忧虑和忧伤全都卸掉。然后，他又弹起手指，扭响关节，好像是要跳起舞来。没错，此刻若是有大卫的竖琴②在一旁弹起，他兴许就会操纵四肢，翩翩起舞，以平抑心中的怒气和所有的忧伤。于是，一个情绪上的病人就这样被治愈了。

有一些小动作我很喜欢，比如说挠头，虽然它没有明确的含义和目的，却可以转移一个人的注意力，让他有事可干，免得他捡起石头或标枪砸向别人。由此可见，一个小小的动作就能给人的情绪带来改变。念珠真是一项伟大的发明，它能让我们的手指和思想同时忙起来，而不至于有乱想杂念。然而，哲人的方法更绝。他明白，人的意志虽然拿情绪没办法，却可以控制人的动作，而动作可以对情绪施加影响。

劝自己不要胡思乱想或许不容易，但拿起提琴演奏一首曲子却不难。

1922年2月16日

---

① 圣雷米：法国东部的一个地区，有圣雷米教堂和圣雷米修道院。
② 据《圣经·旧约》记载，大卫有弹奏竖琴的爱好，他曾为扫罗弹过竖琴。荷兰著名画家伦勃朗曾根据这个故事专门创作出一幅画，名字就叫《为扫罗演奏竖琴的大卫》。

十七　体操

　　一个钢琴家，上场时怕得要命，然而开始弹奏后，就放松下来了。怎么解释这一现象呢？有人说，是因为钢琴家专心于弹奏从而忘记了恐惧。这么说没错，不过我想更进一步，对恐惧本身做更深入的思考。通过这种思考，我发现，钢琴家最终是通过灵活的手指运动摆脱掉恐惧的。众所周知，人体是一个精密的组织，人体的各个部分之间相互关联，彼此影响。如果胸部绷得紧紧的，手指也就不会放松；而一旦身体的某个部位变得灵活起来，这种灵活性会蔓延至全身，使得身体的其他部位也都变得灵活起来。在一个到处都充满灵活的身体内，恐惧也就没有了立足之地。歌唱家在歌唱时，或是演讲家在演讲时，由于他们的喉咙、肢体等部位的肌肉需要做适宜的、有节奏的运动，因此他们自然会远离恐惧的侵扰。长期以来人们忽略了一个重要的事实，那就是：真正将我们从不良情绪中解救出来的并不是思想，而是我们所做的动作或所采取的行动。虽然我们不能随心所欲地思考，但是当我们习惯于做某种事情时，当我们的肌肉因体操训练而变得灵活时，我们就可以随心所欲地做我们想要做的动作。所以，当你感到焦虑的时候，不要东想西想或者试着去分析焦虑的原因，因为这只会让你更焦虑。这种情况下，你只需举起你的胳膊，伸展你的四肢，就像以前你在学校里做的那样，这样做会给你带来意想不到的效果。这也正是哲学大师为什么都喜欢体操的原因。

　　一位飞行员曾向我讲述他的惊魂两小时。当时他正躺在草地上，等待天气变晴，他好驾驶着飞机飞向蓝天。驾着飞机在蓝天上飞翔，这原本是多么美妙的一件事，然而当我们的这位飞行员一想到飞行可能遇到的无法处理的危险时，他就身子直抖，不寒而栗。可是，等到他驾驶着飞机真的飞上了蓝天，他的那些恐惧马上就烟消云散了。每当我读到有关勒内·丰克①的冒险故事时，我总会想起他的这样一次经历。勒内·丰克是一战期间一个大名鼎鼎的飞行员，有一天，他驾驶着一架战斗机飞行在一万两千英尺的高空。这时，飞机的操控系统突然失了灵，导致飞机迅速向下坠落。丰克赶忙查找原因，结果发现原来是一枚炮弹从弹仓里滑了出来，堵住了飞机操控系统的仪器。于是，他立刻把炮弹放回原位，而此时飞机依然在坠落中。随后，丰克操控飞机的操纵杆，把飞机往上拉升，险情随即解除，一切都恢复了正常。我相信，这样的经历，当勇敢的丰克在随后的日子里，回忆起它或是在梦里梦到它的时候，肯定会感到后怕，甚至会吓出一身冷汗。然而，同样是丰克，当他处在这件事情当中，全部的精力都用来对付险情的时候，他却一丝的恐惧都没有。我们的身体真是一个奇怪的东西，一旦我们不给它发出指令，它就会自行其是，变得不知所措起来。然而，还有一个值得注意的现象是，我们的身体不能在同一时间做出两种截然相反的动作。比如说，当你张开你的手掌时，你就不可能同时让其合上，反过来亦然。懂得这一点，我们便能通过控制我们的动作来控制我们的情绪。比如，既然愤怒的时候我们总是习惯于握紧拳头，那么当我们松开拳头，让我们的手掌处在放松的状态时，我们便能将握在拳头里的那些怒气慢慢地释放出去。同样，耸一耸肩，我们就能把藏于胸腔中的烦忧排解一空。既然吞咽和咳嗽是相互排斥的两种动作，那么我们可以通过模仿吞咽的动作而治好咳嗽——那些止咳含片所能起到的作用也无非是让人去做吞咽的动作。出于同样的道理，如果你学会了打哈欠，你也就治好了打嗝。但是怎么打哈欠呢？首先要学会模仿，也就是试着去做打哈欠时常有的那些动作，比如伸懒腰呀、哈哈气呀等等。换句话说，你要是假装打哈欠的话，你的身体就会慢慢的进入打

---

① 勒内·丰克：法国飞行员，空军军官，在一战期间为法国立下了汗马功劳，据说由他击落的敌机达到了一百架，光是已经确认了的就有七十五架。1908年他获得了法国荣誉军团勋章。

哈欠的状态，而一旦打起了哈欠，打嗝也就治愈了，因为打嗝和打哈欠也是相互排斥的动作，不能在同一个人身上同时存在。这种法子不仅对打嗝、咳嗽有效，对消除忧愁和烦恼同样有效。

1922年3月16日

十八　祈祷

你不能一边嘴巴张得大大的,一边指望从这张嘴里发出闭口的"i"这个音。亲自试一下你就会发现,张大的嘴巴里只能发出"a"这个音,尽管你心里想发的是"i"。这个例子说明,我们心里想什么,相应的我们在行为上就要配合它做什么,否则我们便得不到我们想得到的东西。反过来说,有什么样的行为往往便有什么样的思想活动和情绪反应与之对应。这一点可以通过我们熟悉的形体动作直接证明。例如,如果我生气了,我一定会本能地握紧拳头。人人都知道这个道理,却很少有人懂得利用它去控制我们的情绪。

每一种宗教里都包含丰富的、可以为世人所用的智慧。例如,有个人,遭遇了不幸,却不愿面对现实,而是在那里怨天尤人,反抗挣扎。他这样做,不仅徒劳无益,反而会把自己搞得筋疲力尽,进一步增加自己的痛苦。对于想帮忙的外人来说,你与其跟他讲道理,不如迫使他跪下来,双手抱着头。这个有点儿像体操的动作会抑制他狂躁的想象力,从而把他从绝望和怒气中暂时解救出来。

一个人一旦听任情绪的摆布,就会失去理智,变得相当无知,以至于连这个最简单的解除烦恼的办法都想不到。一个人遭到欺负,他首先会找出成百上千条证据来证明他受到了欺负,然后他又会从周围的环境中寻找种种迹象,以强化对方所犯下的罪过,而且对他来讲,这些迹象总是不难找到。如果他往前翻,他一定能发现欺负他的人是有前科的。等到这些工作完成后,他会不无自豪地说:"我不是平白无故发怒的,你瞧瞧,上述这些就是我发怒的理由。既如此,我决不会善罢甘休。"这是最初的反应。接着,理性开始上场了。令人惊讶的是,每个人好像都是哲学家,面对出现的问题,每个人都能讲出一大通道理来。然而,遗憾的是,理性并没有发挥作用。"我的理智告诉我……"

我们经常把这样的话挂在嘴边,可是,可悲的是,我们很少坐下来认真倾听理智的声音。怀疑论者指出,这正是不可抗拒的命运登上历史舞台、受到世人追捧的背景。事实的确如此。在遭遇不幸时,世人感到自己仿佛受到了审判和惩罚,由此便产生了最初的对上帝的信仰以及有关这种信仰的最深奥的观念。当人类还处在漫长的婴儿期的时候,那时的人们普遍认为,各种各样的情感和五花八门的梦都是神明赋予的。每当卸下重担,得到解脱时,他们都以为是得了神的恩惠。一个饱受盛怒折磨的人跪下来祈求神的安慰,其实根本不必由神来赐予安慰,只要他真的跪了下来,他的这个姿势就能确保他不再受怒气的折磨,因为跪下和生气是水火不容的两种东西。世人不解个中缘由,便天真地以为是某种善的力量将他从邪恶中救了出来。这为神学提供了发展的机会,神学家们于是在此大做文章。当祈求神明后仍然不能消除烦恼时,神学家们或是其他人就会告诉他,之所以没有见效,是因为他的心还不够真诚,或者是他没跪下来,抑或他还对他的怒气念念不忘。当他坦白上述这些情况都存在时,神学家们又会说:"我就说嘛,神总是公正的,他能看透每个人的心。"殊不知,神父同信徒一样天真,问题依然没有解决,那个可怜虫依然遭受着情绪的折磨。直到过了许久,人们才发现,所有不良的情绪都是人的行为产生的,正所谓解铃还须系铃人,问题的解决之道需要回到行为本身。于是乎,有益于精神健康的体操运动应运而生。在操练体操时,人的身体动作带来情绪上的变化,优雅的姿势、程式化的动作以及礼貌给人的精神带来了积极的影响。于是,人的性情有了一百八十度的大转变。长期以来,人们都把这种转变看成是神迹。殊不知,当人们用超自然的力量去解释现实世界时,迷信就产生了。受过教育的人都知道这一点。然而时至今日,即便是那些最有学问的人,在遭受情绪困扰时,也会把这一点忘得一干二净。

1913年12月24日

十九 打哈欠的艺术

狗在篝火边打着哈欠，暗示猎人把没来得及做的事放到明天再处理。放下一切礼节和包袱，尽情地伸伸懒腰，打着哈欠，这是生命活力的表现，它怡人性情，沁人心脾，让人无法抗拒。一个人伸懒腰打哈欠，其他人都跟着做起来，然后睡眠很快来临。打哈欠并不是疲乏的信号，而是表明我们体内的器官正在做一种疏通运动，这种运动把我们从日常的纷争喧嚣中解救出来，让我们不再紧张。通过这种充满活力的运动，生命在宣称，它对自己目前的生活很满意，不想再考虑其他事。

众所周知，当一个人精力过于集中或是处于紧张状态时，他的呼吸就会受到抑制。生理学已经向我们表明了这一点。通过生理解剖，我们发现，我们的胸腔周围布满了强有力的肌肉，当我们处在防御或其他可能带来焦虑的状态时，这些肌肉就会张紧，对胸腔施加一种作用力，使其收缩并最终瘫痪。把两只胳膊高高地举在头顶，做出投降的姿势，这样做能最大程度放松我们的胸腔。打哈欠时，我们正好也发出了这样的动作。明白了这一点，我们便不难理解，为什么说当我们在为某些事操心时，我们的心脏会受到压迫，这种压迫进而传导至胸腔，最终使我们变得焦虑。焦虑和欲望是一对孪生姐妹，当我们燃起欲望，有所期待时，哪怕这种欲望这种期待再小再微不足道，都足以引起我们的忧虑。一个人一旦有了忧虑，便会心神不宁，坐立不安，进而发火生气。实际上，这是有意跟自己过不去，它解决不了任何问题。社会仪式是一种束缚，它们像忧虑那样，也会给我们带来紧张和不适。更何况，有些仪式还要求穿统一的正装，这无疑又进一步加重了紧张和不适。于是，无聊和厌烦开始出现，而这种情绪会传染，一开始是一个人感到厌烦，到后来，所有人都感到了厌烦。对付这个问题的良方就是打哈欠，而打哈欠也会传染。让有些人不解的是，为什么打哈欠也会传染呢。在我看来，真正具有传染性的是那不苟言笑的表情、过于审慎的态度以及忧心忡忡的样子。而打哈欠，之所以能传播开来，是因为它撕下一本正经的严肃表情，以超然的态度和洒脱的精神面对人生。这种行为是对生命的伸张，可以说，它让我们回复到了生命本初的健康状态。这是一个人人都在翘首以盼的信号，人们渴望听见这种信号，就像士兵渴望听见解散的命令。由它带来的惬意不容抗拒，于是一切严肃在它面前都自觉退让。

笑和哭其实是同一种性质的解决方式，只不过它们不像打哈欠那么放肆，效果也未必有打哈欠那么好。无论是笑还是哭，都涉及了两种矛盾思想之间的斗争，一种带来束缚，另一种带来解放。然而打哈欠就不同了，打哈欠时，各种思虑，无论是带来束缚的还是带来解放的，都被弃在一边。生命在自得其乐时，会抹去所有的想法。正是基于这一点我们才说，狗是最懂得打哈欠艺术的生物。

神经系统紊乱往往都是过度思虑造成的，大家或许也都注意到了，患这种病的人一旦打了哈欠，就意味着病情正在好转。在我看来，打哈欠就像随之而来的睡眠一样，对所有疾病都有益。有很多疾病很大程度上是我们的思想造成的。为了更好地理解这一点，我们不妨先来看一个生活中的实例。日常生活中，我们有时会无意中咬到自己的舌头，这种事以及由此带来的痛苦想必很多人都曾体验过。在法语中，"咬舌头"还衍生出了比喻义，成为一个成语，意思是：为说过的话后悔。不用说，为说过的话后悔的人，精神一定处在极度的痛苦中，而精神的痛苦又会引起肉体的痛苦。相比之下，打哈欠就安全多了。

1923年4月24日

二十　坏脾气

若要体验什么是愤怒，最好的方式莫过于自己挠自己几下。这种痛苦是你自找的，谁叫你跟自己过不去呢！这方面最在行的是小孩子。一个孩子哭泣了，他的哭声使他越哭越厉害。哭泣让他变得情绪低落，别人想安慰他，他却将头扭到一边，不予理睬。他这是在跟谁赌气呢？

伤害你爱的人，结果你自己也受了伤。

惩罚你的家人，结果你自己也受到了惩罚。

你讨厌别人说你无知，你一赌气，发誓再也不读什么书。

你我行我素，一意孤行，誓将固执坚持到底。

你咳嗽了，因为你刚刚发过怒。

你不能忘记曾经受过的侮辱，一遍遍将之温习和回忆，而这，让你感到更深的痛苦。你像一个悲剧家，一遍遍向自己讲述曾经受过的伤害和屈辱。

你消极悲观，总是把事情往坏的方面想，你总是看到事情坏的一面。

在你眼中，你周围的人没有一个好货色，都是恶人。你如此想，终于也使自己成了一个恶人。

你做事从不专心，失败了，你却怪自己运气不好。你振振有词地说："本来我就没抱成功的希望，命中注定我赢不了。"

你时刻板着脸，却说别人对你没有笑脸。

你做了令人讨厌的事，却不许人说你是令人讨厌的人。

你想睡却睡不着，为此你烦恼不已。

你如此悲观消极，竟怀疑所有快乐。

你哭丧着脸面对一切，好像一切都是你的敌人。

你脾气很坏，一想到这一点，你的脾气就变得更坏了。

生气时，你为自己开脱说："我生性腼腆，不善交际。我年纪大了，记忆力越来越差。"

你把自己搞得蓬头垢面,然后又对着镜子顾影自怜。

上面这些,是一份负面情绪的菜单,是坏脾气为我们设置的种种陷阱。

面对严寒,有的人说:"冷的确是冷,但对健康有好处。"我钦佩这样的人,因为他知道什么才是对抗严寒的最好办法。当东北风呼呼地刮着的时候,你要搓搓手,这比什么都管用。在面对冷漠无情的大自然时,本能即是智慧,身体的本能反应即是我们得以保全的最大保障。抵御严寒的方式只有一种,那就是:坦然接受严寒,并为此而感到高兴。正如快乐哲学的大师斯宾诺莎所说的那样:"不是因为我在取暖我才快乐,而是因为我快乐我才取暖。"同样的,我们应该对自己说:"不是因为我取得了成功我才高兴,而是因为我高兴我才取得成功。"如果你出去寻找快乐,你就要随身带着快乐。在接受别人的帮助之前,就要学会感恩。希望孕育希望,好兆头带来好运。要告诉自己,一切都是好兆头,一切都是好迹象。爱比克泰德[1]曾说:"只要你愿意,乌鸦也能带来好运。" 这句话是说,万事万物中、任何境遇下都能找到幸福,只要我们善于发现,勤于寻找。但它更想强调的是,健康的心态和美好的希望会影响事情发展的进程,将其引向好的方向;它滋润万物,恩泽万象,并能将其遇见的一切转化为我们快乐的源泉。当你遇到一个自己烦躁同时又令人厌烦的人时,你首先要做的就是对他保持微笑。想要睡得着,你首先得相信自己能睡着。简言之,在这个世界上,我们最大的敌人就是我们自己。在这篇文章的开头,我列举了疯子一般的行为和生活。其实,我们每个人的身上都潜藏着疯子的影子,疯子的行为不过是把平常人所犯的错误夸大了而已。即便是一次微不足道的脾气发作,也伴随了疯子般的被迫害妄想。当然,不排除某些疯狂的确是某种精神病引起的可能,这种情况一般是操纵我们行为反应的神经系统受到了难以觉察的损伤。不过,我拿疯子来举例,不是在做疾病研究,而是

---

[1] 爱比克泰德:古罗马斯多葛学派哲学家,著有《爱比克泰德语录》。

想从他们身上找到一些可能带给我们启发和思考的东西。经过考察,我发现,疯子身上出现的那种对事物对处境有害的误判,同样存在于我们普通人身上,只不过在疯子那里表现得更夸张更突出而已。通过疯子这个"放大镜",我们能更好地看清自己。疯子总是自问自答,他一个人便将所有的角色都扮演了;他对自己念的那些咒语似乎都很灵,而我们要反思的是,那些咒语为什么那么灵。

1921年12月31日

二十一 性格

每个人都有心情不好的时候，天气的变化、胃部的不适都可能惹我们不高兴。在这种情况下，有的人用脚踢门来解气，有的则爆粗口。其实，没什么大不了的，真正的智者从不把那些小事放到心里去，无论是谁的错，他都以一颗宽容之心，予以原谅，过后也不会再想它们。然而不幸的是，更多的人都是把自己的脾气神一样地供奉起来，对其顶礼膜拜。天长日久，一时之气便衍变成了性格。原先，你生过某人的气，后来你就会越来越不喜欢这个人。在鸡毛蒜皮的小事上，一旦我们不能劝自己豁达，不能跟自己和解，那么我们也就很难会去原谅别人。有的时候，面对一件让我们不开心的事，我们无比懊恼，对它一直耿耿于怀，而这常常是放大了别人的错误。一个人的脾气总是他自己精心栽培出来的，我们很少懂得去改变自己的行为，只知道拿性格说事，随意甩出"我生来就是这样"的话，然而很多人并没有意识到这句话究竟意味着什么。

有的人对香气比较敏感，闻见香气就感到不舒服。不过，这种不舒服是暂时的，因为我们可以选择远离花儿、香水这类会产生香气的东西。然而还有一种人，几乎到了神经质的地步，一种香气哪怕再微弱，他都要发誓把它找出来，并嗅上一嗅，然后说自己头痛。这种人还有很多。比如，有的人说不能闻到烟味，一闻到烟味就咳嗽，于是他下令，全家人都不能吸烟。有的人患上了失眠症，入睡困难，他宣称，再小的动静都会把他吵醒，让他睡不着。到了睡觉的时间，他不去睡觉，而是躺在那里，倾听每一个细小的声音，一旦听到了一点动静，家里其他人就都遭了殃，成为他控告的对象。更可笑的是，如果哪次无意中睡着了，他不仅不高兴，反而会抱怨起自己来，就好像是他失了职，没有维护好自己的性格似的。世人对所有东西都会产生迷恋，不论这种东西是好是坏。比如，我就见过有人打牌非得输给人家才满意，赢了反而会不高兴。

有的人怀疑自己的记忆力正在不断下降，或是担心不久的将来不能开口说话了。他起初有这种想法，或许只是出于臆想，他自己可能都不信。可是，随着"证据"的出现以及"证据"越来越多，他便开始坐不住了。当然，不能排除的确患病的可能，而且，一个人日益衰老时，也会出现记忆力衰退或是言语能力丧失的情况。可是，医生们都知道，有些人生来就多疑，他们会主动寻找自己身上出现的诸多症状，把它们聚在一起，以此来印证他们已身患某种疾病，而且这些症状真是太好找了。这种无端臆想和无限夸大的做法非常有害，它给我们带来焦虑，使我们患上疾病，尤其是精神疾病。著名神经学家夏科特①后来干脆不再相信患者有关自己的描述。有些病，的确是因为医生的不相信、不承认或冷漠处之而消失或治愈了的。

弗洛伊德那套精巧的学说②曾风靡一时，然而时至今日，它的影响力却在不断下降，因为在当前这个时代，让一个多疑的人相信人们想让他相信的事情简直是太容易了。司汤达③曾说过，一个多疑、整天担心这担心那的人，他的想象力过于强大、过于活跃，他完全可以凭空制造出一个敌人来。更何况，弗洛伊德的那些学说是建立在性的基础之上的，而大家知道，像性这类东西的重要性完全取决于人们对它的重视程度，外加一种难以抑制的诗意。医生在为病人看病时，难免会做各种假设和猜测。而我们都知道，这些假设和猜测对病人来说未必是好事，因此医生都会瞒着病人，不告诉他们这些。可是，现在的病人似乎都特别聪明，很快便能猜出医生的想法，并把它变成既成的事实。据说，有一种病，患上它的人，其某一方面的记忆力会全部丧失。殊不知，这世

---

① 夏科特：法国神经学家，现代神经病学的奠基人，被称为神经病学之父。
② 这里指的是弗洛伊德所创立的精神分析方法，其核心在于对人的潜意识进行分析，以便了解人的受压抑的欲望，从而探讨造成精神疾病及其他异常情况的根源。
③ 司汤达：法国批判现实主义作家，主要小说有《红与黑》《帕尔马修道院》等。

上还有一种"病人",他们会无端地生疑,把各种迹象、症状拼贴起来,制造出患病的事实。这种病人病得实在不轻。

1923年12月4日

二十二　宿命

　　很多事情我们都不知道究竟是打哪里开始的，即便是像伸展胳膊这样普遍而简单的动作也是如此。没有人向神经或肌肉发布命令，伸展的动作自己就开始了，我们接下来要做的，就是顺其自然，跟着它的节奏走，并尽可能地将它完美地完成。由此来看，我们不需做出任何决定，就已经处在了运动之中，并知道前往的方向。我们对自己行为的这种驾驭，就像是马车夫驾驭他的马儿。不过，只有在马儿脱缰的时候，马车夫才需要勒住它。这个过程一般是这么开始的：先是马儿受到惊吓，然后拼命往前跑；马车夫发现这个情况后，立即想办法控制，最终将马儿引向需要其前往的方向。与此相似，一艘船，有了向前的推力后，便开始前行。倘若没有这种推力，无论你如何操纵船舵，给予它指挥，它都会纹丝不动。简而言之，无论如何，先开个头才是最要紧的，至于前往何方，以后有的是时间去思考。

　　一个动作，一种行为，到底是由谁决定后才开始的呢？答案是：没有人做决定。这就好比我们起先是孩童一样，不需要任何人做出什么决定，我们自己就慢慢成长起来了。开始职业生涯也是如此。在我们尚未主动做出选择前，我们成长的环境以及我们每个人身上特有的品性，就决定了我们可能从事的职业。这也正是老在思考的人做不出任何决定的原因。无比荒唐的是，一些学校还在向学生灌输原因和动机的概念。有一个故事，讲的是大力士赫拉克勒斯[①]如何在善与恶之间做选择。这个故事蕴含的道理很抽象，它有点像语法老师教的语法。其实，人根本就不需要做选择，我们只管向前走就行了，因为所有的道路都是值得走的。在我看来，生活之道首先就在于，不后悔曾经做出的选择，不计较目前正在从事的工作，你只需将它做好就可以了。有些选择不是我

[①] 赫拉克勒斯：希腊神话中的大英雄，主神宙斯与阿尔克墨涅之子，他神勇无比，力大无穷。

们自己做出的，而是现成就有的，我们往往以为这便是命运的安排。我们当然可以把它们看成是命运的安排，但它们对我们却没有任何的约束力，因为没有哪一种命运在本质上是不好的。任何一种命运都可以是好命运，关键看我们自己如何作为。毫无疑问，再也没有比拿天赋秉性做文章的人更无能的了，在一个我们每个人都没有选择权的事情上纠缠不休，简直是在浪费时间。其实，不论各人有什么天赋，也不论这些天赋如何，它们都足以成就一个有志之人，哪怕这个人的志向再大。

"都怪我当初没有读书！"这是懒汉常用的借口。如果你告诉他现在学也不迟，他指定不听你的。在我看来，如果一个人已经放弃了学习，那他以前的学习经历也就没什么了不起的了。仰赖过去，同后悔过去一样，都是极其愚蠢的。你过去取得的成就再大，也不是你止步不前的理由。你过去再失败，也没有到不可挽救的地步。在我看来，好运气比坏运气更难利用好。如果你生在富贵之家，那么你一定要小心才是。像米开朗琪罗这样的人，其让人敬佩的，是他们坚强的意志，他们本身具备巨大的天赋，但他们不满足于拥有这些天赋；他们原本可以平平顺顺地度过一生，结果偏要选择一条更难走的道路。这样的人才是真正伟大的人，这样的人才是真正能创造出奇迹的人。我认识一位老人，他已是满头白发，却还不知满足，主动要求到学校里上学，再学点知识。这个例子告诉那些迟疑不决的人，做一件有价值的事，什么时候开始都不晚。如果你告诉一个水手说，他只要刚开始的时候转动一下舵轮就可以渡过海的那一边了，他一定会笑话你的。我们有些人也犯了这样的错误，他们企图让孩子们相信，只要他们努一次力，把学习成绩搞好，他们后半辈子就不用愁了。幸亏孩子们没听他们的，否则他们一生都会过得很悲惨。

1922年12月12日

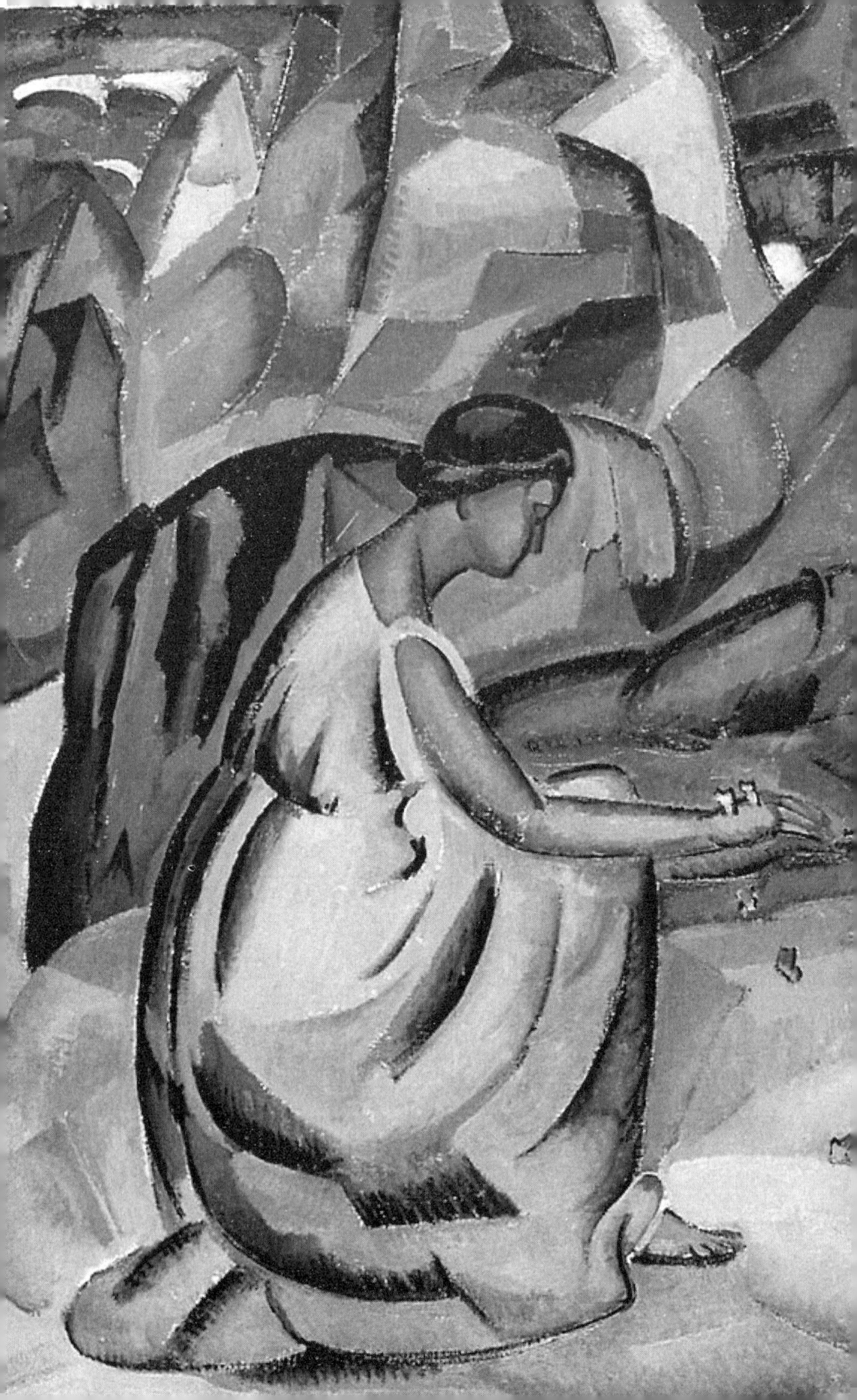

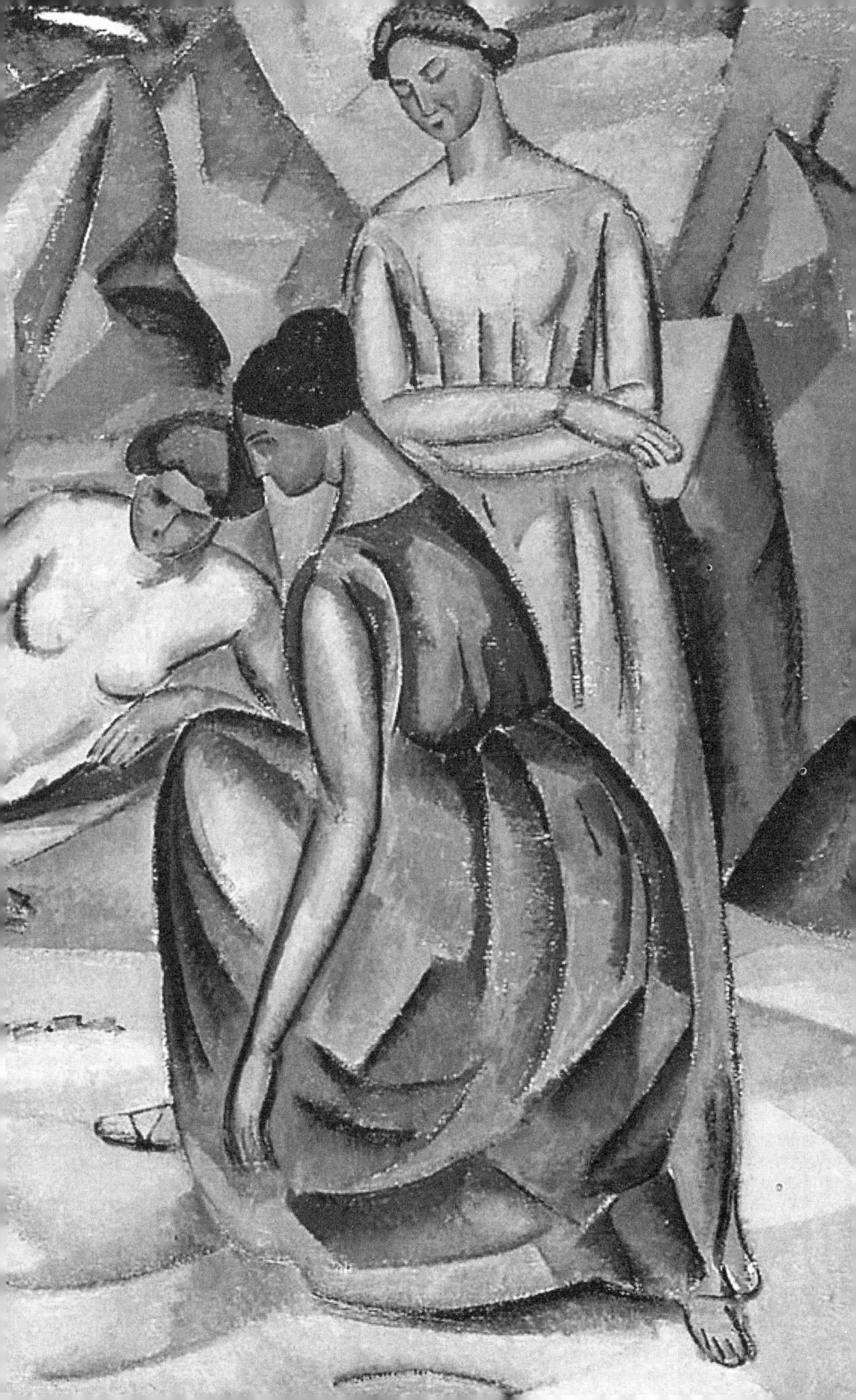

二十三　操心的灵魂

曾有一位寂寂无名的哲学家,创造了"操心的灵魂"这个词语,来形容某种消极等待的思想状态。处在这种状态下的人,就像风中的杨树叶一样,无法主宰自己的生命,只能听由外力的摆布。这种灵魂时刻处在警醒的状态,内心充满了恐惧。实际上,它非常脆弱,很容易受到各种外界力量的攻击。古罗马女预言家西比尔[①],我理解她的想法,理解她的三足鼎,也理解她经历的那些痛苦。关注一切,实际上就意味着恐惧一切。在这熙来攘往、纷繁复杂的世界上,有些人不懂得远离喧嚣,删繁就简,在我看来,这些人实在可怜。

有时,一个艺术家宁愿回到接收一切的状态,在这种状态下,他面对所有的色彩,倾听每一个声音,感受每一种冷暖,他通过显微般的观察,企图记下大自然变动的每一个细节。令他不能理解的是,农民或是水手们,他们就生活于大自然之中,与大自然朝夕相处,竟觉察不到自然界每一处细微的差异与变化。然而,这位艺术家却不知道,唯有懂得舍弃,方能得到更多;唯有懂得放下,方能行得从容。圣·克里斯多夫[②]过河时,并没有在意脚下的波涛,这样他便能专心致志地渡过河去。他说:"一个人想得太多,就容易失眠。"不仅如此,想得太多,还会妨碍行动。

我们必须学会摒弃杂念,删繁就简,轻装上阵。在我看来,人一旦躺倒在床,就要摒弃杂念,安心睡眠。身体健康的标志便是:想睡的时候,能立即入睡,不会翻来覆去想这想那;而一旦醒来,便精神抖擞,神清气爽,疲乏全无。而"操心的灵魂"则醒得不彻底,老是旧梦重温。

---

① 西比尔:希腊罗马神话中著名的女预言家。
② 圣·克里斯多夫:基督教历史上的救难圣人,有关他的最有名的传说是,他曾经帮助耶稣所假扮的小孩子过河。

我们当然可以过着操心这操心那的生活，而且，我们生来就会预想未来的事。我们身体的构造，上天赋予我们的感官，使得我们能够记录、接收来自外界的哪怕最微弱的信号并将其保存在我们的心底。一阵狂风吹过，紧接着很可能就是一场暴雨。在这方面，人类已经积累了丰富的经验。留心类似的信号，当然是一件好事。但凡事都有个度，我们总不能一有风吹草动就惊慌失措，草木皆兵。我曾见过一个巨大无比的气压计，这个气压计非常灵敏，附近有马车经过或是有人走动，它的指针都会做出反应。如果我们不懂得控制自己，我们就会像那只气压计一样过于敏感，我们的情绪就会处在持续的波动之中，这不仅会给我们徒增烦恼，我们也会因此而变得十分疲惫。

当参加社交聚会，同一群人在一起时，愚蠢的人总是热衷于倾听一切，吸收一切，并竭力理解一切。如此一来，他便会发现，那些谈话断断续续，没有连贯性，似乎是想到哪便说到哪，没有中心，没有重点，看上去十分愚蠢。智者就不一样了，面对同样的谈话和如此多的信息，他就像优秀的园丁修剪枝叶一样懂得挑选。在社会上做事，我们更应该学会摈弃，懂得挑选。若非如此，我们便会受到诸多牵绊和阻拦，到那时，连天边的地平线也会成为一道墙，横隔在我们眼前。在这个世界上，每一件事物都有它所属的位置，我们应该为其找到属于它的位置，将与目标无关的观念、印象通通过滤掉，挡在我们的心门之外。

我认识一个感情特别丰富的女子，每当看到有树被砍倒或树枝被砍下时，她都会哭泣。可是，倘若没有了砍伐，我们所生活的这个世界就会立刻回到从前，变得杂草丛生，猛禽泛滥，沼泽遍布，瘟疫横行，进而导致饥荒爆发，饿殍遍野。同样，我们要经常清理我们的思想，扫除一切不健康的情绪。我们要以革新的精神，敢于向自己宣战。世界是用斧子和刀子开辟出来的，它们每开辟一片天地，便丢掉一部分幻想。很明显，这也是对耽于幻想、沉迷于预测的行为的蔑视与反叛。一旦我们坐在那里幻想和预测而不付诸行动，一旦我们被复杂的世界表象所淹没，被各种杂念和过多的细节搅得焦头烂额，世界的大门就会向我们关闭。据说卡桑德拉①有超强的预言能力，但是，我们应该对她保持警醒，因为她预测的都是不幸，而且她又没有能力或是鼓舞人们避免或是战胜这些不幸。真正的人懂得振奋精神，创造未来。

1913年8月25日

---

① 卡桑德拉：希腊罗马神话中特洛伊的公主，阿波罗的祭司，因神蛇以舌为她洗耳或阿波罗的赐予而有预言能力，后来因为抗拒阿波罗而使自己的预言不被人相信。

二十四 未来

只要我们掌握了事物之间的关系以及因果规律，我们就不会被不可预见的未来压倒。一个恶梦，占卜师的一句话，都可能摧毁我们的意志，让我们失去希望。世界充满了预兆，这是神学家的说法。我们都曾听过关于那个诗人的寓言：诗人被告知，他将被一座房子压倒，从而失去生命。为此他一直住在旷野，以躲避这种宿命。但是诸神并不肯就此罢休。他命令一只鹰叼着一只乌龟，飞过诗人的头顶。那只鹰看见诗人的秃头，以为那是一块石头，于是便张开嘴，将乌龟掉下去，结果将诗人砸死。还有一个故事讲道：根据神谕，一个国王的儿子会被狮子吃掉。为了避免厄运的发生，国王将儿子留在家中，由一群妇人照看。有一天，国王的儿子看到墙上挂的壁毯，壁毯上画着一头狮子，正张口对着他。他勃然大怒，挥手便向壁毯上的狮子打去，不料被上面的生锈的钉子刺破手掌，发生感染死去。

上面这两个故事宣扬的是宿命论的思想，这种思想认为，每个人的命运都是事先预定了的，无论做什么，都不能将之改变。这种思想毫无科学依据，因为它无异于在说，不论原因如何，结果都是一样的。可是经验告诉我们，原因不同，结果必会不同。实际上，我们只需一个简单的推理，便可戳穿这个有害的宿命论的幽灵。假设我猜到我会在特定的某一天某一时刻被一堵墙砸到而死，那么，既然我知道会有这种可能，我就可以防止这种可能的发生。正是因为我们预见到了可能出现的结果，我们才采取手段，做出努力，使事情朝着相反的方向发展，从而避免了不幸的发生。实际上，我们每天都在跟这种状态打交道，一直生活在这样的状态中。例如，我们知道站在马路中间会遭汽车撞击和碾压，所以为了避免被撞击被碾压，我们就不会待在马路中央，而是离开它，离得远远的。

那么，宿命论的思想是如何产生的呢？在我看来，主要有两方面的原因。首先是恐惧这个因素。在恐惧心理的作用下，我们常常自动坠入不幸的深渊，仿佛正是为了配合某个预言的实现。举例来说，假如我已经预见了我可能被车撞倒，倘若在车向我撞来的关键时刻我心里想的还是这件事，我就极有可能不采取防护措施，而任由自己被撞。在这个关键时刻，我最该想到的，就是立即离开原先所在的地方，这样才能避免悲剧的发生。如果这个时候我们脑子里一片空白，思想陷入瘫痪，我们就会留在原地不动，任由车子把我们撞死。是的，遇到险情或是在紧急关头，我们的思想很容易陷入瘫痪，而算命先生正是利用了这一点。

需要补充的是，我们的身上充满了种种情欲和恶习，为了达到自己的目的，这些情欲和恶习会想尽一切办法，动用一切可以动用的手段。比如，我们可以毫不费力地预见，一个刚从赌场出来的赌鬼，下次一定会再赌；一个守财奴，一定会不断地敛财聚富；一个野心勃勃的人，一定会谋取高位。需要注意的是，即便没有算命先生的影响，我们也会自己为自己施加幽灵。我们常常会说："我生来就是这样，无法做出任何改变。"这也是思想麻痹的表现，它使得我们甘于命运的摆布，不思进取。世界处在不断变化之中，在不断流变的人生长河里，每一个节点，每一个方面，都存在着丰富的可能，懂得了这一点，我们就不会作茧自缚，将自己限制在某一种固定的命运里。《吉尔·布拉斯》①是一本好书，读起来也很轻松，它教导我们，既不要寄希望于好的运气，也不必相信有关未来的预言。我们唯一要做的，就是卸下包袱，随遇而安。我们要学会将错误扼杀在摇篮之中，而不能任由其发展，或是像木乃伊一样，将其保存下来，带在身边。

1911年8月28日

---

① 《吉尔·布拉斯》：法国作家勒萨日的长篇小说，讲述了一个西班牙青年的遭遇。

二十五　算命

我认识一个小伙子，为了预测一下自己的未来，他请一个算命先生为其看手相。他告诉我说，他只是图个好玩，并不真信这种东西。他虽然如此说，但我还是认为他是在冒险，如果他当初问了我的建议，我一定会劝他不要去算命。如果算命先生什么都没跟你说，你当然不会信什么，因为没什么可信。对于某种预言，一开始不信它，还是不难做到的。可是，随着事态的发展，你就开始动摇了。算命先生深知这一点，而且他正是利用这一点来迷惑人们的。"姑且听听又何妨，反正你又不信，还有什么好担心的！"算命先生如是说。当你听信这些话时，你就陷入了他的陷阱。

如果仅是出于逗乐或开玩笑的目的，一些算命先生往往会用较为模糊的语言，做一些普通的、有较大应验可能的预测。比如：

"未来一段时间里，你会遇到一些麻烦，遭受一些挫折，不过，它们最终都会被克服或战胜。"

"有人会不同意你的意见，向你提出挑战。但是最后，他们还是会站到你这边来。而且，你不是孤军奋战，你的那些好朋友会给你安慰和鼓励。"

"不久你会收到一封信，是关于你现在遇到的麻烦的。"

……

这个清单可以无限地列下去，还好这些预测不会给人带来任何伤害。

不过，若是真的有算命先生声称自己能预测未来，那么他向你展示的未来一定充满了可怕的不幸。一开始，你头脑清醒，根本不信他说的。但是，他的那些话会依然留在你的脑海里，挥之不去。它们会在你胡思乱想或是做梦的时候猛然出现，搅得你坐立不宁，心神不安。直到不好的事接连发生，你开始动摇，不禁觉得算命先生做的那些预测有几分真。

我认识一个女孩子，有一天，她让一个算命先生为她看手相。算命先生告诉她："将来你会结婚生孩子，你的孩子将会死去。"在最初的时候，这个预测还不至于成为这个女孩的一个重担。可是，随着时间的推移，她结了婚，并且最近刚生了一个孩子，那些预言似乎正逐一应验，这时这个女孩不可能再像起初那样心若无事了。倘若她的孩子生了病，她就会更担心预言中那个可怕的结局会出现，也就对它更相信了。

这个世界上，各种事情都可能发生，各种情况都可能出现。当不幸的事发生时，信念再坚定的人，也可能被摧毁。当有人预测未来会发生某种不祥的事情时，你对此表示怀疑，并嗤之以鼻。可是如果后来这个预测有一部分得到了应验，你就笑不出来了。到那时，意志再坚定的人，也会改变立场，对先前的预测信以为真。众所周知，对未来的恐惧所给我们带来的痛苦，丝毫不亚于未来可能出现的不幸给我们带来的痛苦。如果有两个算命的，他们相互并不认识，可是为你做的预测都一样，这时你若还能依然故我，稳若磐石，那你才是真正厉害呢。

对于我而言，我不会为未来烦神，而只关注眼前的事。我既不会请个算命的为我占卜未来，也不会穷尽世界万象，去发现未来的征兆。我不认为人类的目光可以看得那么远，不论我们有多少知识。一句话，未来是不能预测的，过去是，现在是，将来也是。在未来这件事上，我们不必有太多的好奇心，也不必有太多的顾虑。

1911年8月28日

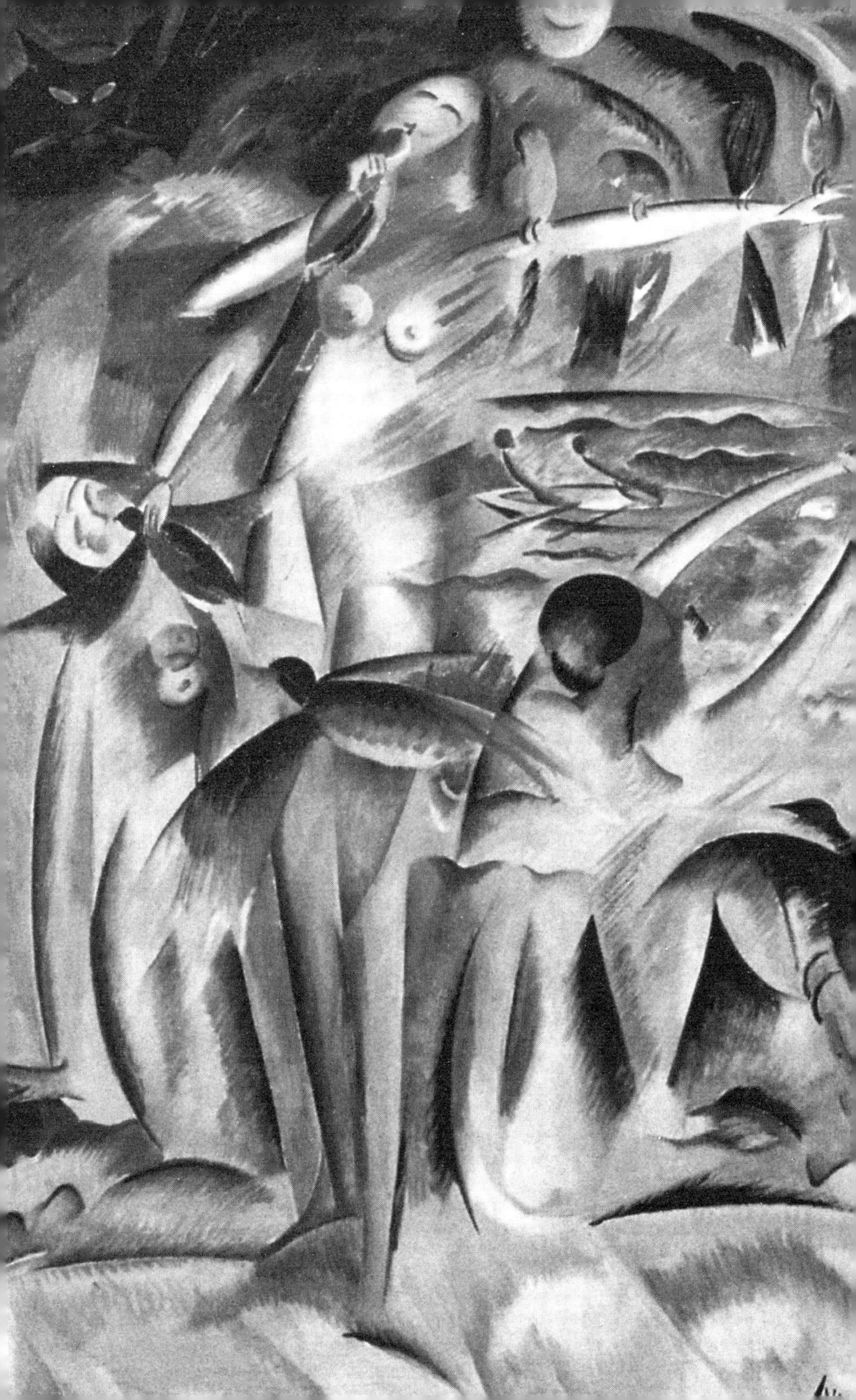

二十六　赫拉克勒斯

一个人力量的最重要的源泉就是他的意志。这种观念同宗教一样古老，像奇迹一样伟大。当一个人的意志崩溃时，这个人也就崩溃了。一个人的内在力量是通过他所取得的成就得到证明的。赫拉克勒斯就是以这种方式证明了自己，直到他成为奴隶，受到奴役。然而，他宁可光荣地死去，也不愿忍受生不如死的奴役生活。这个神话美丽极了，我希望每个父母都能引导自己的孩子读这个神话，学习赫拉克勒斯伟大的业绩，学习他勇于面对挑战，积极战胜困难的精神。生命的意义也正是在此。相反的，在困难面前退缩示弱，苟且偷生，这是懦夫的表现，这种行为无异于慢性自杀，这种生活不值得过。

有一个小男孩，很招人喜爱。每次遇到困难，他都会开动脑筋，想办法去解决它。倘若走错方向，做出了错误选择，他会立即承认是自己的错，与此同时，努力找出究竟是哪里出了问题，力戒以后重蹈覆辙。然而，还有另外一种人，他们徒有一副人的皮囊，遇到问题，首先不是进行自我反思，而是到外部去找寻原因。这种人不可能收获快乐，也没有人会喜欢或在意这样的人。他的思想如同秋天的树叶一样随风飘荡，摇曳不定。失败后或遭遇困难时只知从外部寻找原因的人，是决不会快乐的。与此相反，遭遇不顺时惯于从自己身上找原因的人，由于他懂得反思，并通过总结教训积累了经验，这样他便会变得更加强大，他也必定是快乐的。

人的状态有千百种，总归起来不过两大类：消极低沉的和积极向上的。相应的，世界上有两种猎人，一种消极悲观，一种积极快乐。面对一只从自己枪管下溜走的兔子，悲观的猎人会说："我的命运真差！倒霉事全让我一个人摊上了！"而乐观的猎人则会夸赞兔子的狡猾，因为他知道，兔子不会自己跳到他的锅里来。民谚中充满了许多人生智慧。比如，我的祖母就曾说："百灵鸟不会自己烤好了掉到你面前。"这句话蕴含着深刻的道理，值得仔细玩味。再比如，还有一条谚语是这样说的："要想睡得好，先要铺好床。"愚蠢的人常常说："要是我能欣赏音乐就好了。"照我看，他应该先去学习演奏、创作音乐，再考虑欣赏音乐的事。

  我们生活在一个充满各种困难和挑战的环境里。大自然是冷漠的，若非人的努力，大地会一片荒芜，瘟疫横行。大自然未必有意跟我们过不去，但它也决不会主动给我们提供便利。只有辛勤耕耘，才能保全我们自己；只有心存希望，才能战胜恐惧。我们不能抱着侥幸心理，也不能乞求神明的护佑。漫漫人生路，我们必须作长远的规划，并一步一个脚印，去探索和开拓。一天，我看到一位顾客在一家香粉店买东西，女店主对她笑脸相迎。可是，那位顾客刚离开香粉店，女店主就立马收起了笑容。世界是残酷的，充满了丛林法则。人心是自私的，我们不能奢望世界对我们友好，也不能幻想别人善待我们，我们必须努力拼搏，成为自己命运的主宰。世界比我们想象的还广大，生活比我们想象的还丰富。有伟大理想和坚强意志的人，敢于在世界面前亮出自己，这样的人必会有一个丰富而又与众不同的人生。

1922年11月7日

二十七　榆树

"榆树叶子发芽了。不久，小甲虫就会在榆树叶子上安营扎寨，最终将榆叶一扫而光。如此一来，榆树便失去了肺，无法进行呼吸。为了不被窒息而死，榆树会努力长出新的叶子，试图度过这个春天。然而，所有的努力都是白费，要不了一年，它们就会完全死掉，再也长不出新的叶子。"

上面这番话是一位喜爱花草、喜爱树木的人对我说的，当时他正陪着我，在他的庄园里散步。他告诉我，那些榆树已有上百年的历史，不过很快就将死去。我对他说："你必须想想办法才行。那种小甲虫并没有你想象的那么可怕，既然你可以杀死其中的一只，那么你就同样可以杀死一百只一千只。"

"哪里是一千只啊，"他反驳我说，"得有数百万只呢！想想就叫人不寒而栗。"

"但是你有钱啊。"我告诉他，"你可以花钱雇人帮你的忙。十个工人干十天，就能除掉一千多只甲虫。你的这些榆树是这么漂亮，难道你不舍得花几百法郎来挽救它们？"

"我的树太多了，"他说，"而我的人手却不足。再说，有些榆树长得特别高，工人又怎么能爬到最上头呢？必须请来专门的树木修剪工才行，然而就我所知，我们这一片只有两个这样的修剪工。"

"两个已经可以了，"我告诉他，"他们专门来处理最上面的枝条，其他不太专业的工人则可以借助梯子爬上去。况且，就算你救不了所有的榆树，总可以救活两三棵吧。"

"我可没有那么多的精力应付这种事。"他最后说道，"我还是出去躲一阵子为好，省得看到它们被那些甲虫啃噬而感到揪心。"

"你说的这一切纯粹是你的想象力在作怪。"我反驳他道，"你如果听信你的那些臆想的话,你还没开始战斗就已经败下阵来了。不要想得太远,只要关注眼前要做的事就够了。如果我们只看到困难而看不到人的潜在的力量,那么我们将什么都做不起来,什么都实现不了。重要的是行动起来,赶快展开行动。请看那些建筑工人,他们气定若闲地操纵着机器,切割巨石,裁制墙砖。表面上看他们的工作进展得很慢,然而只要待以时日,一座漂亮的房子迟早会建成,到那时孩子们会在楼梯间跑上跑下,嬉戏玩耍。有一次我看见一个工人,手拿着曲柄钻,正在往一堵钢墙上打孔。那堵墙足足有六英寸[①]厚,可是这位工人一点畏难情绪都没有。只见他一边吹着口哨一边干着手头的工作,一副很享受的样子,而那些被锯下的钢花像雪花一样飘落,看上去非常美丽。这已是十年前的事情了,可是这位工人那勇敢面对挑战、快乐工作的形象依然留在我的脑海里,久久难忘。可以想见,他一定把当初要钻的那个孔钻完了,而且后来肯定又钻了无数的孔。他是你我学习的榜样。回到你目前的烦恼上来,我觉得你真的应该好好再想一想。是啊,一只小小的虫子,在一棵参天的榆树面前又算得了什么呢?当然,倘若这些虫子的数量非常庞大,你的这片榆树林的确会受到威胁,甚至全部毁掉都有可能。不过,正所谓'事在人为',你要对自己抱有信心,你要相信自己的力量。你完全可以学着小甲虫的那些做法,从一点一滴做起,不停地努力,持之以恒。更何况你拥有那么多有利的条件,若非如此,你的这些榆树也不会像今天这样长得这么高大。命运无常,让人捉摸不定,弹指一挥间,世界兴许就变了模样。可是,人的潜力也是不可估量的,而再小的努力,倘若持之以恒,也会带来巨大的改变。当初种下这片榆树林的人根本没考虑人生短暂的问题,他只是默默地付出,虔诚地耕耘。而今,你应该也像他那样,挽起袖子,立即行动起来。你要着眼于当下,而不要为明天担忧,这样你的这些榆树就依然会枝繁叶茂,继续存活下来。"

1909年5月5日

---

① 英寸:英美制长度单位,1英寸约等于2.54厘米。

二十八　抱负

　　人人皆有所求。年轻人经常误会这一点，他们往往只知道坐在那里许愿，等待馅饼从天上掉下来。可是，天上不会掉馅饼，我们渴望得到的东西就像一座山，等着我们去攀登，我们不能对它视而不见。所有怀揣伟大抱负的人，只要他迈出第一步，有个良好的开局，最后没有不达目的的，甚至比我们预想的还要快。为了实现目标，他不惜动用一切手段，利用一切人力物力，决不会在与目标无关的事情上耽误任何时间。如果有必要，他不惜放下身段，百般迎合讨好一些人。既然你当了外交家，一言一行都要谨慎才是，凡事都要考虑周全，不能因为怕麻烦而不参加那些必须的、大大小小的会议，不然你就不要做外交家。我认识很多懒人，经常挂在他们嘴边的一句话是："他们会来找我的，不用我动一根指头。"事情的真相是，他只想一个人待着，结果可想可知，的确没有人来找他。一句话，他这都是自找的，如果他因此说自己有多么多么不幸，那一定是出于矫情。有人看到鹰只需一个俯冲便能捕获猎物，于是也渴望像鹰那样，在瞬间达成自己的目标。这种想法实在愚蠢至极，因为目标的实现是个漫长的过程，没有精心计划，就不可能取得成功。傻瓜不止上面这一个，我还见过体格健壮的人，企图用手指甲去打开一个保险箱呢。这些都是成不了事的，而当事人不是从自己身上找原因，而是怪罪于社会，认为社会不公平。依我看，他们如此抱怨才是不公平的。对一个无所求的人，社会不会给他任何东西。我说的"求"，是坚定地、持之以恒、坚持不懈地追求。一句话，毅力很重要，而一个人所受的教育、所具备的能力并不能解决一切。有些人谈起政治来滔滔不绝，看起来对政治懂得很多，可是他却不愿意从事政治这一行，照他本人的说法，政治这一行太阴暗，他不喜欢。问题是，每个行业都有它的阴暗面。既然你不喜欢这一行，那你还留着那些知识和能力干什么用呢？巴莱斯[①]从政时，每天都要会见大量来客，向上级汇报各种工作，此外，还有很多其他事要做。我不知道他是不是干政治这块料，但从他的行为来看，至少他是喜欢这个职业的。

正像我在前面所说的那样，真正想发财的人，最后都发了财。与之形成鲜明对比的是，那些只是靠做梦发财的人，最后都是穷光蛋一个。他们看着远处的山，就是不肯迈出一步。金钱，就像所有其他财富一样，必须用真心才能得到。许多人想有钱，只是因为他们需要用钱。然而，仅仅是出于需要钱才去追求它，结果肯定是得不到。那些已经发了财的人，都是想尽一切办法、使出浑身解数让自己变得富有的。他们的心中只有一个目标，就是赚钱。有些人只想做点轻松的小生意，不想太费神；经营上，他们随心所欲，一切都按个人的喜好来；他们努力营造一种随和的气氛，甚至是不惜亏本把东西卖给人家。这样的人别说赚钱了，本钱他都保不住，它们会像雨水落在滚烫的路面上一样很快就蒸发光。要想发财致富，就必须拿出干劲，拿出勇气，要像古代的骑士那样敢于面对困难，经得起考验。那种每天每小时甚至每分钟都在算账的人，他积累起财富来，比水银和金子熔合在一起的速度都要快。

抱着玩玩的态度混迹于情场的人，很快就会被识破并受到惩罚。同样，一心只想着花钱的人，最后将一文不获。这种人本该落下这种结局，谁叫他只想着花钱不想着赚钱的呢！我认识一个准农场主，他利用业余时间经营一个农场。他自己说经营农场只是图个乐子而已，当然也有健康方面的考虑。他说他只求不亏本就行了，不想赚什么钱。结果呢，他不仅亏了本，而且还把整个农场都亏掉了。有些年老者，甚至是一些乞丐，对金钱非常贪婪，这实在是令人不可思议。然而商人贪婪，那就需要另当别论了。对于商人来说，贪婪是其职业的一部分。一个人如果想发财，就必须尽其所能，懂得动用一切必要的手段。他一定要学会积少成多，一点一滴地积累，这样才可能

[①] 巴莱斯：法国作家、政治家。

发大财。这就如同登山，我们必须一步一步地往上攀登，并时刻注意脚下，以防一脚踏空，毕竟，不是每一块石头都是坚硬如铁的，而我们同时还要受地球引力的影响，被它牢牢地往下拉。损失或是破产就像地球引力一样死死地抓住商人不放，他必须时刻感受到这种力量的存在并尽量不被他击倒，而这，才是经商的要义所在。

1924年9月21日

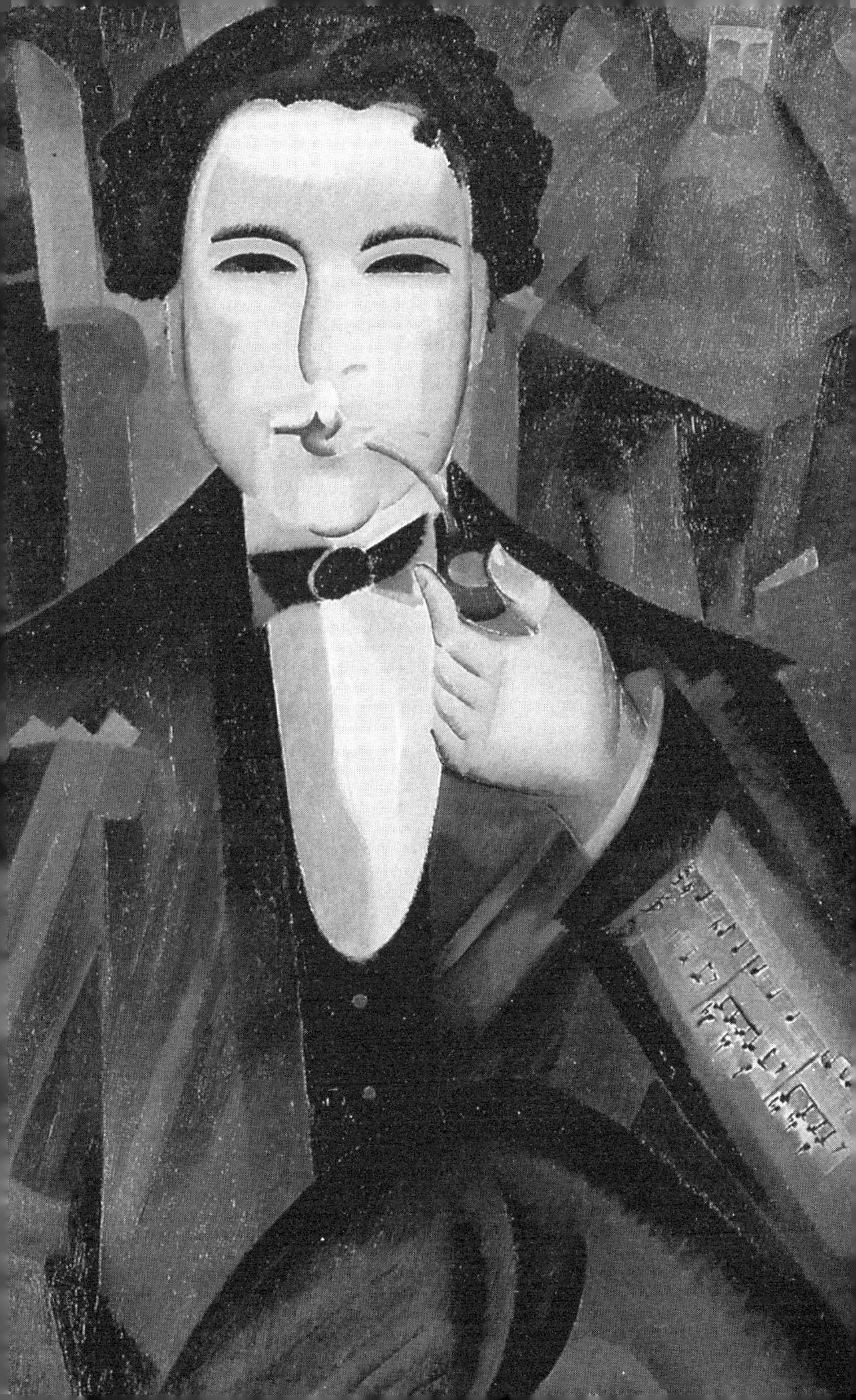

二十九　论命运

"没有人能逃脱命运的嘲弄和摆布。"这句话竟然出自伏尔泰[①]之口,这着实让我感到惊讶,要知道伏尔泰可是一个能主宰自己人生的高手!命运常常向我们施加暴力,让我们防不胜防。笛卡尔若是被石头砸中或是被子弹击中,同样会一命呜呼。外来之力十分强大,足以在顷刻间让我们从地球上消失。不过,这种力量虽然可以夺走我们的生命,却不能改变我们。尽管遭遇了很多挫折,但还是有人挺了过来,走到了终点;虽然历经了许多磨难,有很多困难,但还是有人矢志不渝,终于把梦想实现。我钦佩这些人的毅力,我对他们的精神表示惊叹。狗把鸡吃到自己肚子里时,懂得把它转化成自己身上的肉和脂肪。同样,很多人在遇到困难或是经历不幸遭遇时,懂得把这些困难和遭遇消化吸收掉,转化成自己的力量。性格刚强的人有着顽强的意志力,他们披荆斩棘,奋发图强,总能在这个变化莫测的世界里闯出一条生路。强者共有的一个特征是,无论做什么他们总能留下属于自己的印记。其实,不单是强者,普通人的身上也有这种力量,只是有的人没有意识到它而已。对于人来说,世间万物就像衣服一样,它会随着身材和运动的不同而呈现出不同的面貌。一张桌子,一个房间,既可以被打理得井井有条,也可以被搞得乱七八糟,这要看是处在谁的管理之下。重要的事,不重要的事,持续在发生。一般我们会从实用主义的角度出发,去评判一件事完成得好不好。但是,不论这件事完成得怎样,做这件事的人都通过它留下了自己的印记。这就好比是老鼠打洞一样,无论这个洞打的是方是圆,是宽是窄,它都算是留下了它的印记。一言以蔽之,他做了他想做的事。

歌德在他的回忆录的开头引用了这样一句谚语:"我们在年轻时所渴望

[①] 伏尔泰:法国启蒙思想家、文学家、哲学家,主要著作有《哲学通信》《形而上学论》《老实人》等。

得到的,我们年老时都能得到。"有些人能够以自己的方式影响世界,给世界带来改变,歌德就是这些人中的一个典范。当然,歌德只有一个,不是任何人都能与歌德相比,但至少每个人都可以做他自己,每个人都可以在这个世界上留下只有他才有的独特印记。有些人留下的印记可能不是那么漂亮,但这不能阻挡他们探索的步伐。有些人的目标未必那么远大,但至少它也是一个目标,而且是一个实现了的目标。这个人不是歌德,但更重要的是,他也不想成为歌德。斯宾诺莎,这位伟大的哲学家,比任何人都更了解不屈精神的含义,他曾经说:"一个人不必非要像马那般完美。"出于同样的道理,我们也没有必要非得像歌德那样在写作领域取得那么高的成就。一个真正的商人,无论他走到哪里,即便是在一片废墟之中,他也能做起买卖。无独有偶,银行家放债,诗人歌唱,懒汉睡大觉,同样不分时间不分地点不分场合。这是由他们各自的品性造成的。许多人抱怨没有这个没有那个,原因只在于他压根就没想过要得到他说的那些东西。一位上校,从部队退了伍,现在正在乡下的家中安度晚年。他不无遗憾地告诉别人说,他原本是要当一名将军的。可是如果我能够检索他的一生的话,我敢保证在他的人生旅途中一定有一些小事是他应该做而没有做的,实际上,他压根就不想做这些事。由此我们便可以确定地说,他其实并不想成为一个将军。

我认识一些人,他们本来条件很好,结果却一事无成。他们究竟对人生有何求呢?是坦率为人吗?他们本来就是。是不拍马屁吗?他们向来就不会溜须拍马。难道是想学会拒绝?不用学他们就已经做到了。这些人肯定没有多少钱吧?是的,他们没有多少钱。问题是,他们向来视金钱如粪土,从未想过要赚大把的钱。没错,钱都跑到那些看重钱的人的口袋里去了。这世上还找不到一个想发财却发不了财的人。当然,我说的是立志要发财的人,希望发财可不同于立志发财。一个诗人想得到一万法郎,但是他不知道该找谁要,也不知道怎样能得到。他没有为这一万法郎做过任何努力,所以他也就不会有这一万法郎。不过，他写得一手好诗，是个出色的诗人，而这正是他的价值所在。他天生就是个写诗的料，就像鸟儿天生就有漂亮的羽毛，鳄鱼天生就有坚硬的鳞甲。他的内心有一股潜在的力量，在促使他写出一首又一首精彩的诗，除此之外，他不会干别的，而这便是他的命运。在这一点上，它同皮洛士①被屋顶飞来的瓦片砸中而亡没有任何区别。当一位智者说加尔文②的命定论同自由其实是一回事的时候，他讲的也是这个意思。

1923年10月3日

---

① 皮洛士：古希腊伊庇鲁斯国王，被尊称为"战争艺术的大师"，战略之父汉尼拔就自称是他的学生。
② 加尔文：法国宗教改革家、神学家，基督教加尔文教派的创始人。

三十　遗忘的力量

　　劝一个酒鬼戒酒，有必要先让他宣誓不再饮酒。这是实干家的做法，而且是正确的做法。可是，那些理论家们却不信这个，在他们看来，一个人的习惯和恶习是根深蒂固的，是改变不了的。他们按照自然科学的那套方法来研究人，认为就像铁或硫黄有自己的特性一样，每个人也都有他的行为方式，而且这些行为方式不容改变。不过，在我看来，无论是美德还是恶习，均不是一个人的一成不变的本性，就像铁的本性不是被人烧制、锻打，硫黄的本性不是被人拿去制造火药一样。

　　拿醉汉这个例子来说，我们很容易就能确定他经常喝醉的原因。首先，他有经常饮酒的习惯，而这个习惯制造了他饮酒的需要。于是，他越喝越想喝，越喝越多，最终失去了理智。实际上，他喝酒的动机很微弱，只需一个誓言就能将这个动机消灭。有了思想上的努力作为基础，他越喝越少，很快就把酒戒掉了。现在他滴酒不沾，就像过去二十年他从未喝过酒一样。当然，与此相反的情况也可能出现：本来我是不喝酒的，但后来我渐渐对酒上了瘾，越喝越多，最后不费吹灰之力就成为了一个酒鬼。这样的事还有很多。比如，以前我喜欢赌博，后来环境改变了，提起赌博我就头疼。然而，如果重上牌桌，我又会沉迷于其中的。我们沉溺于一种情感不能自拔，我们往往会误以为我们生性就是这样的人，所以才会有这样的情感，而且这种情感倾向不容改变。然而，事实并非如此。不喜欢吃奶酪的人，不会去尝一下奶酪的味道，因为他知道自己是不可能喜欢上它的。一个单身汉习惯了单身，于是他便以为，他可能更适合单身，婚姻让他无法忍受。经常陷入绝望的人，会自我产生一种幻觉，以为自己与绝望"有缘"，因此会拒绝有可能将他从绝望中解救出来的尝试。在上述这些例子中，我们都被自己的幻觉欺骗了，这种幻觉让我们坠入意识的偏见之中而不能有任何作为。结果总是存在于行动之中，我们要抛却有害的幻觉，以实际行动做出改变。只要我还拿着酒坛子不放，我就别想保持清醒。而一旦我放下酒坛，不再饮酒，我就不再可能喝醉。由此我们不难看到，行为，是行为，给我们带来了改变。这个道理同样适用于忧郁、赌博以及其他一切行为。

搬家的日子越来越近，你开始向你即将离开的旧居告别。你的那些家具还没搬上车，你就迫不及待地喜欢上了新家。旧居很快被遗忘了，一切都被很快遗忘了。当下充满了新鲜感，我们被它的力量所吸引、所左右，很快就适应了现在的生活。这是我们每个人都有的经验，可是很少有人知道去利用它。习惯是一种偶像，它之所以有那么大的威力，是因为我们甘愿受制于它。于是，我们看到，欺骗我们的不是别的，正是我们的想法。要明白的是，徒有想法，可不会带来任何改变。要改变，就必须去行动。

我的祖父，在他七十岁那年，突然厌恶起固体食物来。于是，他改以牛奶为食，就这样生活了至少五年。邻居都说他有点异想天开，他们说得没错。可是有一天，全家人聚在一起吃晚餐的时候，我发现祖父突然拿起一个鸡腿在啃。他重新回到了同你我一样的正常饮食，就这样他又活了六七年。在人生的最后几年里，他能在饮食上做如此大的转变，毫无疑问，这需要足够的勇气。他颠覆了别人的看法，颠覆了他对别人看法的看法，也颠覆了他对自己的看法。这绝不是一般人能做到的，或许有人会如此说。事实可不是这样，我们每个人都可以做到，只是我们没有意识到这一点而已。我们扮演同一种角色太久了，想不到改变。

1912年8月24日

三十一 在草地上

柏拉图喜欢讲寓言故事，这些寓言故事同其他故事很像，所不同的是，柏拉图的故事常常能一针见血地指出人生的问题，照亮我们内心不为人知的隐秘之地，给我们带来警醒。比如，他讲过一个叫埃尔的人的故事，便是如此。在一次战役中，埃尔负了伤，冥王哈迪斯误以为他已死，便将他送入冥界。不久，哈迪斯发现埃尔还活着，便将他送回人间。重返人间的埃尔向人们讲述了他在地狱的经历。

据埃尔介绍，来到地狱的灵魂需要经历很多考验和煎熬，而最考验人的则是下面这种：

灵魂，或者说幽灵（随你怎么叫），被带到一片宽阔的草地上，草地上放着许多口袋，每个口袋里装着不同的命运，等着被选择。灵魂们对自己的前世依然记忆犹新，对曾经的遗憾依然耿耿于怀。于是现在，当新的选择机会摆在他们面前时，他们无一例外地都从自己的欲望出发进行选择，以弥补前世的缺憾。那些喜欢钱胜过其他一切的，最终都选择了装满钱的那个口袋；那些前世已经腰缠万贯，后世想要更多金银财宝的，最后也选择了装满钱的那个口袋。贪图享乐的，都去找装满享乐的口袋；野心家则自动来到装有王位的口袋。简言之，每个人都选择了自己想要的，从此也便有了新的命运。最后，大家来到"遗忘之河"，饮了"遗忘之水"，将前世以及地狱里的经历全部忘掉，重新回到人间，按照刚刚做过的选择重新生活。

啊，这真是一场独特的考验！这真是一次独特的惩罚！它表面上看是个馅饼，实际上却是一个陷阱。很少有人能认真思考幸福和不幸的真正原因。要找到幸福和不幸的真正原因，就必须追根究底，回到欲望这个具有压迫性的本源，因为欲望吞噬了理智，给人们带来毁灭性的灾难。找到了这个本源，我们就不会再迷信财富，因为财富让我们变得冷酷无情，让我们只想听阿谀奉承之言；找到了这个本源，我们便不再迷恋权力，因为人一旦拥有了权力，便或多或少地变得不公正；找到了这个本源，我们也不再沉溺于享乐，因为一味地享乐只会蒙蔽我们的双眼，让我们看不见智慧之光。所以，面对同样的考验，真正有智慧的人会审慎地做出选择，避免被漂亮的外表迷惑。他们会权衡利弊，做通盘考虑，决不允许自己穷尽一生辛苦获得并保存下来的那点识别能力被所谓的"辉煌命运"夺走。于是，他们把一般人都不想要的那个袋子放在肩上扛走，里面装的是看似暗淡的命运。

那些只知道大吃大喝尽情享受，只知道枕着欲望睡觉和生活的人，除了更多的盲目、更多的无知、更多的谎言和更多的不公正，你还指望他们能从自己的选择中得到什么呢？不用说，他们得到了惩罚，这种惩罚比任何其他惩罚都更严厉，而这都是他们自找的。假设一个百万富翁此刻正站在那个草地之上，猜一猜他会选择哪个袋子作为自己未来的命运呢？算了，我们还是不要在这里假设了，柏拉图已经将故事里的寓意向我们说明。就我个人来说，我对死后的生活没有任何经验。坦白说，我不相信来世，我对它没有任何概念。然而，不论有没有来世，有一点是可以确定的，那就是：我们的观念决定了我们的选择，我们的选择决定了我们的未来。有什么样的选择，就有什么样的未来。上天对我们的奖惩皆是根据我们的选择，我们带着这些选择一步步滑入未来，在那里打开我们此前挑选好的袋子。不过，世人总是健忘的，他仿佛饮过了遗忘之水一般，将自己的不幸归咎于神明和命运，而忘记了他当初自己做出的选择。那些选择野心的人没能看到，当他选择野心时，就同时选择了卑鄙、奉承、嫉妒和不公正，要知道这些都是同他的野心一起装在同一个袋子里的。

1909年6月5日

三十二 与人相处

"与非常熟的人相处,经常给我们带来不快乐。"一个人如是说,"跟熟悉的人待在一起时,我们总会向其诉说自己的不幸,把人生中小小的烦恼也当成大事说给他们听。而他们也是如此。我们总是习惯于指责他们的行为,对他们发表的观点持保留意见。我们在他们面前毫无保留地诉说我们的不满,为着芝麻大点的事发脾气。我们这么做丝毫不担心会受到他们的冷落,因为我们知道他们关心我们,喜欢我们,会原谅我们。由于我们都知根知底,因此根本不在意将我们最坏的一面展现给对方看。熟人间的这种坦率蒙蔽了我们的双眼,它使我们误以为对方不在乎我们可能给他们带去的伤害。于是,我们看到,即便是在关系最融洽的家庭里,也会出现尖刻的语调和任性的行为。在熟人面前,我们不懂得克制,没有认识到保持礼貌和礼节的重要性。"

另一个人说:"与根本不了解的人相处,最难。比如在地下辛苦挖煤的煤矿工人,比如忙得连口水都喝不上的女裁缝,比如此刻还在拼装玩具的工人,等等。煤矿工人辛苦挖煤,养肥了那些不劳而获的老板;女裁缝缝制出漂亮的衣服,装扮了那些爱打扮的阔太太;拿着低廉工资的工人拼装好玩具,等着富家子弟拿去玩耍。煤矿工人、女裁缝、拼装玩具的工人,他们的贡献是巨大的,他们的工作是辛苦的,而他们的报酬却是低廉的。可是,无论是富豪老板、富家子弟还是那些阔太太,他们根本就看不到这些。然而同样是他们,却对一条走丢的狗或是一匹瘸了的马表示出怜悯。他们善待自己的仆人,对他们非常有礼貌,不忍心看到他们受到伤害。至于为他们提供服务的饭店服务员、车夫或是为其搬运货物的人,他们都会自愿并慷慨地给予他们小费。同一个人肯给脚夫一笔可观的小费,却不愿、不想也不会为更加辛苦的铁路工人增加一点工资,让他们能够维持基本的生活。每个人都在竭尽所能地从社会中索取。

而我们的社会真是一部令人惊叹的机器，它允许一个原本体面的人变得残酷，而他自己却浑然不觉。"

又有一个人说："我发现，跟我们不太熟悉的人最好相处。在这些人面前，我们小心地控制着自己的言行，尽力避免做出不得体的举动。人们的脸上洋溢着灿烂的笑容，心里也充满了无数的温情。我们竭力控制着自己的情绪，甚至根本想不到要去说一些未来我们可能会感到后悔的话。在这些人面前，我们总是展现出自己最好的一面，这不仅使得我们能公正地对待他人，也使得我们能公正地对待我们自己。我们对不太熟悉的人没有什么期待，他们无论给予我们什么我们都会欣然接受。我发现外国人很好相处，他们说话很有礼貌，言语里不会带刺。难怪有这么多人喜欢往外国跑！到了外国，你找不到任何不开心的理由，内心会充满更多的快乐。人行道上，老人、孩子，甚至是狗儿猫儿，自由愉快地行走。在这里，人们是那么友好、随和，只要你愿意，随时可以拦下一位行人，与之愉快地交谈。可是，另一边，在那喧嚣的大街上，情况就截然不同了。在那里，司机彼此相互辱骂，乘客坐在车上，一遍又一遍地催司机开得快一点，而乘客与乘客之间，虽相隔不远，却彼此都不相见。机器并不复杂，可它却发出吱呀吱呀的摩擦声，一副衰老的模样。社会的稳定基于人与人直接的交流和广泛的社会意识。它不能通过工会、政府机构这类组织来实现，因为它们都是没有温度的机器。只有建立一个个大小适宜的社区，并在社区的成员中形成社区意识，也就是良好的邻里关系，才能确保社会的稳定。照目前来看，最理想的制度就是以地区为单位的联邦制。"

1910年12月27日

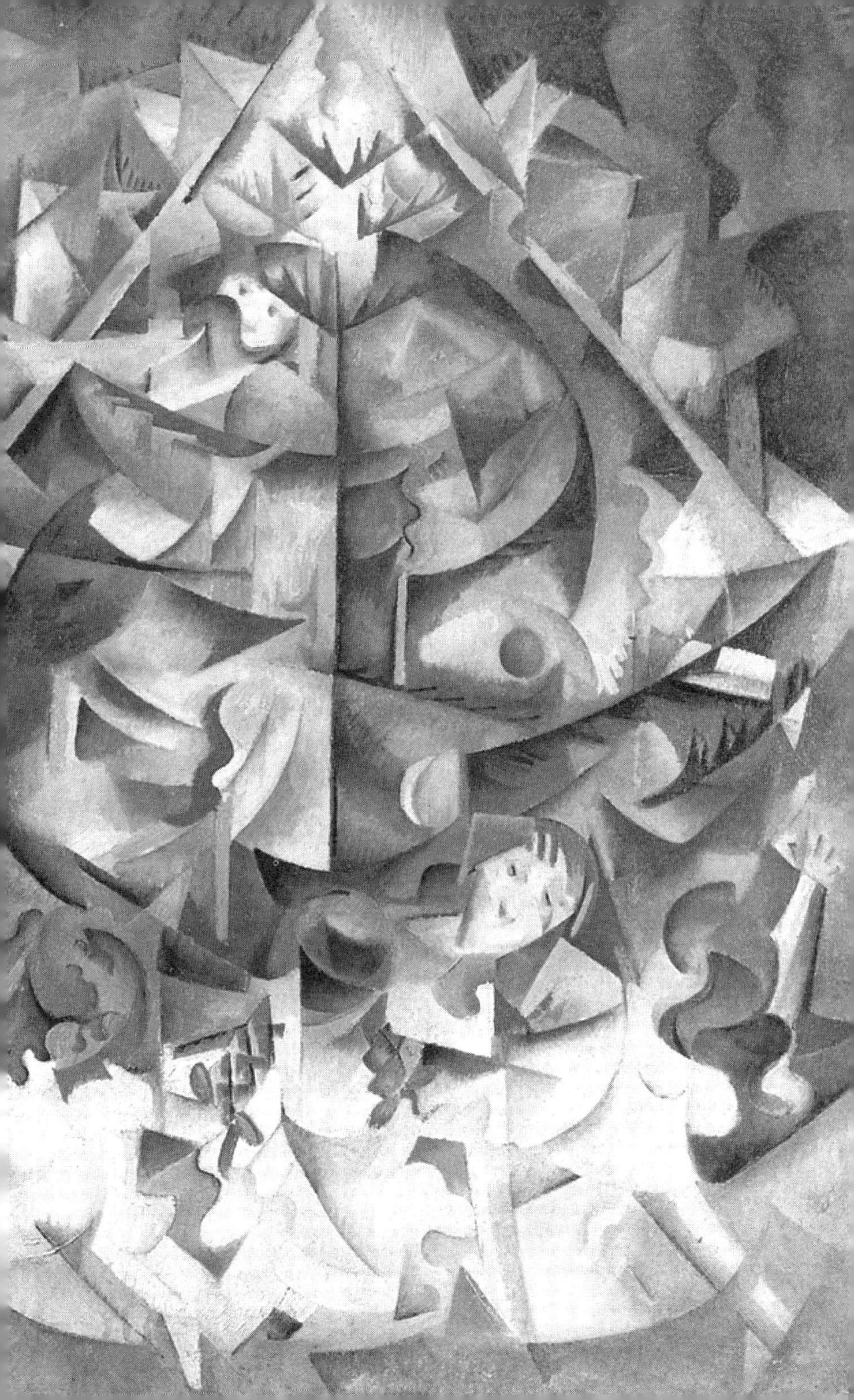

三十三　家庭生活

　　世上有两种人：一种人习惯于有些响动，另一种人则讨厌闹声。我认识一类人，若是在他工作的时候有人小声讲话，或是椅子移动时发出一些声响，他便会勃然大怒。我也见过与此截然不同的另一种人，这种人很少对其他人横加干涉，他们宁愿自己的思绪被打扰或是睡眠被打断，也不会跑到邻居家里，让他们停止讲话、发笑或歌唱。

　　上述这两种人基本上是老死不相往来，他们只跟与他们同样的人打交道。由此我们便可以知道，有多少家庭就有多少家庭生活，每个家庭的规矩也都是不一样的。

　　有的家庭里有这样的不成文的规定：每个人都要避免去做有可能使其他人不愉快的事。在家庭里，每个成员都有自己的喜好，也都有各自的厌恶。有的人对花香反感，有的不喜欢别人大声讲话；有的人要求晚上一定要安静，有的人则受不了清晨有噪声；有的人不允许别人谈论宗教，有的人一听到别人在谈政治就咬牙切齿。由于人人都可以说"不"，所以意见和不满也就多了起来。一个说："我闻到那些花香就头疼。"另一个说："昨晚十一点钟有人使劲敲门，害得我一夜都没睡好。"于是晚餐时间成了议院会场，每个人都在诉苦、抱怨。为了让大家都满意，于是便制定了我在本段开头时所说的那个规定，而家里的孩子们也被教导严格遵守这个规定。于是，每当夜幕降临时，大家坐在客厅里，你瞪着我，我瞪着你，谈一些不会引起其他人不高兴的鸡毛蒜皮的小事。结果，每个人得到的，是无聊透顶的和平和有名无实的幸福。每个人都感觉到，与自己对别人的限制相比，别人对自己的限制总是更多。面对这种结局，大家只好用"牺牲精神"来安慰自己，他们反复地对自己说："一个人要有高尚的情操，总不能为自己活着，必须想到他人才对。"

还有一类家庭,在这类家庭里,每个成员都任性而为,做自己喜欢的事,完全不考虑其他人的感受和想法。算了,我们还是不谈这类人吧,他们都是自私鬼。

1907年7月12日

三十四　关心

在讽刺喜剧《塞维利亚的理发师》[1]里，有这样一出精彩的戏：戏中，周围的人轮番告诉巴希尔，"你脸色苍白，简直太可怕了"。天长日久，巴希尔竟然真的相信自己病了。在我的周围有一些这样的家庭，家庭里人与人之间关系融洽，懂得彼此关爱，尤其是当某个人生病时，其他人都会问长问短地关心这个人的健康。每次来到这样的家庭，我都会想起《塞维利亚的理发师》中的这个场景。如果有人脸色变得白一些或是略微泛红，那么这个人就算是倒了霉了。全家人都变得不安起来，对着这个人问这又问那的："你睡得还好吗？""昨日吃得怎么样？""最近你工作太忙了！"……关心的话说了很多，说了不知多少遍。甚至还有人提起"某某人生病没有得到及时医治以致一命呜呼"的事。

在我看来，上面这个敏感的、有点怯懦的人是很可怜的。他被家人如此照料着、保护着，实际上是被宠坏了。对这样的人来说，平日里有个小小的不适，比如消化不良、咳嗽、肌肉酸痛，哪怕是打个喷嚏和哈欠，都会被他和他的家人当作是重疾的征兆。于是，他在全家人的关心和帮助下，时刻关注着"疾病"的发展，并最终到医生那里寻求帮助。医生告诉他，他并没有生病，可是这并没有打消他的疑虑和担心，他也没有劝家人放心，否则他就会被家人当作一个傻瓜对待。

人一旦有了心事，便会失眠。于是，上面那位假想出来的病人就会时刻听着自己的心跳，整夜地睡不着觉，而白天则用来讲述夜里的情况。要不了多久，他的病情就被确认并被所有人知道了——他得了神经衰弱症。这件事成为了大家的话题，原本了无生气的谈话，一旦转向他生病这件事，便立即变得

---

[1] 《塞维利亚的理发师》：法国作家博马舍创作的著名的讽刺喜剧。

活跃起来。这个不幸者的健康就像证券交易所里的股票一样有了市场行情和价值，时高时低，而我们这位"病人"完全知道或是能猜到自己的病情发展到了哪一步。

怎么解决这个问题呢？答案就是：远离你的家人，到陌生人中去。陌生人决不会像你的家人那样对你如此关心。当然，他们也会向你打招呼，向你问好，但是这只是出于客套而不是真正的关心。当他们对你说"你好吗"时，还没等你张口回答，他们就早已消失不见了。陌生人不会倾听你的抱怨，不会像你的家人那样对你牵肠挂肚嘘寒问暖。在这种情况下，如果你没有感到失望，你的病就算是好了。这个例子告诫我们：永远都不要对一个人说他病了。

1907年5月30日

三十五　家庭的安宁

我又一次想起了儒勒·列那尔①那部令人恐怖的小说《胡萝卜须》。在这部小说里，作者无情地揭露了家庭成员间的冷漠感情，让读者看到了万事万物坏的一面。是的，在人与人的交往中，我们更多的是看到对方爱发脾气喜欢找别扭的一面，而友情或曰友好的一面则躲在后面，深藏不露。两个人的关系越是亲密，这种情况就越是明显。不把这个问题解决，我们就难得快乐和安宁。

在一个家庭里，尤其是当这个家庭的成员关系都很和谐，彼此相互关心关爱时，人们就更容易忽视必要的礼貌和礼节，直接向对方提要求或表露自己真实的情感和想法。一个母亲，在她的孩子面前，从不需要竭力向她的孩子证明她是一个好母亲，除非这个孩子冥顽不化，到了母亲不想认他做儿子的地步。坦率地、不拘礼节地、不分时间和地点地管教批评自己的孩子，这才是一个好母亲的证明，而倘若这个孩子能理解母亲的这种做法并坦然接受她的指责与批评，那么可以说他也就是一个好孩子。关系越是亲密，当事人就越会不拘于礼节。礼貌和礼节，都是为陌生人准备的，而脾气，无论是好脾气还是坏脾气，则是为我们心爱的人准备的。

正是因为两个人彼此相爱、关系太亲密了，才使得他们肆无忌惮地、任性地对对方发脾气。聪明的人会说，这恰恰证明了两个人是彼此信任、坦诚相待的，不这样的话，两个人的关系说不定就完蛋了。这种说法不无道理。我们在小说里经常能读到：一个女人回到家中，面对自己的丈夫，一改常态，为他是又端茶又倒水的，话语也变得温柔起来。按照小说家的说法，这暗示了这个女人已经背叛了自己的丈夫，在外面有人了。而在实际生活中，

---

① 儒勒·列那尔：法国知名作家，代表作有《胡萝卜须》《自然纪事》等。

情况可能并非如此。一个妻子之所以对丈夫那样做，可能只是由于她收敛了原先的那种粗暴直接的沟通方式而已，除此之外没有其他隐情。"被丈夫揍一顿又能怎样？我就是好这一口！"在戏剧舞台上我们经常能听到这样的台词，虽然它有些夸张，但的确道出了人之常情。发泄打骂，谴责奚落，这是人类最易有的冲动，本无可厚非。然而，倘若我们以为它出自人之本性便不加节制地利用它施展它，那么我们的家庭必然会受到摧残，它将成为一个令人憎恶的争吵场，在里面大家动不动就发怒争吵，恶语相向，刺耳的声音一浪高过一浪。这也不难理解。想想看，两个人，在同一个屋檐下，耳鬓厮磨，朝夕相处，一个人发怒必然会引起另一个人的怒火，而另一个人的怒火又会进一步激怒前一个人，于是乎，怒火与怒火纠缠，结果可能给家庭带来灾难。正所谓"知易行难"，但愿世人都能明白这一点，努力使自己的家庭和谐安宁。

  我们的一个熟人，如果他老是爱发脾气，我们往往会不假思索地以为这是他的性格使然。不过，我不怎么相信性格这个说法。经验告诉我们，如果一个东西经常受到压制，那么这个东西就会日渐萎缩，直至销声匿迹，不为人所知，不为人所见。国王与大臣的例子证明了这一点。在国王面前，大臣没有一点鲁莽的表现，更不要说发脾气了。其实，他们的坏脾气或是对国王的怨气依然存在，只是被他们极力取悦国王的努力占了上风，最终给化解了而已。人不能在同一时间踏入两条不同的河流，也不能在同一时间发出两个完全相反的行动。比如说，现在你正面带笑容地迎接一个人，你就不可能同时又挥起拳头去打这个人。情感也是如此，当我们的某种情感占了上风时，其他情感就会受到压制，进而躲避起来。一位太太正在发怒，突然有客来访，她只好收敛怒气，让自己高兴起来。这并非什么虚伪，而恰恰是熄灭怒火的良方。

  像司法机构一样，家庭组织也不是自行出现的，它因人的意志而建立，也因人的意志而存续。冲动是魔鬼！谁能明白这一点并懂得控制自己，谁便能保持夫妻关系的和谐和家庭的安宁。只要我们能像结婚时所发的誓言那样，彼此互相珍惜，懂得克制，婚姻完全可以做到坚不可摧。

1913年10月14日

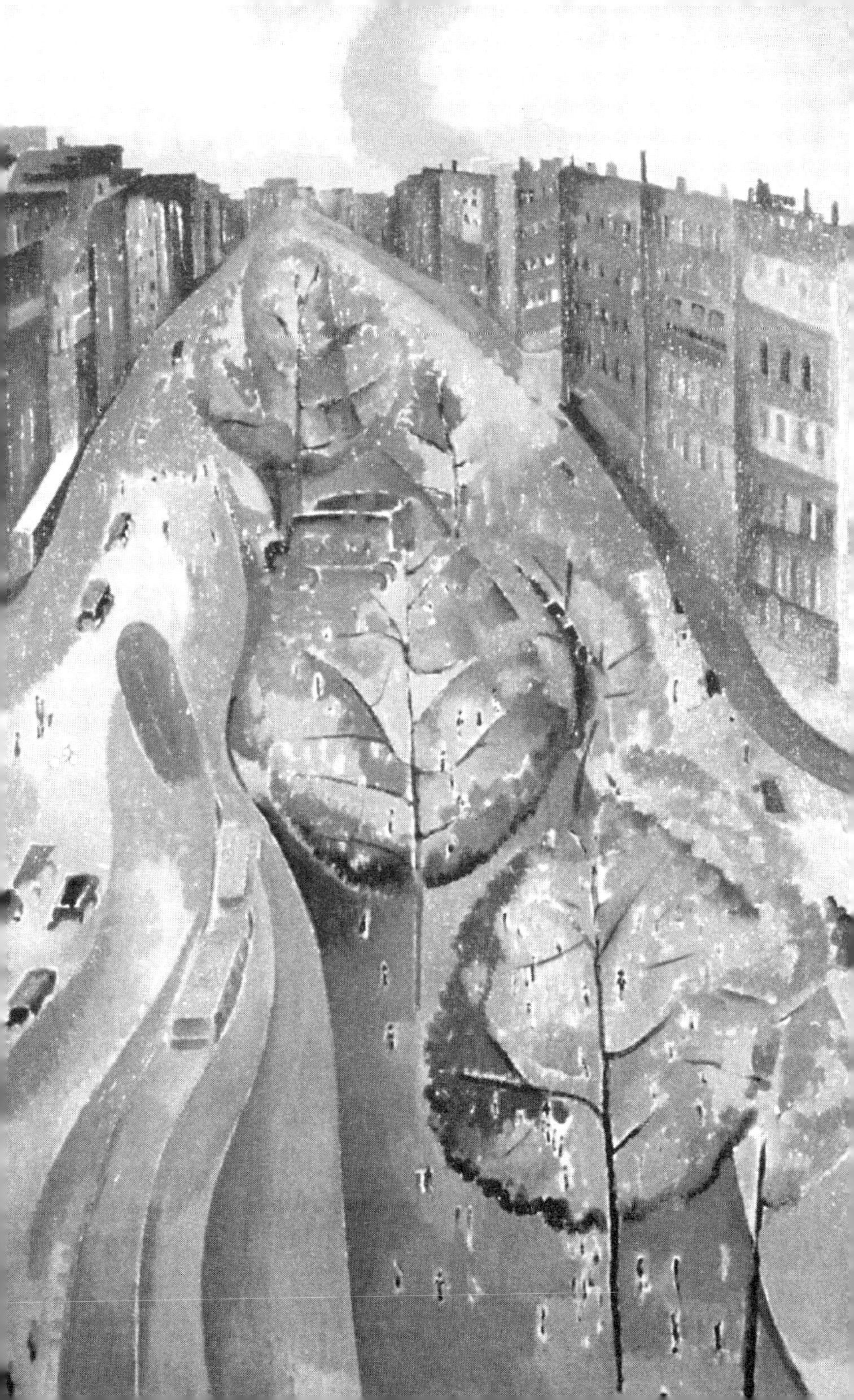

三十六　爱

据我所知，拉布吕耶尔①曾说过这样一句话：世间存在美满的姻缘，却不见有快乐的配偶。曾有伪善的道德家称，世人应当将幸福视作一枚果实，先尝其味，再对之品评一番。这一谬论如同一潭恶臭的沼泽，其中难寻人性之迹。在我看来，即便是对待一枚果实，世人也可尽力使之更为味美，而不是坐在那里单单品尝它。对于婚姻以及世间种种人情来讲，更是如此。婚姻与人情并非是等着我们去享受或品尝的果实，它们需要我们去培育、去经营。婚姻与人情不似一片阴凉，舒适与否全看天气和风向；恰恰相反，婚姻与人情是一处奇迹之地，晴雨全凭我们自己掌控。

世人皆为事业亨通费尽心血，却鲜少为促进家庭和睦而勉力。此前，我曾大费笔墨书写礼貌之术，然而远没有把它的好处说够。我从未说礼貌是虚伪的表现，仅在跟外国人打交道的时候有用。我是说，我们的感情越真诚越宝贵，我们就越需要表现出礼貌。一个生意人，为了表达自己的愤怒，可能会骂一句"见鬼去吧"，让人家滚开。殊不知，他这么做的时候就陷入了情绪为他设置的陷阱。世界充满了种种假象，我们要拨开云雾，擦亮眼睛，努力探寻假象背后的真实存在。初见某物时，我们首先看到的不过是一堆表象，这些表象就像是梦，只能维持片刻的时间。而梦，无非是思绪在失去了理智的控制时而出现的短暂波动。由此可见，我们在与人相处时，那最初的感觉和判断往往是靠不住的。

黑格尔②曾说过，即时情感或者说自然情感，总被笼罩在忧郁之中，好像受到什么重压似的。这个观点相当深刻。如果反思不能给我们带来积极的结果，那么一味地反思只会对我们有害无益。那种一味沉浸在不良情绪里自我发

---

① 拉布吕耶尔：法国作家、哲学家，代表作《品格论》。
② 黑格尔：德国哲学家，著有《精神现象学》《逻辑学》等作品。

问的人，决不会得到令人满意的答案。当我们的思想仅仅以它自身为思考的对象时，结果必然会产生烦闷、悲伤、忧虑或是焦躁的情绪。有时候，你或许会对自己说："我该读点什么东西来打发时间呢？"当你说出这句话的时候，你已经呵欠连天了。不要有太多的想法，也不要优柔寡断，马上就展开行动，这才是最重要的。当然，这需要你狠下决心，调动你全部的意志。倘若没有意志的支撑，行动很快就会萎缩，更谈不上愿望的实现。懂得了这一点，我们便能判断心理学家的那套做法究竟管不管用。心理学家们要求我们每个人要像研究草木或贝类动物那样深入我们的内心，对其仔细研究、品味。倘若您认真看了我前面的分析，您一定会发现心理学家的那套做法是极其错误、极其有害的。思考的目的是在于促进我们的行动，我们永远都不要忘了这一点。

在公共生活中，也就是在商业和工业活动中，世人都懂得收敛自己的性子，控制自己的情绪，并时时根据别人的反应而不断修正自我。可是，在私人生活领域，人们却想不到这样做，这是令人十分遗憾的。在私人生活中或者说在一个家庭里，人们仗着那点血缘关系和家人的疼爱，习惯于放纵自我，完全凭着自己的喜好行事，一点也不顾及他人的想法。这样的人不愁睡不好，可是其他人却遭了殃，觉也睡不好，饭也吃不香，每个人都变得不快起来。如此一来，为了息事宁人，为了将就着把日子过下去，于是谁也不愿意得罪谁，大家全都竭力隐藏起自己真实的态度和情感，彼此相互迁就，说一些言不由衷的话。说得好听一点这叫做相互体谅，说得不好听这就是虚伪。我们与其竭力去隐藏我们真实的感受，不如像体操运动员那样试着通过练习来改变我们的感受。在一般人的眼中，像悲伤、烦闷这样的坏情绪，就像刮风下雨一样自然且不可避免，我们在它们面前无能为力。这种观点其实只是人们的感官印象，并不正确。在与人相处时，向对方展现出我们应该有的感情，这才称得上真正的礼貌。言行得体，举止礼貌，为人公正，这些都是我们与人相处时应该遵守的基本规定。尤其是为人公正这一点，很重要。当我们刚想冲动发脾气时，突然想起这可能给他人、给自己带来不好的影响，于是立即压住自己的怒火，赶紧回到正道上去，这，绝不是一个盗贼能够想到能够做到的，而对于一个正直和诚实的人来说，这恰恰是他的行为标准，绝没有半点虚伪的成分。爱不也是这样吗？爱不会无缘无故地产生，爱和真情需要我们去浇灌、去培养。玩纸牌游戏时，没有人会因为一时的不耐烦或厌倦而随意出牌。同样的，也不会有人坐到钢琴前只为随意乱弹几个音符。音乐最能说明我们正在讨论的这个问题：除非我们用心用力，否则黑白相间的琴键上就发不出音乐来；如果我们不大声歌唱，我们的喉咙也就不会自己发出歌声。而正是因为我们调动全部的意志力，努力弹奏和努力歌唱，动人的旋律才汩汩流出，美妙的歌声才充满这个世界。是的，爱，不是现成的等着我们去品尝的果实，它需要我们去经营，去付出努力。

1913年9月10日

三十七　男人和女人

罗曼·罗兰①在他的一本书中曾发表过一个高论，大意是：和谐的夫妻关系世上难寻，而且历来如此。我顺着他的思路，考察了他小说中的几个人物，并特别留意了我在现实生活中遇到的一些人，结果发现：造成夫妻关系不和的原因往往是男女两性上存在的本质差异，而无论是男人还是女人，都没有意识到这一点。女人多感性，男人多理性，男女间的这种差别经常被人提起，却很少有人能道出其中的缘由。

感性化与有感情是截然不同的两码事。前者暗示的是，思想同生命的源泉之间有密切的联系。这种联系不分性别，每个人身上都存在，当一个人生病的时候，这种联系能被明显地观察到。只不过，由于女性在生理结构上的特殊性——她会怀孕、她要哺乳、她有月经现象，上述这种关系才在女性身上表现得尤其明显。女人的思想活动更容易受到她生理周期、生理变化的影响。女人性情多变，这原本是其生理上的原因造成的，但由于人们不了解这一点，所以常常从道德或其他角度指责女人，说她任性善变，耽于幻想。倘若我们能够真正地拿出智慧（当然这很少见）去分析女人情绪变化的真正原因，我们就不会对她们的性情多变表现出惊讶，也就不会说她们心口不一，虚伪善变。一个有意思的现象是，一旦我们不想做某件事情时，我们可以为自己找出上千条借口和理由，而我们不想做这件事的真正原因可能只有一个。比方说，现在我感到了一丝的疲惫，因此打消了出去散步的念头，只愿待在家中。然而，既然已经下定决心不再出去散步，那么当别人问起时，我可以拿出别的什么理由去解释或是搪塞，尽管我做出这个决定的最初原因是我感到了疲劳。当我们使用"谦虚"这个词时，常常暗含了"把真实情况隐藏起来"的意思，换句话说，一个

---

① 罗曼·罗兰：法国作家、音乐评论家、社会活动家，1915年诺贝尔文学奖得主。代表作有《约翰·克利斯朵夫》《名人传》等。

谦虚的人并没有说出实情。类似这样的现象在女性的身上表现得尤其明显。当一个女人对你说"我恨你"的时候，你不必当真，她在心里指不定还是爱你的，她之所以对你说出那样的话，也许是因为她心情不好，而很多时候都是因为她身体和生理上出现了某种变化或不适。女人善于把身体语言翻译成灵魂的语言，男人不理解这一点，所以总是感到女人在耍着性子瞎胡闹，如此一来男女之间便会闹出别扭和矛盾。

与女人不同，男人的一切表现必须从行动这个角度去理解。男人天生就是为发明创造、为追求事业而存在的，不如此，他就会变得无聊和焦躁，而他本人则全然不知造成无聊的真正原因。如此一来，哪怕一点小事都可能让他大发雷霆。而很多时候，他又不想让人知道他为什么发火，于是便会随便捏造一个其他理由，而这样做又进一步加重了他的焦躁不安。男人天生就是从政经商的料。女人不了解这一点，所以总是把这当作虚伪的表现，由此便催生出许多夫妻矛盾和家庭矛盾。巴尔扎克在《两个新婚女人的回忆录》一书中对此有十分精彩的描述，而托尔斯泰的长篇小说《安娜·卡列尼娜》则对此做了更加透彻的分析。

在我看来，要解决夫妻间或男女间的这种问题，最上之策莫过于发展广泛的人际关系，而这其中又有两个层面。首先，我们要广交朋友，常走亲戚。经常邀请朋友或亲戚到家中来做客，出于礼貌和对客人的考虑，夫妻双方总要竭力保持各自最好的一面，如此一来，原本可能要任性的，这时候会收住自己的性子，原本可能要发火的，这时候也会把火气憋在肚子里。一句话，它不给我们任何有糟糕表现的机会，而一旦没有了这个机会，我们甚至都感觉不到情绪的冲动了，冲动或者坏脾气也就烟消云散了。发展人际关系的另一个方面是指，我们要发展社会关系，积极地投入到工作中去。人一旦处在工作中，变得有事可做，他就不会感到无聊和不自在，也就不会无事生出诸多事端来。把爱情当面包，整日里耳鬓厮磨，不与外部世界往来的家庭，迟早会出问题。这样的家庭就像汪海大海里漂浮的一艘小船，由于没有压舱物而很容易倾覆侧翻。单是思考没有用，要想维护夫妻间的关系和感情，现在就要去发展人际关系，积极去做。

1912年12月14日

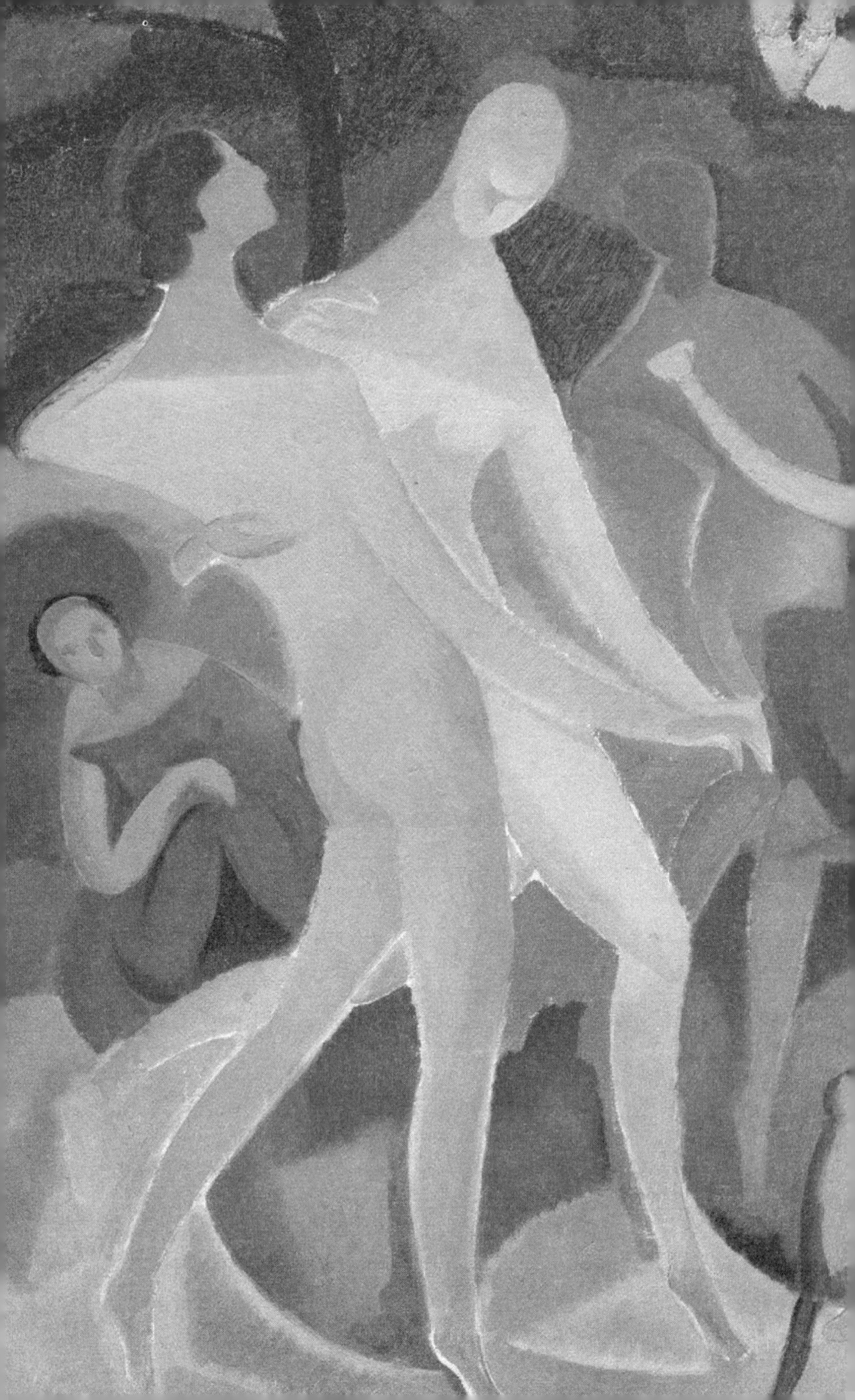

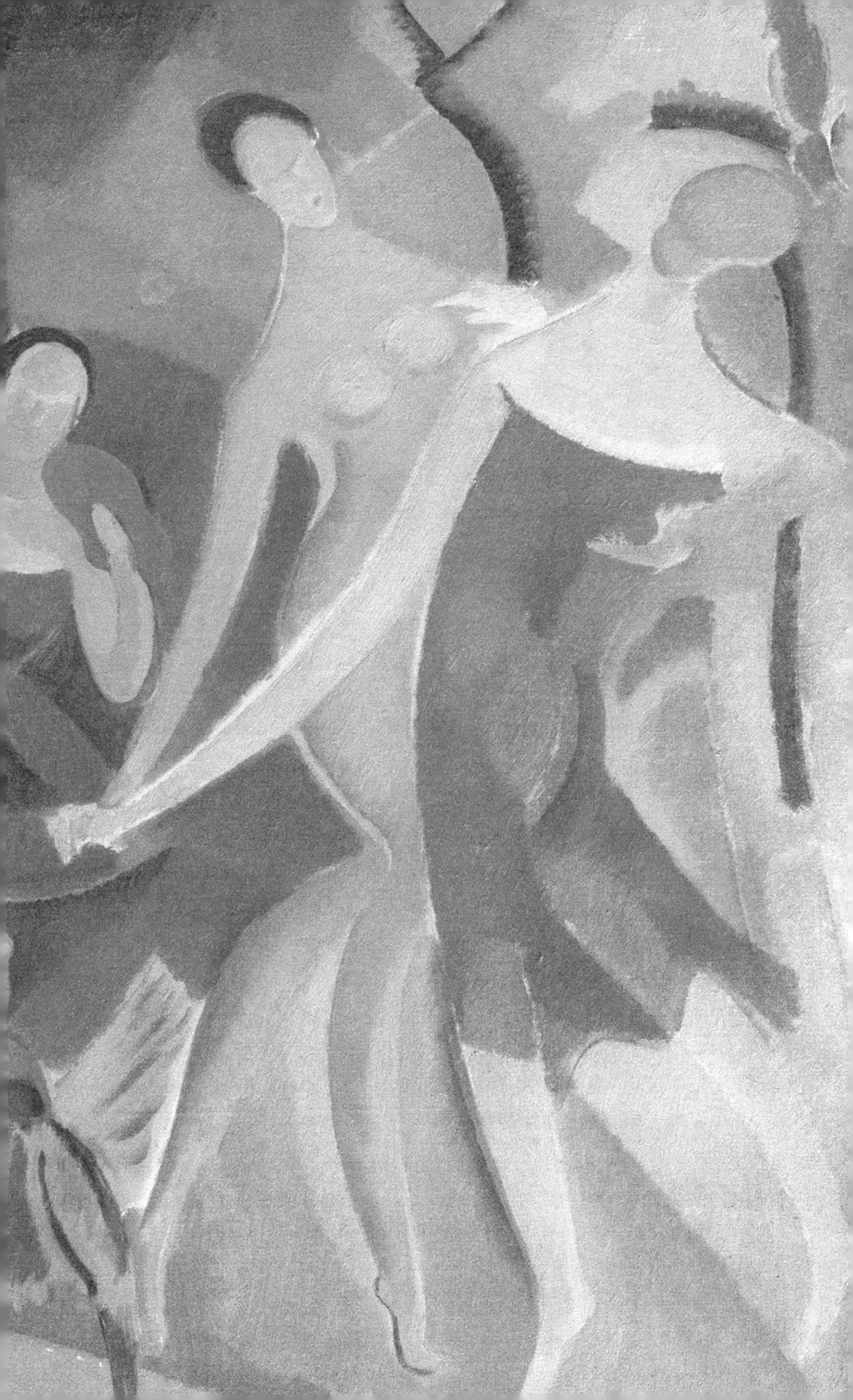

三十八　无聊

一个人如果无事可做，便会感到无聊和不开心。女人，我是说那些整天在屋里打转、轻声哄孩子的女人，她们肯定不明白男人为什么要去咖啡馆打扑克。不过无论如何，坐在那里胡思乱想可是一点好处都没有。

歌德的佳作《威廉·迈斯特》描写了一个叫做"塔楼兄弟会"的组织[①]，它的成员约定，永远不考虑过去和将来。如果能够付诸实践，这确实很好。不过那样的话，我们的双手必须有事可做，双眼必须有物可看。若想真正做到不考虑过去和将来，我们必须去感知、去行动。如果闲得玩弄手指，人很快就会陷入恐惧和后悔之中。思考这种游戏，并不总是有益健康。这就是为什么伟大的卢梭[②]要说，"沉思的人乃是一种变了质的动物"。

必要的事几乎总是把我们从无聊中解救出来。幸好，我们大多数人都要工作。但我们缺少小任务，让我们在主业之外得以放松的小任务。我非常羡慕一些女人，因为她们懂编织、会刺绣。在做编织或刺绣时，她们的眼睛有实实在在的东西可看，过去和将来在她们面前只是偶尔闪现又立马消失了的影子，不会做长久停留。男人就不同了，在聚会时他们明明有大把的时间，却找不到可以做的事情，只能像无头苍蝇一样嗡嗡作响，来回打转。

失眠，即便并非生病所致，也十分让人害怕。我觉得，这仅仅是因为人在失眠时想象力过于无拘无束，没有实实在在的东西可想。一个人，如果晚上十点上床睡觉，到了半夜还像离开水的鱼儿一样到处翻腾，他就会向睡神祈求

[①] 《威廉·迈斯特》是歌德创作的小说，分为"学习时代"和"漫游时代"两部，主要叙述了威廉·迈斯特的成长历程。而小说中出现的"塔楼兄弟会"这个组织，主要由开明贵族组成，他们着眼当下，致力于教育民众、改良社会。

[②] 卢梭：法国启蒙思想家、哲学家、教育家、文学家，十八世纪法国大革命的思想先驱，启蒙运动最卓越的代表人物之一。主要著作有《论人类不平等的起源和基础》《社会契约论》《爱弥儿》《忏悔录》等。

睡意；而同样是在半夜，如果这个人身在剧场，他就会完全忘我。

这么一想，我们便能明白为什么富人们有那么多的消遣方式了。富人们总是给自己无尽的责任、无穷的任务，他们对这些责任和任务的态度有如飞蛾扑火。他们每天光顾十几个地方，前脚刚从音乐厅出来，后脚就急匆匆地赶往剧场。那些精力更旺盛的人则投身到打猎、战争或历险中去。还有一些人会选择开飞车，迫不及待要在飞机里来场骨折。一句话，他们需要新的活动、新的感知。他们想要生活在外面的世界里，而不是生活在自己的世界里。就像庞大的乳齿象①吞掉了整个森林一样，富人们用眼睛如饥似渴地吸纳整个世界。不那么极端的人则想方设法去找人打架，非得让自己的鼻子和肚子挨顿揍，他们才会感到开心。他们宁愿被打得鼻青脸肿，也不愿让自己变得无聊。我常想，最初可能就是为了消除无聊，才出现了战争。这也就解释了为什么最能接受甚至真心渴求战争的人，往往是那些在战争中会失去很多财富的人。害怕死亡的人，往往是无所事事的人。一旦遇到紧急情况需要处理，不管这种情况有多么危险，人都会忘记对死亡的恐惧。战斗中，我们反而最不会想到死亡。于是就出现了这样一个悖论：我们的生命越是过得充实，我们就越不怕失去它。

1909年1月29日

---

① 乳齿象：根据化石记录，这是一种长鼻类哺乳动物，现今已灭绝。

三十九　快速列车

我曾见过一种新型火车，相比旧式火车，这种火车车身更长更高，运行速度也更快；里面的机械装置如同怀表一般精密，火车开动时几乎不会发出任何噪声。这种火车的每一处移动都有明确的作用，所有部件都是为着促成一个共同的目标，而蒸汽必定要耗尽所有能量以让活塞运转。人们完全可以想象到，火车顺利地发动起来，在铁轨上平稳发力，匀速行进，一点儿也不颠簸。这种列车的运行速度达到了每小时六十英里[①]，而机车所消耗的燃煤量也可以通过安装于火车上的仪器随时显示出来。

要造出这么一辆火车，需要具备大量的专业知识，制定周密的计划，反复地进行试验和测试，少不了锤锤打打。为什么要造出这么一辆火车呢？就是为了把从巴黎到勒阿弗尔[②]的旅行时间缩减大概一刻钟。想必这种车的车票售价也不低。那么，得到满足的旅客们如何度过花大价钱节省下来的这一刻钟呢？许多人选择在站台候一刻钟，其他人则选择在咖啡馆消磨时间，看看报纸，浏览报上的分类广告。然而，谁又真正获得了什么呢？

在此我们看到了这样一个奇怪的现象：旅客会因为火车行驶不够快而感到烦躁，但却愿意在出发前或抵达后等一刻钟，并且解释说是因为乘这列火车比其他火车快一刻钟。人们宁愿花一刻钟的时间去闲聊、打牌或者发呆，也不愿意在火车上多待一刻钟，这实在是令人匪夷所思。

其实，没有比待在火车上更惬意的事情了，当然我指的是特快火车。人们舒舒服服地坐在车上，比坐在扶手椅上更为适意。透过偌大的车窗，沿途可以欣赏到河流、山谷、群山、村镇和城市；目光随着道路触到小山坡、行驶的汽车以及河面上的船只。我们国家所有的财富都尽收眼底：麦子成熟时，打

[①] 英里：英美制长度单位，1英里等于1.6093公里。
[②] 勒阿弗尔：法国工业城市，位于塞纳河口北岸。

出麦粒；甘蔗成熟时，制糖厂忙碌起来；随后可以看到壮丽的树林、牧场，还有成群的牛儿、马儿；新开采的岩层裸露出她美丽的脊背，宛若一幅壮丽的水彩画。现在，一部绝妙的地理著作正翻开在你面前，著作的内容会随着季节和天气的变换而有所不同。你或许会看到群山后积聚的乌云，那预示着一场暴雨即将来临，而就在不远处，满载干草的货车正匆匆赶路。另一天，你会看到收割庄稼的农民披着太阳的金辉，在飞扬的尘土里劳作，周围的空气在太阳下翻腾。啊，世上有什么景色可与此相媲美呢！

面对如此的美景，车上的旅客不懂得欣赏，却埋头于报纸堆，或是盯着装饰车厢的那些毫无生气的版画傻看，一副对它们很感兴趣的样子。有时实在无事可做，他就把怀表掏出来看看，打上几个哈欠，或是漫无目的地将行李箱打开又合上。火车一到站，他便立即招来一辆出租车，疾速离去，好像家里失火了似的。晚上你会在剧院碰到他，此时他正在欣赏染色纸板做成的假树、假模假式的收获场景以及假造的钟塔；扮演农民的演员歇斯底里地号叫着，震得他耳膜轰轰直响。他窝在包厢里，揉一揉被包厢里的铁盒碰痛了的膝盖，点评道："演员们唱跑调啦，但布景还不赖。"

1908年7月2日

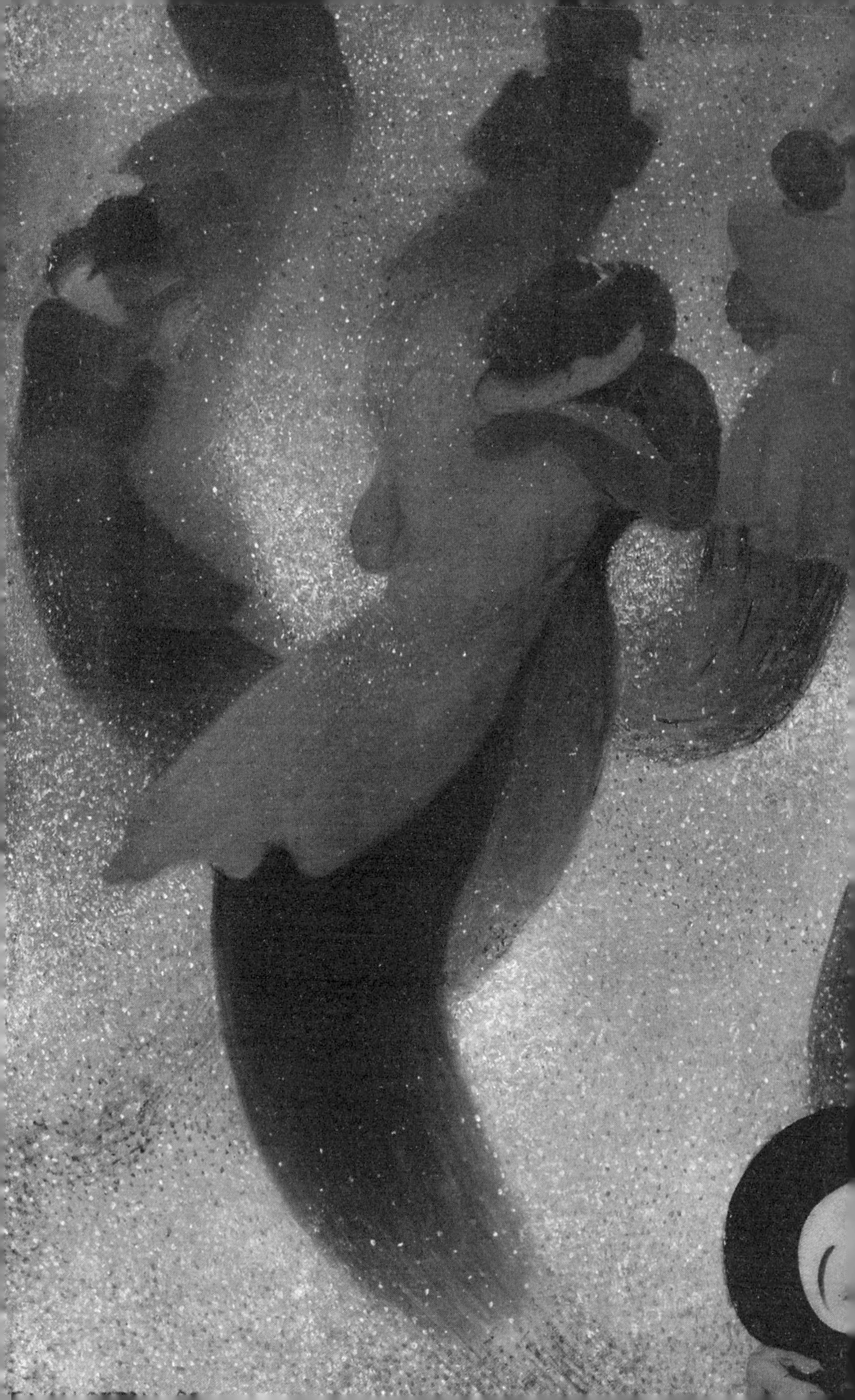

四十　赌博

曾有人这样说过："我可怜那些为着纯粹的享受而过日子的人，这些人衣食无忧，看似没有烦恼，可是一旦到了暮年或是疾病缠身，他们就显出可怜相来。与此不同的是，一个养家的男人，整日里为了生计而劳苦奔波，身上还背负着许多债，这类人看上去生活得很苦，实际上却比前面那类人更快乐，胃口也比他们好。"照这位仁兄的说法，背负一点债倒是还不错的喽。如果你已经欠下了些许债务，恭喜你，你的福气真是太好了。

当有人建议你去过普通的安逸宁静四平八稳的生活时，你一定要小心，因为安逸日子可不是那么好过的，你得要有足够的智慧才能忍受这种日子可能带来的无聊的痛苦。抛却荣华富贵并不难，难的是，抛却荣华富贵后你依然可以有滋有味地生活，不会对人生感到厌倦。有伟大抱负的人一直在忙着追求自己的事业，他以为，目标的实现一定会给他带来莫大的幸福。这当然也没错，但说到底，他的幸福缘于追求事业本身；有了这种追求，即便路途中遭遇一点挫折，而这些挫折只要还有解决的法子，那么他就不会愁容满面，而是继续快乐着。

赌博这种游戏将人类喜欢冒险的本性暴露无遗。在赌博中，结果无法预测，在我看来，正是这种不可预测性，才是真正吸引赌徒的地方。可以说，真正嗜赌的人，是很少对那种可以靠技巧、策略甚至专注精神来增加胜算的游戏感兴趣的。在一场轮盘赌游戏中，赌徒们什么也不用做，只需坐在那里下注并等待结果就行了，而这，比任何其他东西都更让赌徒们着迷。从某个角度讲，赌徒的厄运，都是他自己故意造成的，因为，如果他愿意，他完全可以通过放弃下注或改变打法避免不好的结局。在赌局中，他时刻在提醒自己：如果继续玩下去，下一局或许就可能让他输得倾家荡产。赌博就像一次充满危险的探索远行，所不同的是，只要改变一下想法，赌徒们很快又可以安全地回到家中。

战争在某些方面很像赌博，它们的共同点之一便是：它们本质上都是无聊造成的。证据之一便是：发动战争或者说好战的人，无一例外都是那些衣食无忧无所事事的人。明白了这一点，你就不会被那些看似美丽的战争谎言欺骗。那些富足而又无聊的战争贩子常常这样为战争辩解，他们说："我的生活很安逸，不缺吃也不缺穿，如果不是出于某种不可抵抗的原因，我怎么会放着好日子不过而甘愿去冒着如此大的危险呢？"这种说辞颇有迷惑性，你千万不要上了它的当。真相是，他之所以鼓吹或发动战争，仅仅是因为他无聊透顶。悲剧就在于他是个养尊处优终日无所牵挂无所事事的人，如果他也能像生活在底层的人们那样从早忙到晚，他一定会对人生充满兴趣，至少不那么无聊。财富分配的不均造就了一大批养尊处优不需干活的人，进而催生出无数无聊和厌倦，而为了让自己"有事可干"，他们不是在心中生出诸多莫名的恐惧，就是心怀万千怒火，等着向别人发泄。富人的这些"尊贵"情感最终却成为了穷人最重的负担。

1913年11月1日

四十一　希望

最近发生的一场火灾让我想起了保险这项事业。她同幸运女神一样，也是一位女神，可是它却不像后者那样幸运。世人不仅不爱她，反而对她有些恐惧，对待她没有一丝的热情，给予她的供奉也少得可怜。不过，这也倒不难理解，毕竟，只有在发生不幸的时候，人们才想起她的好处。不发生火灾，这是人人都希望的，也是生活中的常态，因此，就像正常人都有双腿和双脚一样，人们平日里也没有考虑火灾发生的可能性。由此看来，我们能从火灾险中获得的幸福就是成问题的，我们花钱购买保险似乎也是一种浪费。不过，那些财大气粗的公司、企业可就不同了，在购买保险这件事情上，他们表现得很积极，也很慷慨，就像他们在投资企业时表现的那样。不过，对这些公司企业的管理层，我是颇有微词的。他们愿意豪掷千金购买保险，却未必知道每天的营业额是多少，每天是亏了还是赚了。或许他们也不太关心这方面吧，他们引以为乐的，或许主要在于他们可以随心所欲地安排和支使他们的员工干这干那。

那些对生活抱有很大希望同时资源又有限的人，对保险的兴趣不大。一般商人是断不会投保以防遭受破产损失的。要不破产，其实这也很容易做到，只要所有商人都把超过正常回报的那部分利润交出来形成共同储备金，然后再拿这些储备金去成立一家联营公司即可。这样，联营公司总体来看都是盈利的，而联营公司里的每个商人成员，其日子也会很好过。他们有点类似于公务员，有固定的收入，也有退休金。只要他们愿意，他们还可以得到良好的医疗服务。除此之外，他们还可以享受蜜月旅行和带薪休假的福利。由此看来，建立联营公司确实是一个明智的做法，从理论上看也颇具吸引力。不过，我们不要忘了，物质需要的满足并不能确保一个人一定能得到幸福。正相反，对一个内心十分贫乏的人来说，丰富的物质生活给他带来的不是满足感，而是烦闷无聊以及对生活的厌倦。

彩票女神，在古代又被称作"财运女神"，很受今人的追捧。怀揣巨大的希望买一张彩票，一旦中了大奖，就能一夜暴富；若是没中，也不会有什么损失。想象一下，保险公司的大门上写着这样一行字：走进大门来，带着希望去。根据实际形势来看，这行字应该写在彩票公司的大门上，因为进出彩票公司的人要比进出保险公司的人多得多。无论是保险业还是彩票业，经营它的人一定抱着很大的野心或者说是虚荣心。然而，人们开创一项事业，不光是为了满足自己的野心和虚荣心，更主要的是出于释放自身不可遏制的创造力的需要。这种需要自我们出生的那天起就已存在了，它总是产生在行动之前，能为所有的事业带来欢乐和光明。《拉封丹寓言》[①]中有一个关于牛奶工佩雷特的故事。对于佩雷特来说，牛奶罐对她来说不是意味着休息，而是意味着工作，她需要照看牛、猪、小鸡等家禽牲畜。在日常工作中，我们每个人都能发现自己喜欢做的事，为了这些事，我们甘愿付出全部的心血。希望能拆倒·扇墙以及任何其他障碍，有了希望和耕耘，原本杂草丛生的荒地也可以长出一排排一行行整齐的蔬菜和鲜花。而保险只会把人的创造力和潜能囚禁起来。

对赌博的热情也是某种希望的体现。所有人都是抱着碰碰运气的心理去参与赌博的，这是人们在主动为自己创造机会。但是，好运气总是来得不容易。其实，参与赌博的人不需花一分钱就可以让自己免遭损失，他不赌就行了。可是，人们只要一闲下来，就会迫不及待地奔向赌场，他们膜拜希望和恐惧这一对形影不离的孪生姐妹。对于真正的赌徒来说，靠运气赢钱可能要比靠牌技赢钱更为刺激，前者让他们更感自豪。"祝贺"这个词表达的也是这个意思。当我们向一个人发出祝贺时，我们要祝贺的实际上是他取得的成功，而不是他建立的功绩。在古代，当一个人运气很好时，人们就说他受到了神的眷顾。如今神已不在了，但运气还在，人们继续追逐好的运气。如若不是如此，

[①]《拉封丹寓言》：法国著名寓言诗人拉·封丹创作的寓言故事集，目前通行的版本是经过后人整理而成的。

当今世界断不会有这么大的贫富差距。不过,从实际情况来看,人们并不喜欢来得太容易的东西。恺撒大帝就是一个典型的代表,他通过征服所有人而实现了自己的统治,他的成就代表了希望和信念所能取得的最高荣耀。

1921年10月3日

四十二　行动

  所有的赛跑运动员都乐意接受困难，所有的足球运动员都甘愿拥抱挫折，所有的拳击手都情愿面对挑战。从表面上看世人追求的是快乐，实际上他们追求的是苦难，是挫折，是挑战。第欧根尼[①]曾经说："苦难是上天赐予人类的最好的礼物。"准确地说，人们在苦难中发现的不是快乐，而是真正的幸福。幸福和快乐是两种根本不同的东西，它们的差别之大就好比是自由同奴役之间的差别。

  我们都想根据自己的意愿和意志去行动，而不是听从别人的使唤，受别人的驱使。不用说，人们都不喜欢那种外来的强加的辛劳。没有人喜欢飞来的横祸，所有人都讨厌受到压制和束缚。可是，只要这些辛劳、苦难、挑战是我们自己选择的，那么我们就万分欢喜。现在，我正在自己的桌前，写下这些文字。一个以卖文为生的作家或许会说："写作可是一件苦差事啊！"可是，我不仅不觉得它苦，反而从中体验到了很多乐趣。原因就在于，没有人强迫我，我是自愿干这件事的，我从这个选择中获得了快乐，不，准确地说是幸福。任何一个拳击手都不想平白无故地挨一顿打，可是如果这顿打是他自找的，他则毫无怨言，反而是满心欢喜。再没有比经过千辛万苦而赢来的胜利更让人欣慰和高兴的了，只要这份辛苦是我们自找的。从根本上说，我们只喜欢一样东西，那就是对自己的控制权。通过自愿出战并最终战胜了各种怪物，赫拉克勒斯向自己证明了自己的威力。可是自从坠入了情网，他便感到受了奴役，仿佛有一块大石头压在身上，逼得他喘不过气来。他享受了鱼水之欢，但这反而使他愈加悲伤难过。芸芸众生，大多都是这样。

  吝啬鬼通过对世俗享受的抑制和对财物的聚积实际上是自我放弃了快

[①] 第欧根尼：古希腊哲学家，犬儒学派的代表人物。

乐，从而为自己营造出一种强烈的幸福感，然而这种幸福感却是狭隘的、病态的，因为它缺乏与外在世界的互动与交流。一个通过继承而获得大笔财富的人，如果他只懂得享受这笔财富而不主动去创造，那么他一定会感到难过或忧郁，因为所有的快乐在本质上都是有诗意的，而诗意则意味着去行动，去创造。我们都鄙视那种不劳而获的幸福，而欣赏通过自己的努力而获得的幸福。孩子们对一座已经建好的花园并没有兴趣，他们一定得拿着铲子在沙堆里自建一个才满意。一个收藏家，徒有一屋子藏品而不懂得亲自去搜寻和收藏，这样的收藏家还有什么意思呢？我们还能称他为收藏家吗？

在我看来，战争的可爱之处在于，它也是一项事业，包含了众多人的期望和行动，努力和意志。一个士兵，一旦武装起来奔向了战场，他便获得了某种自由。只知道强迫士兵作战的指挥官，绝对算不上一个好指挥官。事实上，根本不需强迫，只要给予士兵充分的自由，他们就会自动进入战争这种新的生活状态，并深深地爱上这种状态。大多数人都惧怕死亡，面对死亡，他们只知道屈从。然而，这世界上还有少部分人，他们不怕死，能够勇敢面对死亡，死亡在这类人面前，只能自惭形秽。士兵们宁愿主动出击战死沙场，也不愿坐在那里被生擒活捉。我们都喜欢去主动创造一种命运，而不喜欢被动地接受一种命运。因此可以说，战争里存在一种诗意，这种诗意让我们甚至不再对敌人充满仇恨。从某种程度上说，自由所带给我们的狂喜，正是战争以及人类其他的行为存在的理由。瘟疫是自然强加给我们的灾难，而战争，就同游戏一样，是我们自己的发明。在有些情况下，战争是最好的选择，而不战未必就能确保和平。只不过，正义与和平都是很难获得的，比造桥修路不知道难了多少倍，所以人们才一忍再忍一让再让，没有轻易发起战争。

1911年4月3日

四十三　行动派

在我看来，警察局长是这个世界上最幸福的人。为什么呢？因为他总是处在行动之中，他总是会面对一个又一个的新问题，一个又一个的新局面。有时他奋战在抗击火灾、洪水、山体滑坡或者雪崩的第一线，有时他会与污泥、灰尘、疾病、贫穷打交道，还有的时候，他不得不去制止一场搏斗，平息一通怒火。因此，这个幸福的人，在他生命的每一刻，都面临着一个明确而清晰的问题，他需要采取明确而清晰的行动去解决它们。所以对他来说，没有普遍适用的行为准则，没有烦琐的手续和官样文章，也没有通过行政报告而传达的批评或表扬。所有那些与行动无关的事，他都留给了他的下属去处理，而他自己只负责对局势作出决策，并立即展开合适的行动。决策和行动是生命的两道闸门，一旦被打开，生命的河流就会顺畅地流淌起来，它鼓舞人心，振奋人的精神，人的心灵就会像羽毛一样地在生命之河里自由畅行。

游戏的魅力与此相同。玩桥牌时，玩家必须不断作出决策并立马付诸行动，从决策到行动，这个过程进展得是那么自然，那么流畅，而这正是桥牌游戏吸引人的地方。踢足球则更佳，球场上的形势每时每刻都在发生着变化，而且无法预测，踢球的人必须集中注意力观察场上的情况，并立马作出决定，立刻付出行动。这样的行动一个接着一个，容不得半点迟疑。在此过程中，一个人的潜力得到了充分的发挥，足球的魅力就此产生。至此你还会向往其他什么东西吗？你还会有所畏惧吗？在足球运动中，由于动作一个接着一个，根本不容许你去思考，也就没有了时间的概念，而这也就消除了你的一切杂念，消除了你在其他情况下可能会有的那种恐惧，从而也消除了所有的遗憾。人们常常好奇劫匪或者强盗有着怎样的内心世界。我认为他们并没有内心可言，因为他们不是在防备就是在睡大觉，他们把所有的洞察力都用在了眼前的事情上，所以他们也不会想到惩罚或是有其他想法。这种人就像是一台又聋又盲的机器，令人十分害怕，对社会十分有害。不过，我们每个人事实上都是如此，一旦处在了行动中，我们的良心就会自然噤声，根本不会考虑这种行动具有的暴力性以及可能带来的危害。这一点在伐木工人的身上表现得最为明显。当一个伐木工人抡起斧头砍向一棵大树时，他的心里决不会想到自己可能正在犯下暴行。由于政客们都是精明的人，所以这一点在政治领域表现得可能不是那么明显，但从他们行事的效果中依然能找到暴力的痕迹。一个人如果不懂得节制自己的话，他就会像一把斧头那样既残忍又麻木。一个行动、一种行为一旦发出，就会产生巨大的力量，而这种力量没有任何怜悯之心，甚至是对它自己也是如此。

为什么会有那么多人喜欢战争呢？因为战争赋予人们一种主宰自我的快感，这种快感来自于战场上一个接一个的行动。一旦沉浸在战事中，人们就失去了反思的能力，他们的思维能力就像没了电的车灯一样变得暗淡无光。而正是由于这个原因，行动才会有那么大的威力。行动消灭了理智之光，从而可能会变得相当残暴，而这正是一些刽子手为自己的残暴行为辩护的依据。随着某种行动的展开，我们身上那种由思考、思虑所产生的负面情绪或负面情感，如忧郁、不满、阴谋、虚伪、怨恨，都消失了。与此一同消失的，还有浪漫的爱情、善良、怜悯以及正义感。警察局长对待暴乱的态度与他对待洪水或者火灾的态度没有什么两样，而暴徒们在发动暴动时，也会熄灭他们的理智之光和良心之灯，一味沉浸在暴动的行为里。于是就有了充满野蛮和罪恶的黑夜，就有了逼供的法官和残忍的刽子手，就有了被附在船舱里，被迫划着桨，最后在万般痛苦中死去的奴隶，于是也就有了跟在奴隶后面，把鞭子挥得啪啪作响的那些主子——这些人的眼里只有鞭子。野蛮一旦形成，便会自动延续下去。警察局长是最幸福的人，但我决没有说他是对人类最有用的人。虽说懒惰（闲散）

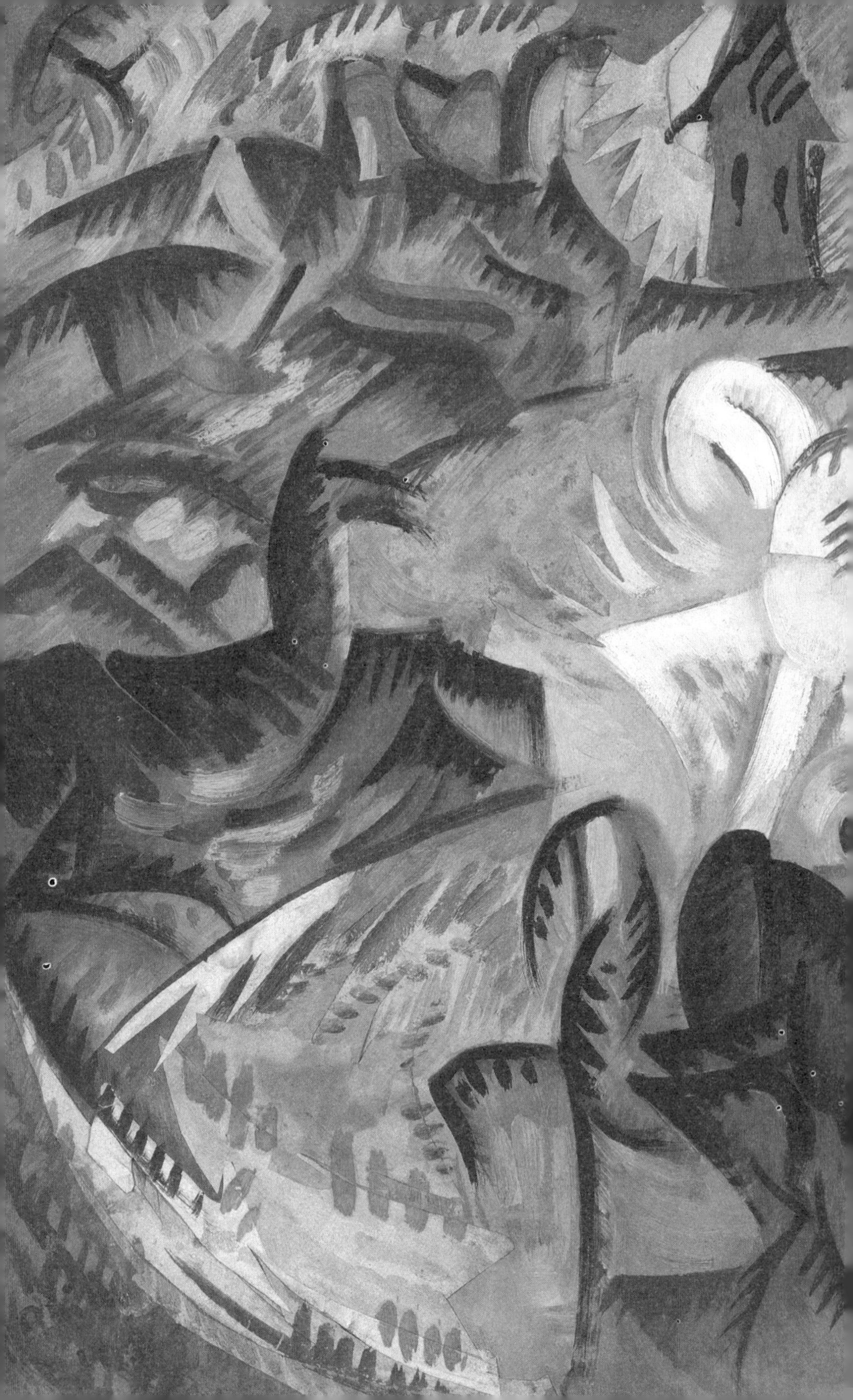

是万恶之源，但有时候它也是一切美德之母，因为什么也不做的人，起码不会给这个世界带来威胁和伤害。

1910年2月21日

四十四　第欧根尼

　　人，只有在有所追求、有所创造的时候才是幸福的。这一点可以在纸牌游戏中得到印证。当一个人在运用自己的知识权衡利弊，作出决定时，他的这种努力会全部写在脸上。有人玩起桥牌游戏时，俨然一个当代版的恺撒，他每时每刻都要作出抉择，他的命运完全掌握在自己的手中。即便是在输赢无常的赌博游戏中，赌徒也有很大的掌控权，出什么牌，下多大赌注，完全由他决定。有时，不管风险有多大，他都会下注；有时，即使有很大胜算，他也不愿下注。一句话，他是自己的主人，他可以做一切决定。在普通事务中，我们出于欲望的需要和对未来的恐惧，可能会求助于他人的意见。然而在赌博游戏中，他人的意见却派不上用场，因为结局根本就无法预测。由此可以说，赌博是骄傲者的发泄场。那些听别人指令规规矩矩赚钱的人，是想象不出玩巴卡拉纸牌游戏①的人所有的那种快乐的。不过，如果他们愿意，可以尝试玩一次，体验一下完全掌控自己时才有的那种狂喜。

　　一项职业，它能允许劳动者的自主权越多，它为劳动者带来的快乐就越大。换个角度讲，一项职业，它对从事这项职业的人束缚越多，就越会让人生厌。不难想见，有轨电车司机从自己职业中获得的满足，肯定不如公交车司机从他的职业中获得的满足多。前者只能在固定的轨道上行驶，而后者则可以变化路线。在一个没有任何限制的地区自由地打猎一定是很惬意的，因为打猎者可以自行制定计划和方案，并且可以随时更改计划，而不需要向任何人汇报或说明理由。相比之下，那种需要助手帮忙，等着助手把猎物送至自己面前进行猎杀的行猎，就索然无味了。这类行猎者享受到的唯一快乐便是，作为主人，他可以随心所欲地支配、驾驭他的手下，让他们为其效劳。由此可见，那种

---

① 巴卡拉纸牌游戏：流行于欧洲赌场的一种纸牌游戏，通常由三个人一起玩。

"人总是寻找快乐逃避苦难"的说法其实是不准确的。对于唾手可得的幸福，人们很容易生厌；对于通过自己的行动而体验到或获得的快乐，人们却心驰向往。一言以蔽之，人们喜欢去行动和去征服，而讨厌消极等待和顺从；喜欢充满奋斗精神的苦难，而讨厌坐在家里享清福。第欧根尼经常挂在嘴边的一句话是：苦难是上天赐给人的礼物。当然，他所说的苦难，是那种自己主动要求并愿意承受的苦难，而不是任何外来强加的苦难，后者可不受人欢迎。

登山运动员发挥自己的力量攀登高山，他在攀登的过程中也向自己证明了这种力量。他想到自己力量的同时，也感觉到了自己的力量。这种巅峰之乐照亮了他周围的雪景。然而，被电车送至山顶的人，情况就不同了：他在山顶看到的太阳，迥然不同于亲自登顶的运动员看到的太阳。如此说来，我们都被快乐的"前景"欺骗了。这里面又分为两个方面：一方面，不用我们自个费力就跑到我们面前的快乐远不及我们最初想象的快乐那么多那么强烈；另一方面，通过亲身努力而获得的快乐要远远超过我们先前预期的快乐。运动员日夜苦练，目的就是为了能在比赛中得奖。其实，训练本身就是对运动员的一种奖赏：在克服困难的同时，他的各项能力得到了提高。这种奖赏取决于训练本身，就依附在运动员的身上。运动员所体验到的这种快乐，是那些懒汉们无法想象的，因为后者只看到了困难和奖牌，却没有重视运动本身；他们渴望得到奖牌，却不想面对困难，当他们在奖牌和困难面前犹豫不决时，运动健儿们早已处于训练中了。对于运动员来说，前一天的训练给他积累了信心，很快他便踌躇满志地陶醉在训练之中，爆发出惊人的力量，而这种力量又会进一步激发他的斗志。所以说，只有工作着才是愉快的。可是懒汉却不懂这个道理，或者说他不可能懂。即便有人告诉他这个道理，或者是他从自己的经验里懵懵懂懂地悟出了这个道理，他也不会相信它。所以，世人精于算计的那些快乐和幸福，根本就不可能实现，而且，伴随世俗快乐的总是厌倦。而人一旦有了厌倦，那离生气就不远了。不过，同样是厌倦，却还有程度上的不同。主人体味的厌倦比仆人体味的厌倦更让人不能忍受，道理就在于：仆人做的事再单调，也还是在做事，况且，对于先做什么后做什么以及怎么做，他还有些许的支配权；而主人却什么都不做，只需在那里享受仆人们已经为他端来的成果，这样他就会更容易感到厌烦，进而发飙。至此，我们便不难理解，为什么富人都是坏脾气，而且容易忧郁了。

1922年11月30日

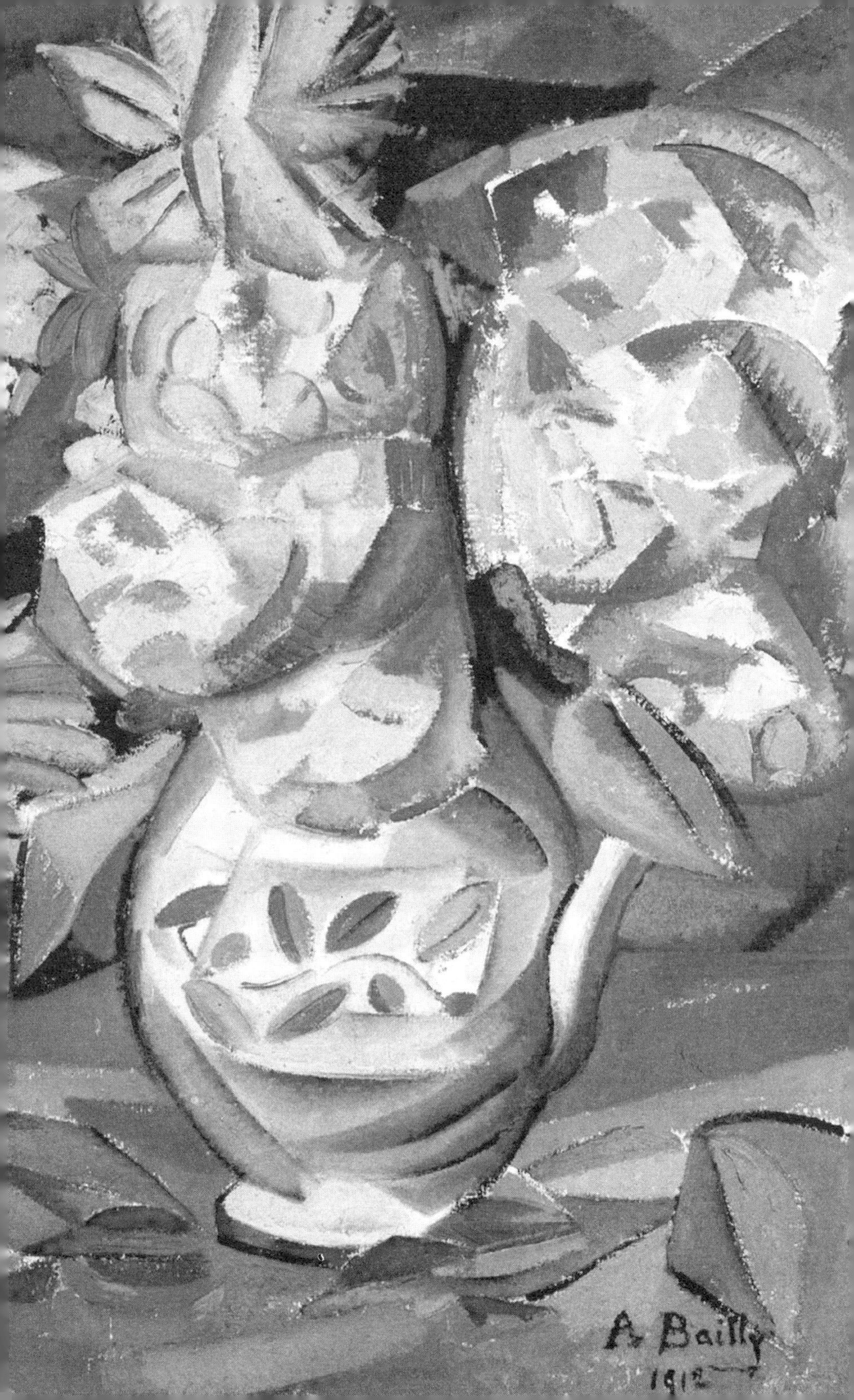
A. Bailly
1912

四十五　自私者

法国哲学家奥古斯德·孔德[①]曾指出，西方哲学犯了一个错误，认为人总是而且永远是自私的，只有神才能将其拯救。这个观念影响深远，毒害甚深，连献身精神也受到了怀疑。世人，哪怕是独立的思想家，普遍认为，那些甘愿牺牲自己的人，其实也是有私心的，正所谓"各人有各人的喜好，有人喜欢战争，有人热爱正义，而我则喜欢美酒"。即便是那些无政府主义者，也有自己的一套信仰和偏爱：他们反抗，是为了维护自己的信念和尊严，他们同其他人如出一辙。

实际上，与其说人们喜欢的是快乐，不如说喜欢的是行动本身，年轻人热衷于游戏就很好地证明了这一点。试想一下，一场足球赛，倘若没有了冲撞推挤，竖扫横踢，完赛后每个人的身上一点伤都没有，就像没有任何事发生过一样，那么，这样的足球赛还有什么意思呢？它还叫足球赛吗？人们真正喜欢并热烈追求的，正是赛场上那你推我搡赛后伤痕累累的状态，它会留在人们的脑海里，成为人们美好的回忆。每当日后回想起这些回忆，人们瞬间热血沸腾，有了冲向运动场的冲动。人生需要一种慷慨豪迈的情怀，它是快乐的原动力，而正是这种慷慨豪迈的情怀，使得我们勇于承担风雨，坦然面对失败。同足球运动一样，战争其实也是一场精彩的游戏，我们在其中看到的更多的不是血腥和残忍，而是慷慨与豪迈。在人们的印象中，战争总是邪恶的，其实这是一个误解。对于一场战争来说，真正邪恶的，是造成这场战争的原因以及它可能引起的灾难性的后果，战争本身谈不上邪恶不邪恶。简言之，战争的可恶之处在于，那些最优秀的人死于战场，而那些最平庸最无能最会钻营的人却留存下来，后者得到统治别人的机会，做出有背于正义的事，祸害苍生。

[①] 奥古斯特·孔德：法国哲学家、社会学和实证主义的创始人，他开创了社会学这一学科，被尊称为"社会学之父"。

自私的人忙于私利的算计而看不起那些慷慨的人，他们常说："你们通过牺牲自己，从而来追求某种荣耀，你们的这种做法真是愚蠢透顶"。甚至帕斯卡尔，这位信奉天主教的天才思想家，也不无讽刺地说："为了能流芳百世，世人甘愿牺牲自己的生命。"然而，同样是这样的一个人，却瞧不起以打猎为乐的猎人。他不无嘲笑地说："送上门的野兔你不要，你非要费神费力地亲自去猎一只，这真是不可理喻。"这便是神学家根深蒂固的偏见，它蒙蔽了世人的双眼。而真实情况是，人们热衷于的是行动本身而不是快乐这个目的。这种行动受到某种规则约束，并接受某种原则指导，而且更重要的是，它的目的很高尚，往往为了匡正时弊，伸张正义。不用说，这样的行为将为我们带来巨大的快乐。然而有人却错误地以为，我们是为了追求快乐才去这么做的。爱的快乐很容易让我们忘记对快乐的爱，作为大地之子、万物之灵的人类，生性如此。

　　自私的人出于误判，丧失了命运给他提供的丰富机会。一件事情，只有有利可图有乐可享时他才出手去做，就这样，他被自私的算计蒙蔽了双眼，从而忘记和失去了真正的快乐。真正的快乐总是以痛苦为代价的。当一个自私的人像审计官那样计较自己的得失时，他看到的不是赢的希望，而是失败的痛苦；他拥有的不是对未来的信心，而是对未来的恐惧。他会想到疾病，想到衰老，想到死亡。一句话，他陷入了绝望。这个结局证明，他对自己并不了解。

1913年2月5日

四十六　国王的生活

生活中遇到一点坎坷，遭遇一点挫折，其实是件好事。说实话，我很可怜那些做国王的，因为他们想要什么，只要吩咐别人去做就行了，而且要什么有什么。神仙，如果世界上真有神仙的话，他们一定是多少有点神经质的。据说古时候，神仙化身为旅行者来到了人间。在人间，神仙们体验到了什么叫饥饿什么叫口渴，并与凡人坠入爱河。然而，一旦他们想到自己有着无边的神力，他们立刻就对凡间失去了兴趣。他们对自己说："一切不过是一场游戏，只要我愿意，我就可以让天地万物化为乌有，让日夜星辰不复运转，这样，一切欲望也就会荡然无存，烟消云散。"一想到这里，他们就对生活生了厌倦。大概就是从那个时候起，他们上吊的上吊，跳河的跳河，一一死去。或者，还有一些不愿结束自己生命的，最终选择了沉寂，像睡美人那样永久地睡去。由此看来，人世间无所谓完美，幸福总是包含了些许不安、些许情欲、些许苦痛，而正是这些看上去不是那么美好的东西才标示了我们的存在。

人生有两种状态：匮乏与满足。因为有匮乏，所以便有了欲望，从而也便有了想象，而想象则催生了许多幸福。满足则不同。欲望一旦得到了满足，该有的都有了，人们很容易就会认为人生也不过如此，于是他们便失去了奋进的动力，而是留在原地，不再向前。世界上有两种财富：一种财富让我们对生活生厌，不思进取；另一种财富则像一个农夫觊觎已久的农田，它赋予我们更多干劲，去进一步探索和开拓。与前一种财富不同，后者带给我们的不是厌倦，而是满满的幸福和对生的眷恋。实际上，人们真正喜欢的是行动而不是休眠。由此不难想见，什么都不做的人，也一定什么都不爱。给他端上现成的幸福，他会像失去食欲的病人一样转过头去。让我们再谈谈音乐吧。与坐在那里听一首乐曲相比，人们更愿意上前演奏一首。从某个层面上说，困难正是我们喜欢和渴望的。人生旅途中出现了困难,我们立马就会变得热血沸腾起来。是啊,谁会要一顶轻易就能赢取的奥林匹克桂冠呢?谁愿意去玩把把都能赢的纸牌游戏呢?我手边恰好有一个这样的例子,可以跟大家分享。话说很久以前,有一个年迈的国王,他闲时喜欢跟他的大臣们一起玩纸牌游戏。每每输了牌,这位国王都会十分生气。大臣都了解这一点,于是,为了讨国王的欢心,他们都故意输给国王,让他一个人赢。可是,自从国王把把都赢之后,他就对打牌再也提不起兴趣了,很快便将它丢弃在一边。这之后,他又爱上了打猎。由于是国王在打猎,所以,猎物们都像那些大臣一样努力讨好国王,主动跑到他的面前,任由他涉猎。

世上的国王不止一种。还有一种"国王",他们年龄不大,却统治着家庭这个王国,他们是被宠坏了的、娇惯坏了的所谓"掌上明珠"。他们要什么有什么,他们甚至不需要自己提出来,他们的子民们——他们的那些爸爸妈妈爷爷奶奶们,早已将他们的欲望和想法猜透。虽然这些人间的小朱庇特①们要风得风要雨得雨,他们还是不满足,动不动就大发雷霆。他们有意为难家人,想出很多奇怪的法子,为他的"子民"出各种难题。他们爱发脾气,像春天的天气一样善变。他们想控制和支配一切,想不惜一切代价获得一切。待到世间能获得的东西全部得到时,他们也就变得无聊厌倦了,最终变成了一个个蠢儿。啊,当年的那些神仙们,如果当初他们没有因为厌倦生活而自行死去,我多么希望他们现在能来管一管这些小国王们:给这些小国王们每人配上一头安达卢西亚②特产的驴,带着他们走一走崎岖的山路。这种驴有水井一般深邃的眼睛和铁砧一般平坦的额头,在行进的过程中,他们会被前方投来的自己耳朵的影子所吓到,然后突然停下。

1908年1月22日

---

① 朱庇特:罗马神话中的主神,这里采用的是比喻的用法。
② 安达卢西亚:西班牙南部的一个地区。

四十七　亚里士多德

积极去做，而不是消极接受，这便是快乐的真谛。一块糖，放在嘴里，不用咀嚼，它自己就能慢慢溶化，并让人品尝到甜蜜和快乐。于是，很多人便想以同样的方式获得其他快乐。这真是天大的错误。一首歌，如果我们只是坐在那里听，而不是用自己的喉咙把它唱出来，那么我们从这首歌中获得的快乐是十分有限的。正是因为意识到了这一点，一位智者才说："我是通过自己的喉咙而不是耳朵体验到音乐之美的。"一幅画，即便它再漂亮，倘若我们只是站在那里消极地静观，那么我们从这幅画中所获得的快乐也是不能令人满意的。试着收集、珍藏一些画，或是偶尔拿起画笔，铺上画布，亲自画上几笔，这样才能真正体味到绘画的乐趣。在这一过程中，我们不仅学会了观察和评判，还学会了追寻与征服。有些人经常去剧院看戏，但很少得到过满足，尽管他们自己不愿承认。如果这些人能够亲自创作一出戏，哪怕是去参与一出戏的表演（表演也是一种创作），情况可能就会好得多。想必大家都见过或参与过社交舞会吧，舞会上最快乐的莫过于那些上场表演的人了。至今我还记得我曾度过的愉快的几周，在那几周里，我的脑子里没有其他东西，全是木偶戏。不过，我可不是坐在那里看木偶戏表演，而是找来材料和工具，亲自动手制作木偶人物。什么放高利贷者啊，士兵啊，天真烂漫的少女啊，老太婆啊，等等。还有人专门为我做的这些木偶穿上各式各样的衣服。我不知道观众看了我做的这些木偶会有什么感受，他们当然有批评的权利，而且尽可以从批评里获得快乐，尽管这种快乐看上去微不足道，但考虑到它涉及了创造，所以仍不失为一种快乐。喜欢玩牌的人都知道，每一轮都有新的打法，而且正是这些不同的打法才让人们乐此不疲地投入其中。不必去问一个不懂游戏的人他是否喜欢游戏。一旦懂得了规则，政治也变得不那么令人生厌了。当然，规则是需要学习的。实际上，一切都需要学习，幸福也不例外。

世人总是感叹幸福难觅，对于那些送到我们面前的幸福来说，情况的确如此，因为压根就不存在这样的幸福。然而，我们通过自己的行动而获得的幸福却是真实存在的，它们并非不可寻获。只不过我们要懂得学习，幸福实际上是一个不断学习的过程。一个人懂得越多，他的学习能力就会越强。由此不难想象，成为一个拉丁语学习者是快乐的，这种快乐不仅不会衰减和消失，反而会随着学习的深入而不断增强。做一个音乐家的快乐也是如此。在谈到音乐家时，亚里士多德发表了一个惊世骇俗的观点，他说：真正的音乐家一定是那些善于玩政治的人，而快乐正是权力的象征。这个观点简洁明了，同时又一语中的，给世人留下了深刻的印象。亚里士多德一生中受过很多攻击，不过这些攻击并没有给他带来任何影响。要了解这位旷世奇才，就必须了解他说过的上面这句话。如果一个人能从他做的某件事情上体验到快乐，那么我们就可以有把握地说，这件事正处在良好的进展之中。由此不难推断，工作是这个世界上唯一愉快、唯一能给我们带来完全满足的东西。当然，我说的工作是有自由选择权的工作，这样的工作既是力量的结果，又是力量的源泉。写到这里，我想再重复一遍：要积极去行动，不要消极接受。

我们经常看到，一些泥瓦匠，利用自己的闲暇时间，为自己建造一座小房子。你瞧，他们垒砖时的神情是多么专注，动作是多么精细，想必内心充满了无限的幸福和快乐吧。实际上，任何一行都存在这样的幸福快乐，只要从事某行职业的人懂得创造，懂得不断学习。如果从事某种工作的人分享不到他的劳动成果，也没有不断学习和革新的机会，同时又要不断地重新开始，日复一日年复一年地发出机械化的动作，做着同样的事，那么这不仅会让劳动者变得疲乏厌倦，而且也会给整个社会带来灾难。相较之下，农民就快乐多了，他所从事的农耕工作不仅富于创造性，而且一环接着一环，环环都在他的掌控之中。当然，这里的农民必须是自由的、能自己做主的农民。然而，由于世人长期受到错误观念的毒害,误以为幸福会不请自来,所以他们对这种需要以劳苦为代价的幸福感到不可理解。希腊哲学家第欧根尼曾说过,苦难是上天赐给我们的礼物。这个道理看似充满了矛盾,实际却千真万确。世人必须学会理解它,而理解的过程又恰恰会为我们带来快乐。

1924年9月15日

四十八　快乐的农夫

　　工作是人世间最好的事物，也是人世间最坏的事物：一种工作，如果它是自由的，它便是最好的；如果做这种工作的人要屈从于人，听人使唤，它便是最坏的。在我看来，世上最好的工作，是那种劳动者有完全支配权的工作，他凭借自己的知识和经验从事某项工作，比如说会做门的工匠。倘若这扇门将来是为工匠自己使用的，那么做门这种活儿就更胜一筹了。由于日常要使用它，与它朝夕相伴，这扇门以后的命运就完全在他的监视之中。随着岁月的流逝，他可以知道哪种木材质量好，哪种木材质量差。如果在做一扇门的时候就已预见到将来在某个地方可能会出现一个裂缝，结果在将来的使用中果真出现了一个裂缝，那么工匠一定会欣喜若狂，因为他的知识和眼光得到了验证。一个人，倘若能目睹自己工作的全过程，了解他工作的每一个流程和细节，并且自始至终都有决定这项工作该如何开展的自由，那么，即便他最终获得的是一个不好的结果，他也会坦然接受。倘若有人不仅会做船，而且未来还能驾着自己做的船航行，那么这种人就是世界上最幸福的人了。驾船远航，舵柄的每一次转动都给他带来美好的回忆，坐在船上体味自己的劳动成果，曾经付出的所有努力都得到了补偿。有时，在城市之郊，你能看到这样一群劳动者的身影，他们利用自己的闲暇时间，一点一滴一砖一瓦地在自己建房子，使用的材料也都是家中已有的和随手可得的。这些人从自建房屋中体验到了莫大的欢乐，这种欢乐是任何皇宫都不能给予的。对于居于皇宫中的君主来说，他至多可以命令众人按照他的计划和方案建设他的皇宫，但这种快乐是一种支配的快乐，它同那种从自建房屋中获得快乐相比，还是显得那么寒碜和微不足道。快乐有时正是从困难中产生。假设有两份工作摆在我面前，一份简单平易但需要接受章法的制约并受制于人，另一份十分艰巨但允许创新，劳动者享有完全的自由并可以出错，如果让我选择，我一定会毫不犹豫地选择后者。世界上最坏的工作，是那种老板随时都会过来干涉或打断一下的工作，而最惨的人莫过于那些女仆了，她们一会儿被主人叫去做饭，一会儿又被叫去打扫客厅，在主人的支使下忙个不停。不过即便是这样，那些真正聪明能干的仆人，还是会努力为自己争取安排工作的自主权的，争取到了自主权，她们实际上就为自己争取到了可以享受小小幸福的一片天地。

1922年8月28日

四十九　劳作

陀思妥耶夫斯基[①]在他的纪实小说《死屋手记》中向我们展现了苦役犯的悲惨生活。那些苦役犯整日做着苦役，而那些苦役常常是没有任何意义的。比方说，他们所在的地方明明有很多丛林和木材，那些长官们却非要他们从破旧的船只上取下旧木，美其名曰"资源回收再利用"。苦役犯们当然知道自己做的事情是没有价值的，所以他们在做这项工作时，没有任何奔头和希望而言，从早到晚都是无精打采的，脸上写满了愁容，动作也变得笨拙起来。可是，如果他们被命令去做一天内就能做完的事，哪怕这件事再难做再费力，他们的手脚都会立刻利索起来，脸上也会洋溢着快乐的笑容。倘若这种工作是有意义的，比如铲雪，他们干得就更起劲了。陀思妥耶夫斯基在他的小说里对上述这种情形做了精彩而客观的描述，没有附加任何主观的评论，书中的这些段落值得我们每个人认真地读一读。这些段落让我们认识到，一件有意义的工作，本身就是一大乐趣；工作的乐趣在于工作本身，而不在于我们能从它那里获得什么。一个特定的任务，倘若能在完成它之后获得休息的机会，犯人们就会兴致勃勃、满腔热情地去努力完成这个任务。一想到做完一件事后就能换来半个小时的休息，他们就会立马卷起袖子加油干。一旦他们下定决心要尽可能快地将事情做完，那么接下来他们要思考的就是如何才能将事情尽快做完。于是我们看到，他们施展出各自的智慧，在一起讨论、谋划、想办法，最后终于将任务完成。他们在这个过程中获得的快乐远远超过那多出来的半小时休息的快乐，虽说那半小时里不再受苦役，但它毕竟也是在监狱中度过的。如果说那半小时还算是快乐的，那也是因为他们先前紧张的劳作给他们留下了美好的回忆。人世间最大的快乐，莫过于通过同他人的合作，完成一件艰巨而又充满自由的工

[①] 陀思妥耶夫斯基：俄国作家，代表作有《罪与罚》《卡拉马佐夫兄弟》《白痴》等。

作。我们可以从游戏中见证这一点。

有些教书先生，只知道让学生读书学习，从不给孩子们一点自己的时间，结果，孩子们变得越来越懒惰了。他们学得越来越慢，学习的效果越来越差，最终，他们的身心也越来越疲劳。难道工作天生地就会导致疲劳吗？很显然不是。一件工作之所以进展缓慢，让人疲倦，那是因为做这件工作的人没有专注于工作本身，而是过多地关注了其他的事情。这就好比饭后去散步，倘若我们只是出于锻炼身体和呼吸新鲜空气才去散步，并时刻关注这些目的，那么不消说，我们一路上都会感到疲乏，而一旦回到家中，这种疲乏就立刻烟消云散了。与此形成鲜明对比的是，虽然我们面对的是一件棘手的工作，但由于我们的注意力一直都在工作上，我们身轻如燕，浑身有着使不完的劲，丝毫也不会感到疲劳。等到工作全部做完，我们彻底放松下来，然后很快便进入了梦乡。

1911年11月6日

五十　事业

　　一项业已开始的事业，远胜于对于这项事业的美好设想。所有人都有卷起袖子大干一场的宏大理想，然而大部分人只知道一遍遍地在脑海里描画这些理想，却从不展开行动，迈出切实的一步。看到事业正在成长，创始者无不受到鼓舞，而事业中那些未竟的部分，则成为了我们继续奋斗下去的理由。谁能在昨日的事业中看到自己意志的印记，谁便是幸福的。

　　据说人人都有目标，然而绝大多数人只是徒有目标而已，却懒得付诸行动。或许是因为他们想得太多，他们没有足够的能力和勇气，甚至没有兴趣去开启一项崭新的事业。于是乎便出现了这样奇怪的现象：我们计划了无数值得去做的事情，但我们却迟迟不去做。想象力在捉弄人这方面不愧是个高手，它会想着法子让我们受骗。我们受到的最大的欺骗，莫过于它在我们心中燃起一阵骚动，而我们误以为这阵骚动就代表了美好的未来。事实上，这只不过是一场徒劳的运动而已，它在哪里开始，就在哪里结束，不会带来任何结果。想象永远定格在现在，只有行动才指向未来。懒汉的口头禅是"我将来要做"，而行动派的信条则是"我正在做"。后者知道，只有行动，唯有行动，才能创造未来。未来不可预见，我们的事业也是如此。有人或许已经为将来的事业做了各种谋划，心中有无数个憧憬，然而真正等到未来变现的那一天，你会看到另一番样子。行动，只有行动，才是最好的，而空想家们却坚持说，他们对未来的憧憬才是最美好的，比正在开展或业已完成的事业还好上几千几万倍。

　　我们身边不乏忙碌而又充满快乐的人，他们乐此不疲地追求着自己的事业，这种事业可能是经营一家杂货店，也可能只是集邮这种爱好。无一例外，一项事业一旦开始，他们就会心无旁骛，认真对待。他们对空想可没兴趣，只知道一心向前，埋头苦干。一件刺绣活儿，刚绣出前几针时，很难说有什么愉悦可言。可是，随着绣出的部分越来越多，图案和花纹越来越清晰，成果已经部分实现，于是刺绣者就会有更多渴望、更足干劲去将整个作品完成。由此可见，信念才是第一位的，希望仅居其次。我们在开始一项事业时，可以不必抱有任何希望，随着事情的进展和事业的发展，希望自然会随之而来。现实可行的计划只能在事业的进展中产生。米开朗琪罗在创作一幅画之前，不可能把所有的色彩和线条都事先构思好。创作中遇到困难时，米开朗琪罗甚至会怀疑自己是不是干绘画这一行的料。然而，有着信念的支撑，他还是会继续画下去。随着色彩一点点丰富，线条一点点聚集，艺术的形象逐渐成型、显现，而这，才是绘画——它是一次发现之旅。

世人常说：快乐易逝，幸福难寻。而想象中的快乐与幸福更是稍纵即逝，抓都抓不到。但是，我们从做一件事中所获得的快乐和幸福却是实实在在、摸得着看得见的。作家们都知道，就写作而言，题材并无好坏之分。而我想更进一步说，作家应该对所谓的好的题材心存戒备之心。面对一种题材时，你只需走近它，探究它，把玩它。换句话说，你应该放弃空想和希望，只留信念在心间。要知道，放弃是为了得到，推倒是为了重建。懂得这个道理，就能明白，为什么一部小说同它所赖以建立的素材之间有那么大的差距了。所以呀，画家呀，请不要站在那里盯着你那面带微笑的模特儿看了，拿起画笔，赶紧开工吧。

1922年11月29日

五十一　眺望远方

　　对于一个忧郁的人，我给他的建议就是：眺望远方。忧郁者，几乎无一例外地都是读书过多的人。而人类的眼睛并不适合近距离地凝视，它只有望向远方，才能得到休息。当我们仰望星空或是眺望蔚蓝色的大海时，我们的眼睛就会得到完全的放松；而一旦眼睛得到了放松，我们的心灵就不再受牵绊，我们的步伐也开始变得自信和轻盈起来。这时，我们浑身上下，包括我们的内部器官，全都变得轻盈了。不过，你可千万不要刻意让自己放松，否则，效果会适得其反；你越是刻意让自己放松，就越是容易把自己搞得紧张。不要把心思放在自己的身上，你只需眺望远方。

　　忧郁，实际上是一种病。虽然有时候医生也能为这种病确定病因并给患者开出药方，但由于这种药方往往是将患者引向自身，让其严格地按照他所建议的饮食禁忌去生活，结果恰恰抵消了药方可能起到的效果。这种情况下，高明的医生一般都会让你去哲学家那里找寻秘方。然而，一个读书过多、思想上患近视症的人，你能期望从他那里得到什么启发呢！要知道，他的情绪比你还低落，心情比你还忧郁呢！

　　国家应该像开办医学院一样开办智慧学院，教导人们如何静观万物从而获得真知，并懂得体会像世界一样广博无边的诗意。我们的眼睛在构造上的特点，使得我们只有在眺望远方时，眼睛才能得到彻底的休息，这一点告诉我们：思想必须解放肉体，引导它回到宇宙万物，回到大千世界，那里才是我们真正的家园。我们的命运与我们的身体的功能息息相关。一个动物，只要它想睡，躺下便能很快睡着，而且睡得很安逸。可是，人类却不同，人类爱思考，而一旦这种思考到了胡思乱想的地步，人类便会迷失自我。于是，苦难和不幸便会接踵而至，恐惧和欲望便会成倍增加。如此一来，他的身体就会变得愈发

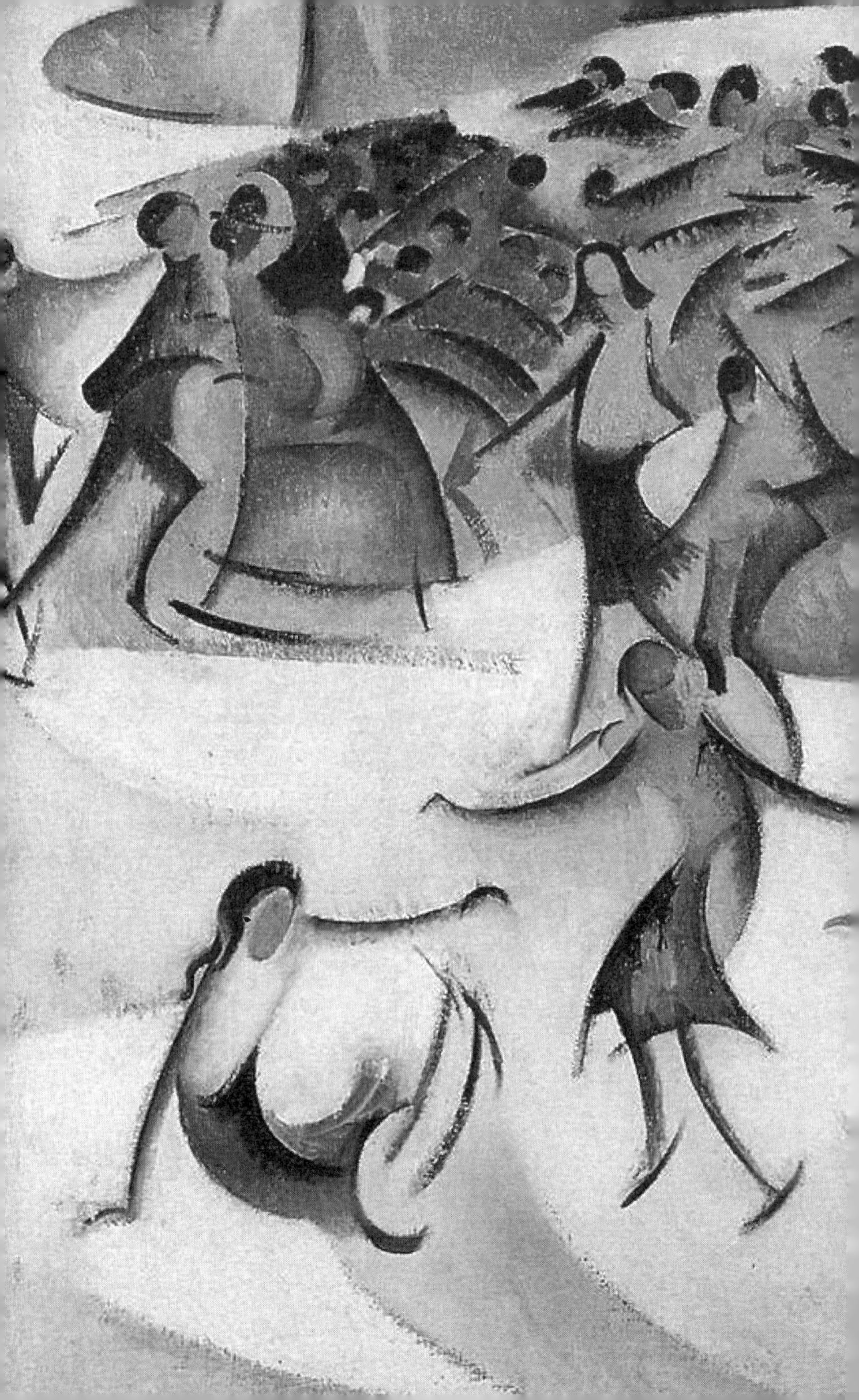

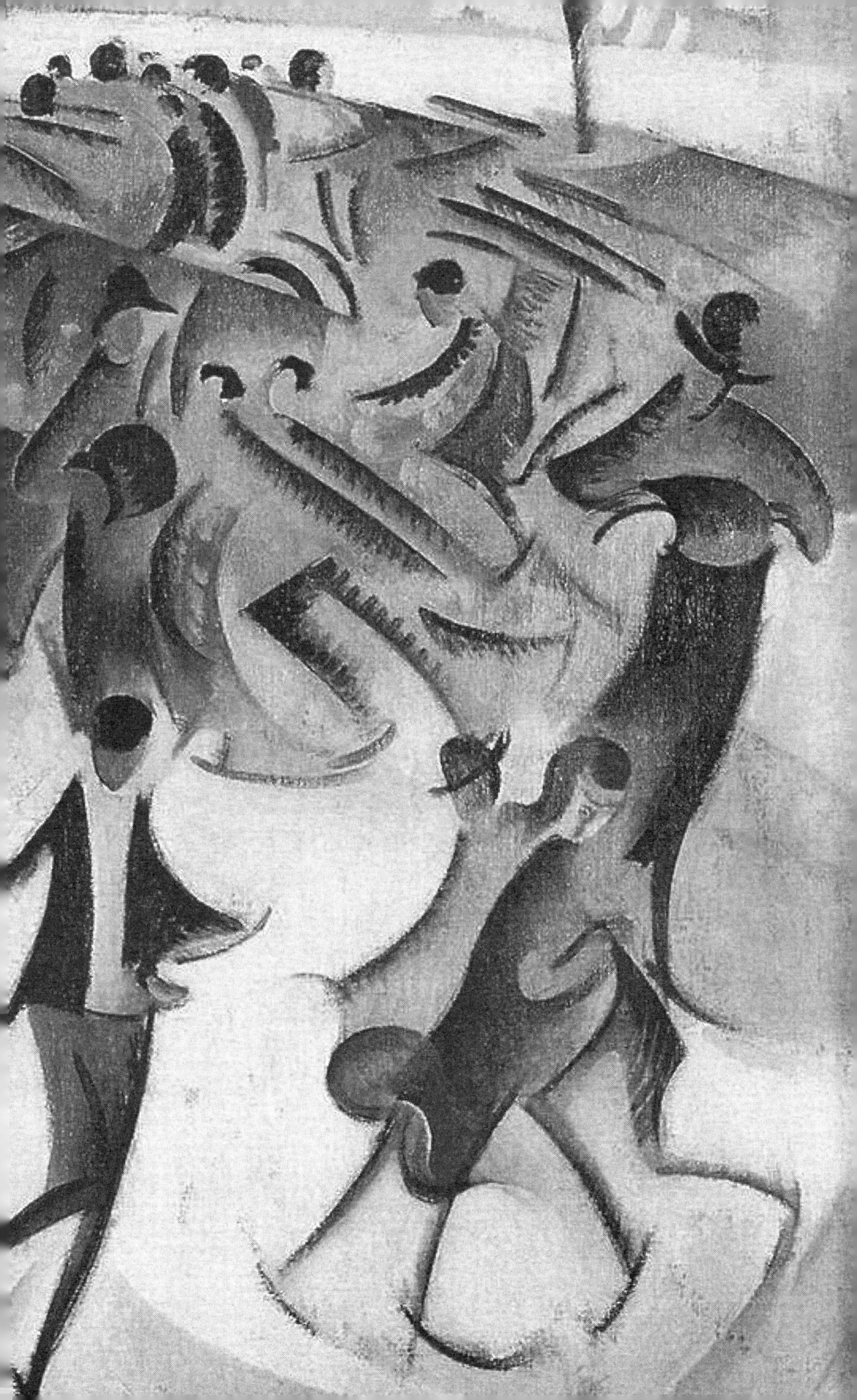

紧张，在千万个幻想幽灵的引诱下，他心神不宁，焦躁不安，搞得坐也不是站也不是；他开始多疑起来，对周围的人和事都不再信任。为了从这种麻烦中解脱出来，他开始求助于书本，沉湎于书海。然而，书海的世界也是有限的。由于离眼睛太近，离他的情绪太"近"，于是乎，思想变成了囚笼，死死地禁锢住他的肉体，使它备受煎熬。是的，思想一旦变得狭隘，我们的身体便会自己跟自己作对。野心家到处做着相同的演讲，恋人一遍遍重复自己的誓言，这些都是思想被禁锢时肉体自己跟自己作对的鲜活实例。身体倘若想要获得健康和自由，思想就必须懂得远游。

真正的学问能指引我们达到这样的境界，只要它不絮叨，不急躁，没有野心。它只需把我们从书本上引开，把我们引向大海、天空，遥远的远方世界。一句话，我们真正需要的是直接的感知和旅行。一旦你发现了一个事物同整个世界的联系，你便能认识另一个事物，以至千千万万个其他事物。这种联系就像一条湍急的溪流，把我们的思想带向云、带向风、带向浩瀚的星球。将目光限于眼前微细的事物，这样是无法获得真知的，道理就在于：真正的认知，就在于去发现最细小的事物同整个世界的联系。这世界上，没有什么是孤立存在的，所以最好的求知之道就是使我们远离自己，拥抱远方，这无论是对我们的眼睛还是对我们的精神都同样有益。只有远方才是思想的领域，只有远方才能让思想得到休息。通过远方这个媒介，我们的思想和我们的身体取得了和谐。我们的生命与世界万物相联。当基督徒们说"天堂才是我真正的故乡"时，他们无意中说出了一个真理。

是的，学会眺望远方。

1911年5月15日

五十二　旅行

在这假日时节，满世界都是从一个景点匆匆赶到另一个景点的游客。很显然，他们都想在很短的时间里游览尽可能多的景点，这样一来，这些名胜就可以成为他们的谈资。能在聊天的时候信手拈来几个地名固然是好，这也是消遣时间的一种方式，但是倘若从这些观光客自身考虑，如果他们真的是想去长长见识，他们那种走马观花式的做法就值得商榷了。当你在匆忙中观光旅行时，那些景点看起来都大同小异，一道瀑布仅仅是一道瀑布而已，和世界上别的瀑布并无区别。所以，那些走马灯式四处旅行的人，最后收获的旅途回忆，与去了一次远足相差无几。

风景名胜真正的美妙之处存在于细节之中。游览风景名胜，就是要细细品味其所有的微妙细节，在每一小处驻足观赏，最后将整幅美景都尽收眼底。我不知道有多少人真的可以做到上面这些，然后急忙奔赴下一处景点，将这一过程又从头来过。反正，我肯定是做不到。那些住在鲁昂的人们福气真好，他们每天都能看到美景，比如历史悠久的圣-图安①本笃会修道院建筑，他们看着这些美景，就像是坐在家中欣赏一幅油画一样。

然而，如果你只到某座博物馆参观过一次，或是在某个国家作短暂的停留，仅仅是去了游客们必去的那些景点，那么你脑海中的关于这次旅游的回忆肯定会变得十分模糊和杂乱，留在你脑海里的只能是一幅粗线条的灰蒙蒙的画面。

我觉得旅行就是慢慢地行走，然后停下来，细细地观赏和品味，在此过程中，要以尽可能多的视角去观赏同一个景点。看同一样事物的时候，角度稍微偏转一点点，所获的体验可能就不同，甚至胜过跋涉上百英里所收获的

---

① 圣-图安：法国的一个地区，位于巴黎北部郊外。

见识。

  从一座瀑布赶到另一座瀑布，我看到的只是一模一样的瀑布。可是，如果我在一座瀑布前作更长时间的停留，从其中的一块石头走到另一块石头，慢慢欣赏，那么这座瀑布就会随着我的脚步的变换而呈现出不同的面貌，给我不断带来新的体验。如果我重返某个我曾到过的景点，我也将看到一个全新的画面，我受到的震撼要比第一次游览它的时候还要强烈，它简直是一次全新之旅。为了避免陷入一成不变之中，我们要学会更深入地观察和思考事物，争取看到事物更丰富、更立体的面貌。当我们学会了更好地观察事物时，即使是最平淡无奇的景致，我们也能从中发掘出无限乐趣。倘若我们的视角变换了，即使是我们司空见惯的布满星星的夜空，都可以变为非凡胜景。

1906年8月29日

五十三 活在当下

想必大家对古希腊斯多葛学派都有耳闻，对其品格力量并不陌生。这一派哲人，对人类的情绪，诸如仇恨、嫉妒、恐惧、绝望等，颇有研究，并懂得如何控制它们，就好像一个好车夫懂得如何驾驭他的马匹。

他们在谈及过去和未来时有一个观点，我对这个观点很是喜欢，在我的有生之年，它曾不止一次给予过我帮助。它是这样说的：

"我们唯一需要面对的就是现在，过去和未来丝毫不会有损于我们，因为前者已不存在，而后者尚未到来。"

说得太好了！过去和未来只有在我们想到它们的时候才存在；它们只是些碎片和印象，而不是现实。无论是对着已然发生的过去抱恨不已，还是为尚未到来的未来而恐惧担忧，都是在庸人自扰。我曾见过一个杂耍艺人，他将许多把剑一把接一把地竖立起来，就像叠罗汉那样把它们叠在自己的额头，看上去很是吓人。我们对过去抱恨在心也好，对未来充满恐惧也罢，实际上这同那位拙劣的杂耍艺人在额头叠剑的戏法如出一辙。我们本来只需忍受一分钟的痛苦，结果却承担了一小时的煎熬；我们本来只需承担一小时的煎熬，结果却背负了一天半月、十年半载的不幸。一个人，明明只是现在感到腿疼，却偏要想着昨天以及昨天的昨天是如何地难受，并在为尚未发生的明日的痛苦担惊受怕。实际上，他把自己整个人生都悲叹了一遍。肉体上的痛苦切切实实地就在那里，很显然，这一点是不能忽略的。然而，当我们撇开肉体上的痛苦而谈及精神时，如果我们不再为已逝的过去而悔恨，不再为尚未到来的未来而担忧，那么我们在精神上的痛苦还剩多少呢？

有一位男子，被自己喜欢的女子拒绝了，现在他睡在床上，翻来覆去，辗转难眠。他没有入睡，而是在谋划一场可怕的报复行动。试想一下：如果他不想过去不想未来,他的痛苦还剩下多少呢?一个胸怀大志的人,遭遇了失败,苦不堪言。然而,如果他不是抓着失败的过去不放,也不凭空捏造未来的困难,那么他还会像原先那般痛苦不幸吗?我们每个人都应该吸取希腊神话中西西弗斯推石头上山的教训①,避免做无用的苦工。

我想对像西西弗斯那样自寻苦恼的人说:活在当下,活在现在,活在秒秒相连、实实在在的生活里。要让自己意识到,既然你现在可以这样生活,而且活得很好,那么未来就依然可以这样生活。或许你会说,未来让我充满了恐惧。你之所以有这样的想法,是因为你并不了解真正的未来是什么。未来,根本就不是我们所设想的那样。至于说你目前正遭受的痛苦,既然这种痛苦已经是那么强烈,我敢打赌,它将来一定会变得越来越微不足道。一切都在变化,一切都会过去。尽管我们常常因此而变得难过忧伤,但至少,它会偶尔给我们带来安慰,不是吗?

1908年4月17日

---

① 西西弗斯:原是希腊神话中科林斯的国王,他由于触犯了众神而被罚在地狱里把石头推到山上。可是,那块石头太重了,西西弗斯每次将它推到山顶它都会再次滚下来,西西弗斯不得不将它再次推上去,重复地做这件事。西西弗斯的生命就在这种无效又无望的劳作中慢慢地消耗殆尽。

五十四　牢骚

有时我们会在路上碰见一个宛若幽灵的人影,他形容枯槁,正在太阳底下取暖,或是拖着艰难的步伐往家里走去。很明显,他老态龙钟,离坟墓已不远。每每看到这样一副形象,我们的心中总是充满了恐惧,于是赶紧离开他,心里还不忘嘀咕:"这个老家伙怎么还不死呀?"可是,他对生命依然眷恋,冷了他知道让阳光温暖自己。一句话,他还不想离开这个世界。而我们,似乎很难接受这个现实,当我们遇到这样的现实时,我们的思想仿佛撞到了墙,难免受伤,我们也因此变得不悦起来。问题不在那位老者,而在我们自己,是我们的思想误入歧途,走错了方向。

有一次,我也遇到了这样的一个老者。正当我想着该如何跟这位老者打招呼的时候,我的一个朋友突然出现在我的面前。他浑身颤抖,双眼充满怒火,一副欲言又止的样子。最后,他终于爆发了。"人生就是苦难,"他大声说道,"那些身体健康的人害怕疾病和死亡,他们想尽一切办法躲避疾病和死亡,但这依然不能消除他们的恐惧。再看看那些饱受疾病折磨的人,本来他们的一只脚已经踏进了坟墓,他们却迟迟不愿死去。对死亡的惧怕无疑加重了他们的苦难。你或许会说:既然他们遭受的痛苦已经那么大了,他们为何还如此害怕死亡呢?原因就在于,一个人是可以既讨厌痛苦又讨厌死亡的。实际上,我们每个人都是这样。"

他觉得他讲的都是大白话,对于他讲的那些,如果我愿意,我也可以表示认同。其实,做一个不幸的人并不难,难的是做一个幸福的人。可是,我们不能因为幸福难寻而就不去尝试寻找幸福,更何况,正如谚语所说的,容易得到的东西是不值得我们去追求的。

151

我朋友的那番言辞，就像靡非斯特①的言辞，看似无懈可击，实则漏洞百出，我是决不会听信的。我遭遇的不幸和承受的痛苦不比任何人少，而且有许多次，我都陷入绝望的境地。可是过后再看，才发现，曾经的所谓的不幸不过是一些不成熟的想法、一些坏脾气以及一点虚荣心带来的烦恼。比如，听到某人的一句话或是看到某人的脸色，我以为他们都是针对我的，而实际情形可能并非如此。这些奇怪的、疯狂的想法，我们每个人可能都曾有过，一年之后再去看，我们一定会觉得它们好幼稚。有些人往往被外表所欺骗，也常常上眼泪的当，天真的人更是如此。我相信那些"邪恶之光"很快就会熄灭，我努力将它熄灭，而且我知道我一定能做到。我需要做的，就是不去大声抗诉和抱怨。我明白，一个人的声音会对他整个人的精神状态有重要的影响。所以，当我自言自语的时候，我一定会尽量保持平和的语调，决不聒噪哀嚎，好像全世界都欠我什么似的。以上是我从声音和语调方面要做的努力。此外，我还要顺应天时，随遇而安。我知道，生老病死乃自然规律，人之常情，违抗这个规律、这个常情，就是违抗人的天性，是天大的谬错。在我看来，但凡正确的思想，总是以人性和人情为出发点，它顺应自然之道，切合人之境遇。鉴于此，我们应该少抱怨，少发牢骚，尤其不要愚蠢地咆哮，要知道这些行为都是孕育愤怒的温床，而愤怒又会使我们继续抱怨，由此便进入一个恶性循环。切记，我们一定要善于从自己身上找原因。

1911年9月25日

---

① 靡非斯特：德国作家歌德的长篇诗剧《浮士德》中的魔鬼形象，他在诗剧中是作为浮士德的对立面出现的，代表了否定精神和"恶"。

五十五　哀史

　　世人只知追求财富，贪图享乐，却不愿承担责任，履行义务；年轻人厚颜无耻，傲慢无礼，整个社会男盗女娼，道德沦丧；冬暖夏凉，时令反常：所有这些抱怨，自人类开始在这个世界上生活时便已有。究其实质，它们无非在说：我老了，不再有年轻时那种敢闯敢拼的劲头了。新的一年就要到来，我希望大家在新的一年里不要像这样抱怨，不要有"一切越来越糟"的想法。

　　如果这只是一个人表达自己感受的一种方式，那么如此说也情有可原，这就好比患了疾病的人，自然有些悲伤和精神不振一样，也是可以理解的。然而，无论出于怎样的理由，我们说这种话时都要小心为是，因为这种话有巨大的威力，它能使悲伤扩大，给我们的生活蒙上阴影。长此以往，待抱怨成了一种习惯之时，便是我们惹火上身之日。这就好比是一个小孩子把他的玩伴打扮成一头狮子，当看到这头"狮子"时，他竟忘记了当初正是自己所为，不禁被它吓倒。

　　如果一个人出于忧郁的天性而把自己的房间装饰得像一口棺材，那么他住在里面必定会更加忧伤，因为屋内的一切让他时刻想起自己的悲伤。我们的思想也会出现类似的情况。比如，如果一个人出于一时的不高兴而把周围的人和物都看作自己的敌人，那么这个人所生活的世界就会立即暗淡下来，天空布满乌云，而这样的画面又会使他陷入绝望。有些人自以为很聪明，声称看透了人世和人生，殊不知，他恰恰被他的聪明欺骗了。

　　最糟糕的是，这种精神上的毛病就像霍乱，极具传染性。我见过一些人，如果有人在他们面前说政府官员现在比以前更勤奋、更廉洁了，他们能跟人家翻脸。这些自以为是的人，一般都能言善辩，说话具有感染力，所以他们只要发言，总是能轻易赢取在场观众的信任。而那些坚持真理、说出实情的人，不是被当作傻瓜，就是被批评在搞恶作剧。于是，在公共场合诉苦、讲述自己的哀史成为了一种信条，很快便成为礼貌谈话的一部分。

　　昨天，一个墙纸张贴工主动跟我寒暄，他对我说："现在天气和季节全都乱套了，到现在天还这么热，谁还能相信现在正处冬季，简直像是在夏天！你根本弄不清到底是怎么一回事！"他的这番抱怨明显违背事实，因为刚刚过去的这个夏天明明热得要命，而他跟我们大家一样都曾感受过这个夏天的热浪。不过，一件不存在的事说的人多了，也会变成事实。像墙纸张贴工那样的人其实不止一个，我们每个人都可能像他那样罔顾事实，信口雌黄，因为我们都是善忘的人。

　　当下，快乐失宠，忧伤受到追捧，被顶礼膜拜，稳坐王座之上。然而，我们必须拨乱反正，激浊扬清，我们必须抵制忧郁和忧伤。这不仅是因为快乐是个好东西，也是因为我们必须还世界一个公道，必须看到事情的真面貌。而忧郁和忧伤，飞扬跋扈，能言善辩，百般阻挡我们赢取快乐，获得幸福，我们对它一定要仔细提防。

1912年1月4日

五十六　情绪的说服力

我们的情绪具有极强的说服力，我们常常受到它的欺骗。我们的情绪主要受想象力的主导，而我们的想象力会根据我们身体所处的状态——疲劳的或放松的，激动的或平静的，为我们展现出一种或悲伤或快乐的幻觉。那些负面的情绪，比如悲伤，比如生气，其实常常都是小事情引起的，这时我们不去把这些小事情找出来，努力做些改变，却把自己的痛苦与烦恼怪罪在别人的头上或是别的事物身上，这样岂不本末倒置、颠倒是非？

每年的这个时候，都是大考临头的时候。很多学生挑灯夜战，温习备考。他们累弯了脊背，熬红了双眼，还常常感到头疼。不过，这些都是一时的不适，好好睡上一觉，这些症状就会立刻消失。而有些学生却并不这么认为。他首先看到的是，他没跟上老师的节奏和进度，脑子里像是被抹上浆糊一样糊里糊涂得不清晰，而要考的知识点老是赖在书本上，不肯进到自己的脑子里来。于是，他越来越不相信自己的能力，对即将到来的考试感到恐惧。透过脑子里这一片愁云惨雾，他回顾过往，发现或是自以为发现自己从未做过一件有用的事，所有知识点都不明不白，缺乏体系，看来一切都要重头学起。可是现如今，眼看着考试的日子越来越近，可用的时间越来越少，而自己的复习进度却比蜗牛的爬行还慢，他能不忧心如焚吗，能不着急上火吗？本来，这个时候，他应该上床去好好睡上一觉才是，待养足了精神再来学习也不迟，这样也能做到事半功倍。可是，他偏偏不这么做。但见他胳膊肘支撑在桌子上，双手顶着下巴，重新回到书本里去。他太过疲劳，太过紧张，也太过苦恼，这反而使他看不到问题的真正所在。这个时候，他需要斯多葛学派那样的深邃智慧（这些智慧后来被笛卡尔和斯宾诺莎进一步阐明），看到是想象力迷惑了他的双眼，是看似有说服力的情绪使他上了当。这样，他的大部分痛苦和烦恼就会即刻消失不见，而他感到的一点点头疼和眼睛的疲劳也变得可以忍受，而且不久就会自然消去。但是，一旦陷入绝望，情况就不妙了，它会成倍繁衍，加重我们的苦恼。

　　这就是情绪为我们设置的陷阱。一个怒火中烧的人实际上自导自演了一出悲剧，在这出悲剧中，他痛诉他人的一切不是，说他们诡计多端，密谋陷害自己；他指责他人蔑视自己，并计划着将来报复自己。他站在怒火中控诉一切，而这种控诉又会扇旺他的怒火。他就像是一个画家，画了一幅复仇女神的画像，结果竟被自己画的画像吓到。这样一来，愤怒便会演变为风暴，释放出更强的威力，以至于将他整个人都吞没。而这一切，原本不过是缘于一些生活中的细碎的小事。很显然，平息风暴的方式绝不是像一个历史学家那样回顾过去，重述曾经受过的委屈和侮辱，因为这个时候，我们的思想处在癫狂的状态，使我们看不到事情的真面貌。此时，我们要静气凝神，仔细思考，要抵制住颇具说服力的情绪的迷惑，拒绝被它俘获。这个时候，我们不要说"这个虚情假意的朋友一直都在鄙视我"，相反，我们要说："现在我情绪激动，这会让我看不清事实的真相，失于对事物的准确判断，那样的话，我不过是一个顾影自怜没有观众的悲剧演员。"如此一来就你会发现，由于没有观众，剧场的灯光熄灭了，原本精致的舞台此时也变成了可以任意涂鸦的纸板。这才是真正明智的做法，这才是面对烦恼和不幸的正确态度。我们的身边，常活跃着一些二流的道德学家，他们不知反省自己，只知道满大街抱怨。我们不知道实情，常常被这群人误导，从而也染上了爱抱怨的坏毛病。这，值得我们每个人反思。

1913年5月14日

五十七　论绝望

某人说："摊上这样的事，有了这样的遭遇，只有无赖才不会自寻短见。"一个为人正直的人，觉得受了不公正的对待，因而自寻短见，以示抗议。而所谓的"受了不公正的对待"，其实仅仅是鸡毛蒜皮的小事，而在这位自杀者的葬礼上，则出现了他以为不公正对待他的那个人的身影。我相信，这样的悲剧绝不是第一次发生，也不会是最后一次，它将长久地留存在我们的记忆里，给我们敲响警钟。一个为人正派也通情达理的人，平时遇事也能保持清醒的头脑，独独在这个事情上想不开，非要自寻短见，这究竟是何原因呢？至今我仍然想不明白。发生在这个人身上的悲剧让我不禁思考：一个人怎样才能避免陷入绝望的境地，才能不被绝望击倒。

看到某种情况、某种现象或是某种处境，向自己提出一个难题，然后去寻找解决的办法。结果，找不到问题的解决办法，也不知道下一步该如何做，于是只好像受训的马匹一样原地打转，心中一直对那个难题耿耿于怀。你说，处在这样的情境下，让人备受折磨。我要告诉你，造成你苦恼的根本原因是，你的思维方式出了问题。世上不能为我们理解的事何止一件两件，只要我们摆正心态，正确看待，很多问题就不是问题，我们也就不会因此而苦恼，因此而烦忧。一个律师，一个债务清算者，或是一个法官，看到的糟糕的情况比我们这些普通人要多得多，有的时候他们甚至也拿不出主意，不知如何是好，可是，他们照样吃得香睡得香。有时候，给我们造成伤害的不是麻烦本身，而是我们跟麻烦过不去的那种偏强的劲头。面对出现的问题，我们不是试着理解它们，而是一味地挣扎、反抗，总想让一切都成为我们想象的那个样子。在我看来，所有情绪冲动都有一个共同点，那就是：对无法挽回的局面拒绝接受，徒劳抗争。例如，一个女人虚荣心很强，平时做事总是丢三落四，对人也总是摆出一副冷若冰霜的面孔。这样的女人，如果有的男人依然坚持爱她同时又受不了她的那些缺点，那么这个男人纯粹是咎由自取，因为他希望自己心爱的女人不是现在这个样子，他企图改变这个不容改变的事实，结果只能是自找苦吃。无独有偶，一个人，明明知道自己行将破产，而且势不可挽，却依然固执地要求避免破产的出现。这就好比是通过将时钟倒拨，以求时光倒转。道路已经选择，我们只能处在当前的某一点。在时间的长河里，我们既不能倒退，也不能两次踏入同一条河流。所以，真正智慧的人，是清楚自己处境的人，他知道自己现在何处，知道自己面对的现实，也知道哪些东西不可挽回；他明白，只有从现实的位置出发，才能走向更好的未来。不过，做到这一点并不容易，我们必须从小的方面做起，不断锻炼自己。没有这种锻炼，我们的情绪就会像一头被关在笼子里的狮子，它在铁栅栏前独步徘徊数小时，找不到出路，这时它会后悔当初没有选择另一个方向，它以为出口或许就在另一个方向。很明显，这种想法很可笑。总之，悔恨过去、抓着过去不放是没有任何益处的，因为过去已经不可挽回，再怎么悔恨也是徒劳。斯宾诺莎说得好，后悔是第二次犯错。

一个忧伤的人如果读过斯宾诺莎的书，他就会说："如果我处在忧伤之中，我就不可能同时是快乐的。我有什么样的情绪，这取决于我的体液、我的疲劳程度、我的年龄以及天气状况。"说得好！把这些话讲给你自己听，而且是一本正经地讲给你自己听，这会让你受益无穷。把忧伤扔回到引起忧伤的那些源头上去，这样压迫我们的那些负面想法就会像风儿吹走云彩一样烟消云散。大地满身疮痍，可天空还是蔚蓝晴朗的；失去了太阳，我们至少还有星星和月亮。你把忧伤塞回你的体内，你的思想就会变得纯净健康。

1911年10月31日

五十八　怜悯

　　有一种善意，它会给我们的生活带来阴影；有一种善意，它实质上是悲伤：这种善意就是人们常说的怜悯，它是人类的一个灾难。有一个男子，身材消瘦，一脸憔悴，原来他患有结核病。一个极富同情心的女人看到他这个样子，不免心生怜悯，鼻子一把泪一把地向他嘘寒问暖起来。她说的那些话以及她说话时的语气，似乎表明眼前的这个男子已病入膏肓无药可治。可是，这个男子并没有生气，他接受别人的怜悯，就像他接受自己的疾病。"看到你这副模样，我的心都要碎了。"每个人见到他，都会说类似的话，唱类似的调子。对此，他已经习惯了。

　　也有一些人，他们比较聪明，说话比较谨慎。与前面那种人不同，他们总是说些鼓励的话，比如，他们会说："你要振作起来，一切都会过去的，要不了几天你就能重新站起来了。"不过，他们说话时的表情常常会出卖他们，因为从他们的表情里依然可以看出他们心底里所抱的怜悯与悲伤。即使是一丝的怜悯，他也能立刻觉察出来。他偶尔截获的目光比他听到的那些话更契合别人对他的真实想法。

　　那么，正确的做法应该是什么呢？我们不能悲伤，要满怀希望。一个人只有自己抱有希望才能给予别人希望。我们要对一个人本身的力量充满信心，乐观地看待未来，相信生命终将获胜。做到这一点比我们想象的要容易，因为它是符合自然规律的。所有的生命体都相信生命会战胜一切，否则他们就会立即死去。有了这种生命力做支撑，我们很快就会忘掉那个可怜的患者的形象，而他真正需要的也正是这种生命力。是的，我们只需鼓励他，给予他这种生命力即可，而不必给予他过多的怜悯。当然，这并不是说我们可以铁石心肠、冷酷无情，相反，我们应该友好善良，快乐向上。没有人喜欢被怜悯，如果一个

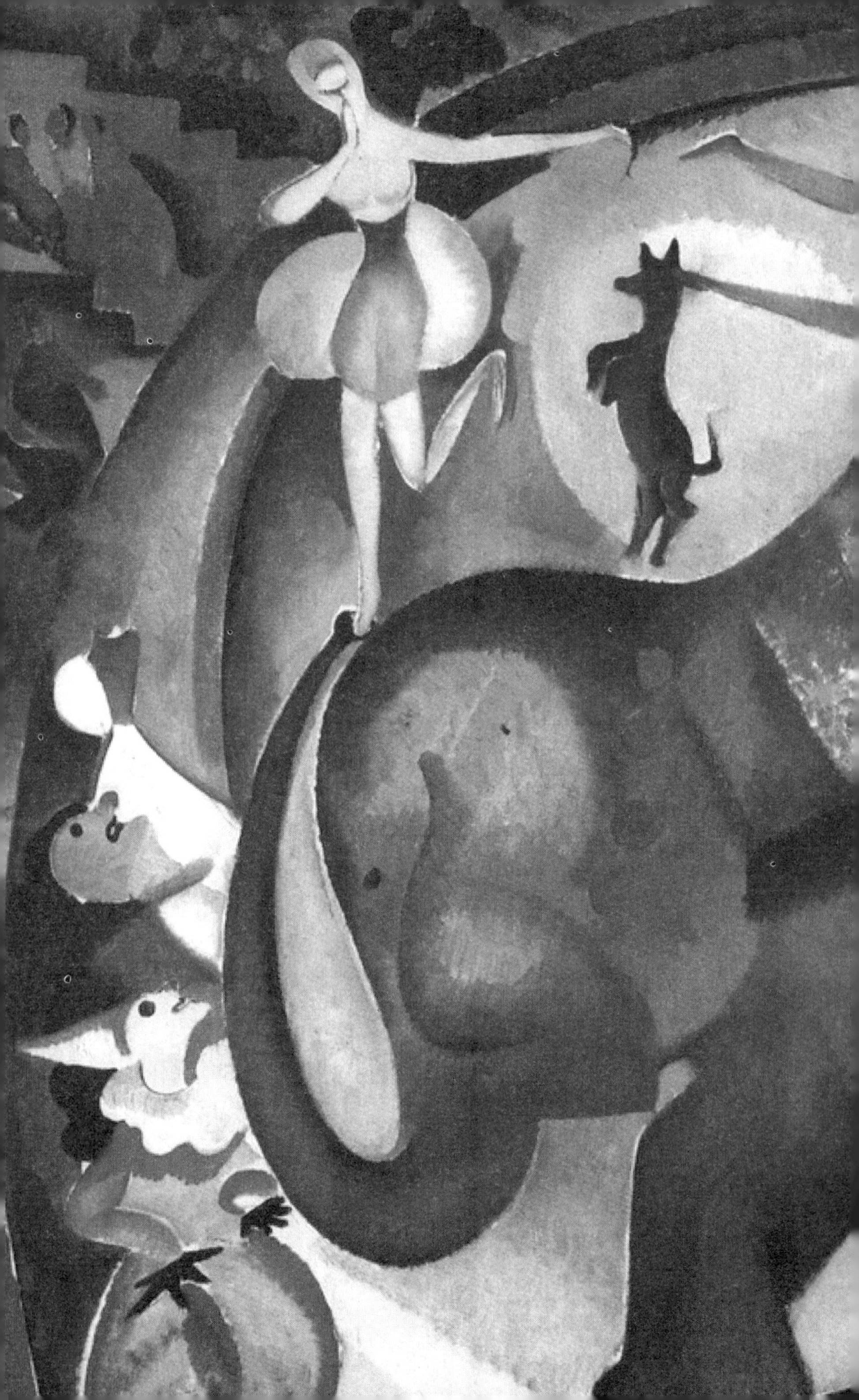

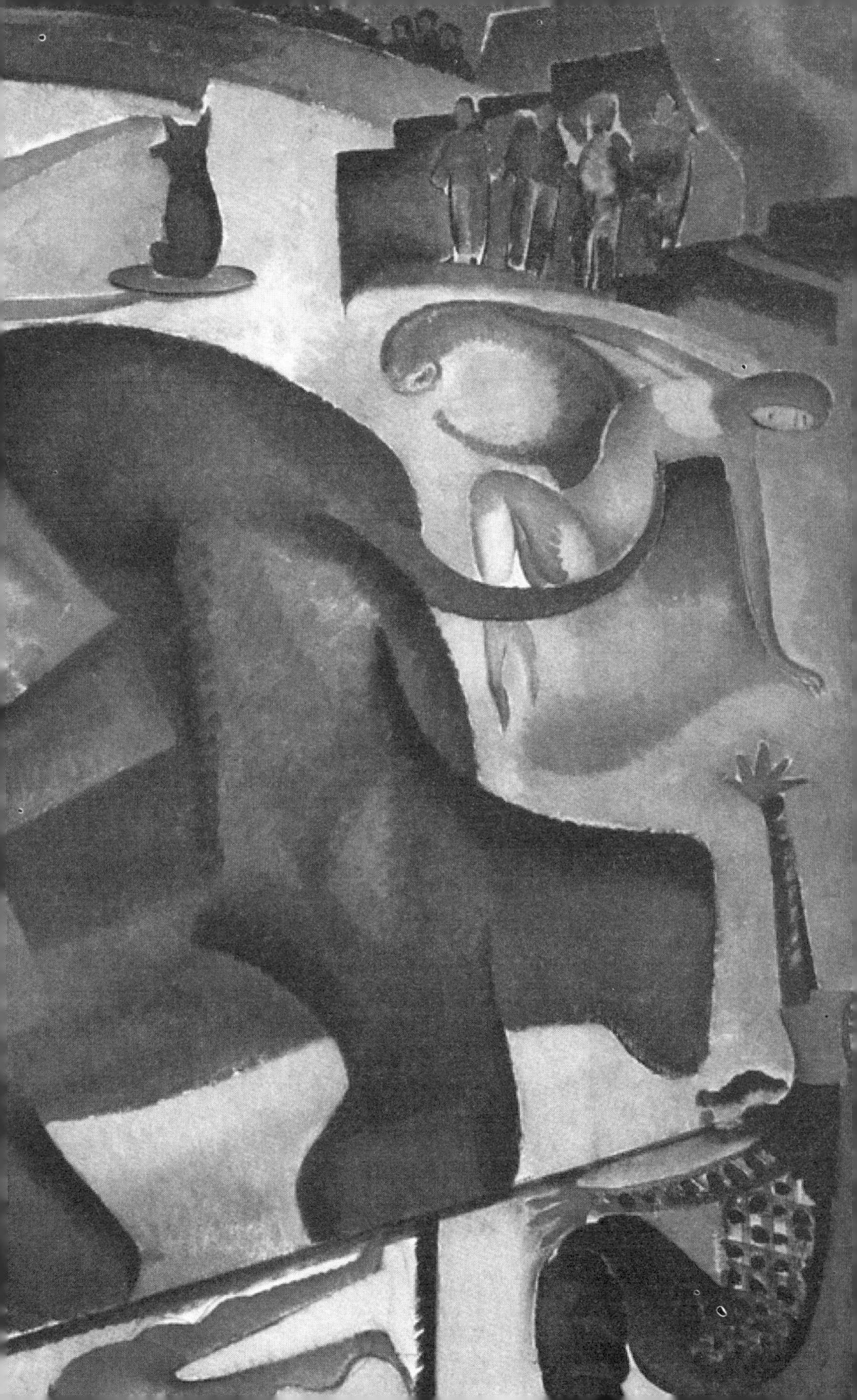

病人看到自己没有影响亲朋好友的心情，扫大家的兴，那么他就会受到鼓舞，放松心情。要知道，自信是这个世界上最好的药！

　　长期以来我们一直受着宗教的毒害。牧师们对我们的弱点和痛苦了如指掌，他们正是利用了这一点，用布道的方式把一个奄奄一息的人送进坟墓，并促使活着的人进行自我忏悔和反思。对他们的这一套做法我们已经习以为常，见怪不怪。他们的说辞看似不可辩驳，实则漏洞百出，它那悲观的一面让我十分厌恶。我们应该宣扬生命，而不是鼓吹死亡；我们应该撒播希望，而不是传递恐惧；我们应该追求快乐，而不是沉溺于悲伤。在我看来，快乐是一个人最为宝贵的财富，是未来之光，智者的最大智慧即是在此。闹情绪会给我们带来悲伤，仇恨也会给我们带来悲伤，快乐则能将这两者驱散。不过我们首先需要明确的是，悲伤既不高尚也不美丽，更没有任何益处。

1909年10月5日

五十九 别人的痛苦

拉罗什富科①好像说过:"我们总是有足够的力量去忍受别人的痛苦。"这句话很有道理,不过只对了一半。与忍受别人的痛苦相比,我们总是更能忍受自己的痛苦。当然,我们本该如此。人生难免遭遇坎坷与苦难,遇到坎坷与苦难,我们要么坐着等死,要么设法活下去。大多数人选择了后者,活着的渴望看来着实令人惊叹!

让我们看看那些遭受洪灾的人儿吧。洪水淹没了他们的家园,他们临时搭起人行桥,像走在平常的路上一样走在上面。那些被安置在学校或其他公共场所的灾民们积极开展自救,并尽可能地让自己的生活不受影响。那些当过兵打过仗的人也有同样的积极态度。当他们身处战场的时候,他们最关心的不是如何躲避敌人的子弹,而是如何让他们的双脚保持温暖。他们都渴望生起一堆篝火,一旦暖和了起来,他们也就心满意足了。

从某个角度来说,生活越是艰辛,人们就越是能忍受苦难,越是能体验到快乐。这是因为,在苦难面前,人们一心想着如何解决困难,渡过难关,根本没有功夫去考虑早已过去的过去和尚未到来的未来,因此也就少了许多不必要的悔恨和担忧。鲁滨逊就是这种情况,他直到建好房子才开始想念他的故乡。正是出于同样的原因,富人们才那么热衷于打猎。在打猎中,一个人要遭受的罪,比如腰酸背痛,近在眼前,他想着眼前的苦痛,就会暂时忘却其他烦恼。同样,在打猎中,快乐也是唾手可得,一顿丰盛的美餐正等着猎手即刻享受。一句话,猎手聚精会神于打猎这个活动中,暂时忘记了其他的一切,从而获得了片刻的欢愉。由此不难想象,一个全身心投入某项艰难事业的人一定是相当幸福的,而老是沉溺在过去和未来的人一定是不幸的。当我们怀揣理想,

---

① 拉罗什富科:法国公爵,又称马西亚克亲王,十七世纪法国古典作家。主要作品有《道德箴言录》等。

背负着生活的重担前行时，我们要么选择快快乐乐地活下去，要么选择死去。不过，当我们背负的不是生活的重担而是我们思想的重担时，我们的人生之路会充满坎坷。无论是悔恨过去还是担忧未来，均会成为我们前进道路上的绊脚石。

总之，我们不应该老是想着自己。一个有趣的现象是，往往是别人谈到他们自己的时候我们才想到我们自己。同其他人交流本身是好事，但那种出于抱怨、指责的需要而在一起闲聊，或是为了聊天而聊天的行为，却是有害的，它们甚至能成为这个地球上最大的灾难之一。人脸是最善于表达的，它总是竭力激起一种忧伤的情感，原本我已忘记什么是忧伤了，但一看到一张忧伤的脸，我又很容易旧病复发，回到那种不健康的状态。不仅如此，当我们跟一群人在一起的时候，我们很容易表现出自我的一面，这是因为我们在一起交流时，难免会用口说话，用眼睛传达感情，有时候还会面对一些同情心，在交流的过程中，人们之间相互影响，尤其是当其中的一个人开始抱怨起来时，其他人会跟着一起抱怨，而一个恐惧也会引起上千个恐惧，这就是"羊群效应"，而正是因为这种效应，我们跟其他人在一起相处时更容易想到自己、表现自己。可以说，一个敏感的人，也是一个愤世嫉俗的、自私的人，我们在与朋友相处时，一定要记住这一点。不过，当我们使用"愤世嫉俗"或"自私"这个词的时候一定要小心，因为那种不想被打扰而离群索居、孤独自处的人不能被称为自私者。而见到一张写满紧张、忧伤或痛苦的脸就烦然后故意躲避的人，也不能轻易称其为自私的人，那更不是冷酷无情，铁石心肠。相反，如果一个人喜欢倾听别人诉说不幸，那么他究竟是对痛苦毫不在乎、在痛苦面前表现得十分勇敢，还是他实际上更关心自己的痛苦，倾听别人诉苦只是为了引出自己的倾诉，对此我们倒是要细细思量一番。还是开头的那句话：与忍受别人的痛苦相比，我们总是更能忍受自己的痛苦。

1910年5月23日

六十　安慰

　　幸福与不幸都是难以想象的。我所说的幸福并不是世人常说的快乐，我所说的不幸也不是像风湿病、牙痛或宗教法庭判定的刑罚这些东西所带给人们的痛苦。我们一般常说的也即我们日常体验到的那种快乐和痛苦，总是有特定的来源，知道了来源，我们就能想象出并准确地测定这些快乐和痛苦是怎样的体验，达到怎样的程度，甚至是它们持续的时间我们都可以有个清晰的概念。例如，我的手被开水烫伤了，胳膊被门缝夹了一下，又或者我被汽车撞了，在这些情形里，我可以大致地知道自己痛苦的程度，如果遭遇这些事故的是别人，我也能体会到他们在这种情况下可能体验到的痛苦的滋味。

　　可是，要想厘定幸福和不幸，想象或预测它们具体的模样和程度，那就困难多了。原因在于，幸福或是不幸，很大程度上取决于我们的思想进程，而我们的思想进程又受制于很多条件，不是我们想怎么样就能怎么样的。有时候我们暂时摆脱掉了一些不愉快的想法，但我们常常不知道自己是怎么做到的。为了把这个问题说清楚，让我们来看看观看戏剧的情景。剧场中一场悲剧正在上演，我们被这出戏的情节和表演深深吸引，将现实的烦恼暂时抛诸脑外。我们的心随着剧中角色命运的沉浮而沉浮，他们欢笑时我们跟着欢笑，他们哭泣时我们跟着哭泣。一句话，戏剧赋予了我们极大的力量。可是，一旦我们从这出戏中跳脱出来，发现营造出这种力量的不过是一块帷幕、几张桌子、几把椅子、一个高谈阔论的傻子以及一个假装哭泣的女人，我们会觉得我们痴迷入戏的行为很可笑。可是，我们依然会为戏剧表达的情境所感动，从而留下滚烫的热泪。我们与剧中人物同呼吸共命运，分享他们的痛苦，承担他们的忧伤。而下一刻，我们可能已在千里之外，把刚才的烦恼、忧伤忘得一干二净。悲伤和快乐就像鸟儿一样，飞来又飞走。可是，很多人却羞于承认这一点。孟德斯鸠①说:"我只需读一个小时的书,就可以驱除任何悲痛。"问题是,当你全神贯注地阅读时,你会完全沉浸在书本所描述的世界里,与其悲欢与共。

一个坐在囚车上、正被押赴刑场的人可谓是真的不幸的人。可是,倘若此时他想到的不是即将到来的被砍头的命运而是别的东西,那么,此时的他未必就有我现在这样不幸。路边的花草、路口的弯道、路上的颠簸,所有这些都可以转移他的注意力,让他暂时忘却即将到来的厄运。如果他远远的看到一张告示,并竭力去读上面的内容,那么,他人生最后的时刻就算是没在恐惧和无聊中度过。对于人生的最后时刻,我们又了解什么呢?那个死刑犯又了解什么呢?

我从我的一个朋友那里听到一个故事,这个故事是他的亲身经历。有一次,他从码头上掉入水中,身子卡在船的底部,动弹不得。被救上岸时,他已不省人事。还好,算他命大,总算捡回一条命来。据他后来回忆,掉入水中时,他的眼睛是睁着的。他看到在前方不远处有一根缆绳,他告诉自己,只要抓着这根缆绳向上爬,他就能免于一死。可是,当时的他并没有这样做的渴望。那时,他的脑海里全都是碧蓝色的海水以及那根漂浮着的缆绳的形象。这就是我的朋友告诉我的他所经历的"最后的时刻"。

1910年11月26日

---

① 孟德斯鸠:法国伟大的启蒙思想家、法学家,《论法的精神》是他的代表作,这部著作奠定了近代西方政治与法律理论发展的基础。除《论法的精神》之外,他的重要著作还有《波斯人信札》等。

六十一　祭拜亡灵

　　祭拜亡灵是一个备受重视的传统习俗。世界各国的亡灵节都被设定在一年当中最应景的时节。此时，太阳处在距离我们最远的位置，枯萎的花朵飘散在空中，红的、黄的树叶铺满大地，黑夜如此漫长，白天则如夜晚一样沉寂无声，仿佛一切都倦了，睡了，休止了，一切都已成为过去。一年走到尽头，就像一天临近黄昏，一生走至终点。未来遥遥无期，眼前的世界处在漫漫长夜和睡眠的主宰之下，于是回忆既往、追溯过去成为每个人最重要的思想活动。习俗、季节、人的思想有机地融合在一起，和谐并舞，共谱天地之曲。于是，在这样的季节，很多人追忆祖先，祭拜亡灵，想跟他们说说话。

　　但是，怎样召唤亡灵呢？怎样引诱他们出现呢？尤利西斯[①]用的是好吃的食物，我们用的则是鲜花。不过，无论用什么，它们都是手段，我们的目的是把我们的思想引向亡灵，促成我们同他们之间的对话。很明显，我们要召唤的是逝者的灵魂，而不是他们的身体。但同样明显的是，逝者的灵魂不在别处，恰恰就藏身于我们这些活着的人的身上。当然，这并不是说人们供奉的鲜花、花圈或所添的坟没有意义。由于我们的思想不能自动产生，它必须借助于我们看到的、听到的或是触摸到的东西才能运行，于是，人们便制定出各种仪式，以便为人们追思亡灵创造情境和机会。宗教仪式的价值正在于此。不过，仪式仅仅是手段，不是目的，所以我们上坟时不能像有些人做弥撒或是念经那样敷衍了事。

　　既然死者的灵魂存在于我们这些活着的人的身上，那么我们就可以由此说死者并没有真正的死去。死者依然在思考、说话和行动，他们有时在赞同，有时在批评，有时在提出建议，有时在表达欲望和想法。所有这些都是可能

[①] 尤利西斯：希腊神话中的人物奥德修斯，罗马神话中称之为尤利西斯。

的，都是真的，当然我们必须首先明白，这些都是通过我们这些活着的人实现的，也就是说已逝之人的所思所想所为都通过我们还活着。

或许有人会说，既然我们不可能忘记逝者，那么也就用不着想念他们了，而我们想着自己也就等于是想着他们了。这么说虽然不错，但问题是我们很少想起自己，我指的是那种严肃认真地针对自己的反思。我们的目光太过短浅，我们的意志太过薄弱，我们的力量太过渺小，我们的态度游移不定。我们距离自己太近，这使得我们不能更好地看清自己，也无法更好地处理我们与周围世界的关系。与之相反，由于虔诚之心的作用，我们在对待逝者时会抛却琐碎的小事，因此更容易对他们做客观的认识与评价。死者能给予我们建议和指导，这可能是人类最宝贵的财富。他们的建议和指导之所以如此宝贵，是因为他们已不复存在了。人活着就意味着要面对各种生存的压力，在此过程中，一个人会渐渐动摇当初订立的原则，忘掉当初的理想。因此，倾听死者的忠告是很有意义、很有必要的一件事。慢慢听，仔细听，你会听到许多充满智慧的声音。你会发现，那些逝者还想活着，他们想通过我们继续活下去，他们想让我们去继承他们未竟的事业。不用说，是坟墓将我们引向了生命。在它的滋润下，我们的思想越过寒冬，愉快地奔向下一个春天，那里有新生的嫩叶等待着我们。昨天我偶然见到一株丁香，它的叶子正在飘落，而透过树叶我看到了许多花蕾。

1907年11月8日

六十二　头脑简单的西蒙[1]

咳嗽的人为了缓解咳嗽带来的不适，常常会连续咳嗽一阵子。结果适得其反，越咳嗽就越想咳嗽，搞得自己筋疲力尽，上气不接下气。医生们都明白这一点，所以他们会告诉医院或是康复院里的病人，出现咳嗽时一定不能像上面那样做，而是要尽可能地避免咳嗽，在即将咳嗽的时候试着做吞咽动作，这样就可以抑制住咳嗽。当出现咳嗽时，不要紧张不要难过，你不去管它，它自己就会慢慢平息下来。

我们每个人想必都有过身体某个部位特别痒的时候，这时我们总是忍不住想去抓几下挠几下。那种感觉虽夹杂着些许疼痛却也十分过瘾。不过，这都是一时之快，过不了几秒钟，我们就会感觉更痒。这使我们十分痛苦和恼怒。这种情况跟前面提到的咳嗽的情况如出一辙，这种做法就像头脑简单的西蒙的做法一样愚蠢。

在对付失眠这个问题上，很多人也犯了同样的错误。大部分人入睡都要花一点时间，这很正常，而且，在床上静静地躺着，也不失为一件惬意的事。可是，如果躺在床上胡思乱想，情况就不一样了。这时，我们越是想睡，就越是睡不着；越是集中注意力睡觉，我们的意识就越是清醒。很快，我们就会大怒起来，甚至开始盯着钟表看。一想到在床上干瞪着眼，什么事也没干，浪费了宝贵的时间，我们就会忐忑不安，翻来覆去像一条离开水的鱼。

我们中间有些人，一遇到烦恼或是不开心的事，就会眉头紧锁，不分白天黑夜地一有机会就想这些事。他们一次又一次地想起曾经有过的不幸遭遇，像阅读恐怖小说一样一遍遍地阅读它们、品位它们。他们不断舔舐自己的伤

---

[1] 本文篇名原是流行于西方的一首故事童谣，童谣里的主人公是个叫西蒙的小男孩，他头脑简单，遇事不知思考，所以干了许多蠢事，闹了许多笑话。作者将其用于本文篇名，明显是采用了比喻的用法。

口，沉浸在悲伤中不能自拔，不愿放过任何一个细节。他们忧心忡忡，坐立不宁，想象着未来可能发生的种种不幸。

　　一个男子，被心爱的人抛弃，茶不思饭不想，一天天憔悴下去。他的脑海里充满了那个女孩的魅力形象以及与之度过的愉快时光，当然还有她的蹬腿与背叛。为此他饱受折磨。如果说他非要纠缠于此事不愿放手的话，那他也应该换一个角度来看待被抛弃这件事。他应该告诉自己，他心爱的那个女人不过是一个傻妞，而且老气横秋，衰态已露。他可以想想，跟这样的一个人生活一辈子，会是怎样的结果。如果认真打量一番与其度过的所谓的美好时光，他会发现，那不过是因为当时被恋爱冲昏了头脑。更何况，他与那个女人相处时还有过那么多不愉快的经历，只是当时处在热恋中，没注意这些而已，如今想来，与那个女人分手也不足惜。此外，他还可以这样安慰自己，即：那个离自己而去的女人在外貌上其实并没有吸引人之处。只要他仔细回想，就总是能在她的眼睛、嘴巴、鼻子、手脚或是声音上找到一点毛病。当然，这样做是需要极大勇气的，这不仅要求你跟不幸的过去彻底决裂，而且意味着你要同自己的思想做一番艰苦的斗争。但无论如何，我们都要尽可能地给自己更多的安慰，而不是沉浸在伤心处不能自拔。只要我们诚心这么做了，我们很快就会有所收获。

1911年12月31日

六十三　在雨中

　　世上已然有足够多真实的痛苦了,然而这并不妨碍人们出于某种想象的驱使再徒增烦恼。每天,你都会遇到至少一个抱怨自己职业的人,他们往往言辞激烈,对他们来说,似乎什么都值得抱怨,什么都不完美。

　　你,一名教师,你说你不得不教育一群野蛮的年轻人,在你的眼中,他们一无所知,又对什么都不感兴趣;你,一个工程师,你抱怨自己的工作太乏味,整天要跟成堆的、枯燥无味的文件打交道;你,一位律师,你指责那些法官敷衍了事,一点责任心都没有,你在他们面前为你的当事人做辩护,而他们在酒足饭饱之后只顾着打瞌睡,根本不听你的那些辩词。你们所说的这一切毫无疑问都是真的,我也认为是真的,而正因为这些事都是真实存在的,所以你们才会去抱怨。除此之外,倘若你们恰好胃部不适,或是鞋子进了水,我就更能理解你们的处境以及你们的那些行为了。你们会因此而诅咒人生,诅咒人类,甚至是诅咒上帝,如果你们相信上帝的确存在的话。

　　然而,需要注意的是,这样做有百害而无一利。忧愁只会引起更多的忧愁,悲伤只会带来更多的悲伤。你如此抱怨命运,事实上这种行为为你自己增加了痛苦,也剥夺了你微笑的权利,你的胃口也会因此而变得更糟。如果你有一个朋友,整天抱怨这抱怨那,我相信你一定会去百般开导他,使他平静下来,告诉他从另一个角度看问题。在你朋友面前,你是那么清醒,对他是那么好,为什么你就不能以同样的方式善待自己呢?是啊,我认真地跟你说,你得爱自己一点儿,要学会与自己和解。就像一位古代的智者所说的,任何事都有好的一面和不好的一面,专门抓着不好的一面不放,这绝不是明智的选择。那些不论在什么时候都选择最好的、最振奋人心的言辞的人,我们称之为哲学家,他们都是能切中问题要害,直指问题核心的人。无论是说话还是做事，我们都要学会趋利避害，从最有利于自己的原则出发，而不要总是跟自己过不去。我们要学会为自己辩护，而不是站到自己的对立面。实际上，我们每个人都是优秀的辩护人，都有一口好辩才，只要我们想，我们就一定能为自己找到快乐的理由。据我的观察，很多人都是因为同他人在一起时受了他人的影响才去抱怨自己的职业的，有的时候他们仅仅是发发牢骚而已，说完了也就算了，并不会真把它放在心里。由此可见，抱怨具有很大的偶然性。基于这个事实，倘若我们能够引导人们，使他们更多地谈论自己眼下正在做什么，有什么发明创造，而不是谈论他们目前正在遭受什么不幸和烦恼，那么这些人必定会成为诗人，而且是快乐的诗人。

想象一下，天空中开始飘洒小雨，而此时的你正走在大街上，这时你只需打开你的雨伞就可以了，别的什么都不用做。为什么要说"又是这该死的雨"呢？这句话对雨滴没有任何作用，对云对风也没有影响。为什么不说一句"噢，这可爱的小雨"呢？你或许会反驳我说，这么说对雨也没有任何影响呀，它原本怎么下现在还会怎么下。是的，这么说对雨的确没有影响，但是这对你自己却有影响，你的整个身心都会为之一振，顿时感觉温暖了许多，而这正是最微小的欢乐努力所能起到的作用。这样，你就可以自由地在雨中穿行，而不必担心会着凉感冒了。

也把人当成雨一样对待吧，虽说做起来并不容易。你对雨微笑，雨儿并不会理会你；可是，你对人微笑，结果就不一样了——你的一个微笑，会让别人感到无比温馨，于是他们都纷纷效仿你，亮出灿烂的笑容，这时他们便暂时忘却了烦恼，摆脱了悲哀。微笑可以化解尴尬，消除摩擦，它是人际关系的润滑剂。当有人当着我们的面发脾气时，我们没有必要与之怒目相对，我们只需拿出微笑奉送给人家，这样紧张的局面就可以得到缓解，冲突就可能得以避免。与此同时，倘若我们有自知之明，懂得反省自己，那么我们还可能发现对方的怒火或许自有其正当的理由。马可·奥勒留①每天早上都会提醒自己说："今天我可能会见到一个自负的人，一个说谎的人，一个做事不公的人，一个令人讨厌的饶舌的人，他们之所以会如此，皆因为他们无知。"这句话值得我们每个人深思。

1907年11月4日

---

① 马可·奥勒留：著名的"帝王哲学家"，古罗马帝国皇帝，斯多葛学派代表人物之一，著有《沉思录》一书。

173

六十四　情绪与战争

战争的爆发与人情绪的爆发，道理是相似的。人的一场怒火的发泄，究其根源，不能简单地用利益冲突、敌对关系、蓄意陷害这些因素来加以解释。适宜的情境总是能够避免悲剧的发生。大多数情况下，吵架、斗殴甚至是谋杀行为都发生于偶然。同一社团的两个成员，倘若他们朝夕相处，他们之间就非常有可能发生口角，别人再怎么劝，可能都无法平息他们之间的罅隙以及各自的怒火。但是现在，他们因为各自业务的需要而被派往相距甚远的两座城市并长期定居在那里，这样他们便失去了吵架斗嘴的机会，他们之间也就不会发生面对面的冲突。其实，每一次情绪失控都是有机缘的。例如一个房客和他的房东太太，两个人每天都会见面，这种起初的机缘顺而转化为争执，他们的急躁和愤怒情绪使两人的关系每况愈下，争执愈演愈烈。这个例子说明，事情的起因和最终的结果往往很不相称。

孩子哭闹从本质上说是一种自然的生理现象，虽然孩子不明所以，但是做家长的和老师们应该懂得这一点。孩子越哭就会越烦躁，进而哭泣得越加厉害。对孩子施以威胁或是对着孩子吼叫不仅解决不了问题，反而会雪上加霜，因为愤怒本身会助长怒气。面对这种情况，正确的处理方法是：在生理上对孩子进行安抚，或是改变对孩子不耐烦的态度。母爱给予了这种情形完美的诠释——母亲温柔地抱起宝宝，陪他玩耍或者哄他入睡。众所周知，痉挛可以通过按摩来治愈，而当孩子或是成年人生气发怒的时候，他们的肌肉也处在痉挛的状态，这时候也必须通过生理按摩和体操训练来治疗，或者是像古代的智者那样，用优美的音乐来治疗。一个人在生气发怒的时候，你跟他讲道理是根本行不通的，很多时候无异于火上浇油，因为这只会让他把恼火的事情又重复想起，进而燃起他更大的怒火。

以上观点很好地解释了为什么战争时刻都有爆发的可能但实际却总是可以避免。之所以说战争时刻都有爆发的可能，是因为倘若有人动不动就生气发怒，动不动就头脑发热，即使是微不足道的因素，都可能引发战争。而之所以说战争是可以避免的，是因为战争的根本原因在于人，只要大家保持冷静的头脑，就可以避免战争的发生。这些道理其实非常简单，每一个公民都应该去认真思考这些简单的道理。有人或许会沮丧地对自己说："我一个渺小的个体能做什么呢？能给欧洲带来和平？新的冲突无时无刻不在发生，无法解决的问题层出不穷。一个危机刚解决，另一个危机随即又出现。局势就像一团乱麻，这里刚理出一个头，那里又结了一个结。倒不如让一切都顺其自然吧。"虽说如此，却有数以千计的例子清楚地证明，战争不在此列。正所谓"事在人为"，事情可能往好的方向发展，也可能变得很糟糕，一切都取决于我们有怎样的态度。我看到布列塔尼①海岸又强化了对英格兰的防御，尽管有人预言会发生战争，但是实际结果是，这个区域并没有发生战争。我们要时刻记住，真正的危险不在外面，就在我们每个人的身上，我们不可遏制的恶劣情绪才是最危险的因素。当我们被情绪裹挟，成为它的人质时，我们每个人都成了自己的国王，成了酝酿愤怒风暴的主人。我们每个人的权利实际上十分巨大，一个负责任的公民必须学会行使自己的这种权利，一旦行使不好，就可能酿成大祸。如智者所言，我们首先要使自己幸福，因为幸福不是和平的果实，而是和平本身。

1913年5月9日

---

① 布列塔尼：位于法国西部的一个地区。

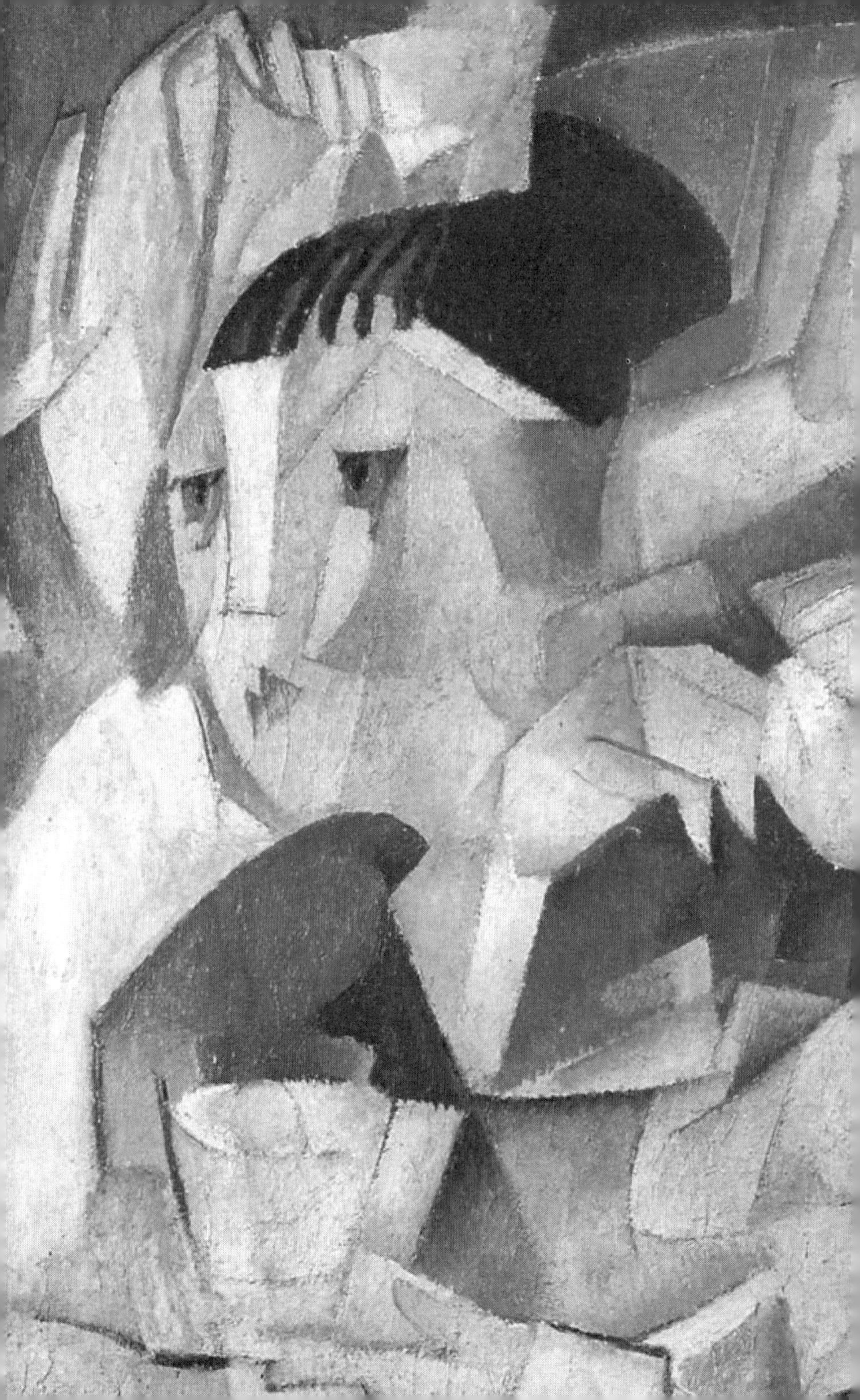

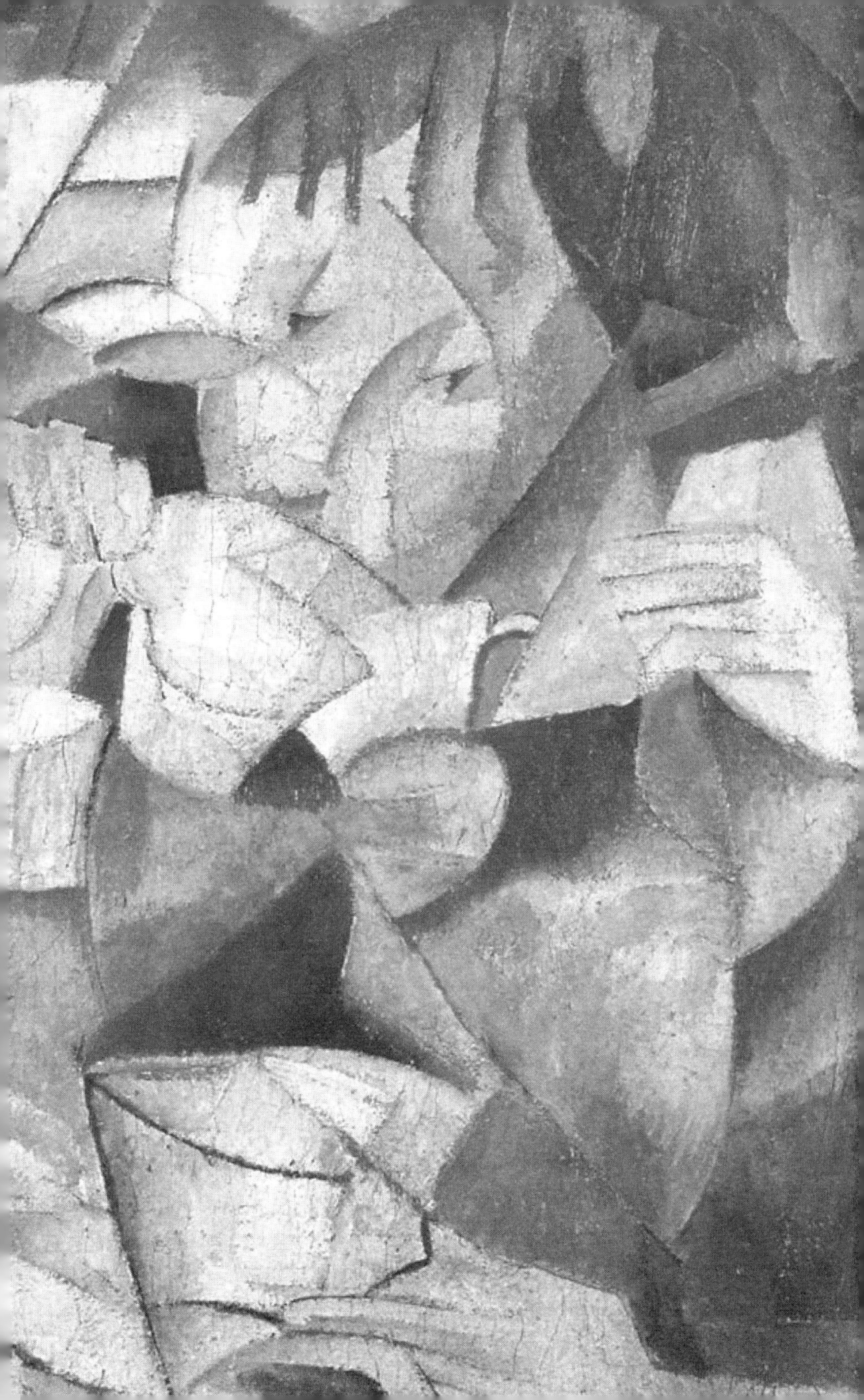

六十五　爱比克泰德

"抵制了错误的观念，你就抵制了邪恶。"爱比克泰德如是说。那些一心想得到红绶带，想它想得睡不着觉的人，真得好好想想这个忠告，这对他们大有好处。红绶带是荣誉的象征，它被赋予了太多的意义和权力。而就其本质而言，它不过是一块红色的绸子而已，看透了这一点，你就会看淡它，再也不会为它而睡不着觉了。爱比克泰德的手边有很多血淋淋的实例，他搂着我们的肩膀满怀深意地对我们说："嗨，兄弟，你之所以难过，是因为你没有得到你渴望已久的、你以为应该属于你的竞技场里的那个位置。现在，竞技场空无一人，你可以走过去摸一摸你觊觎已久的那个位置，你甚至可以在上面坐一坐。你发现它有什么特别之处了吗？它不过是一块外表漂亮的石头，仅此而已。"懂得了这里边的道理，我们也就懂得了如何对付揪着我们不放的那些恐惧心理和不良情绪。任何事情，我们必须深入它的本质，直指问题的核心，才能解决问题。

有一次爱比克泰德乘船出海，他对与他同行的一位乘客说："你如此害怕海上风暴，就好像整个大海都要把你吞没似的。其实，我亲爱的兄弟，哪里需要整个大海呀，只需一夸脱①的海水就能把你淹死了。"滚滚的波浪看上去令人胆旋心惊，实际上对我们并不构成真正的危险。有人可能会说："大海咆哮，波涛怒吼，海底发出狂躁的声音，所有这些都构成了威胁，它们将对我发动攻击，危及我的生命。"而实际情况并不是这个样子。你所听到和看到的，只不过是大海在地球引力、潮汐和风力的作用下所做的正常运动而已，没什么值得大惊小怪的。而且，在这背后也没有邪恶的命运在操控。大海的怒吼声以及它所做的翻滚的运动并不会置你于死命。当然，也不存在命运的问题。即

---

① 夸脱：容量单位，1夸脱等于0.946升（美制）或1.1365升（英制）。

便是发生了海难,你依然有存活的可能,未必就会丧命。相反,很多人在平静的水域里却淹死了。所以,在水里会不会被淹死,这完全取决于你的头是处于水面之上还是处于水面之下。据说,以前有一些有着多年航海经验的水手,当快要经过一处有了名的暗礁时,他们会躺倒在船舱里,蒙上头,让自己不去想那个潜在的危险。而在此之前,那些经过这片水域时脑子里一直想着可能遇到危险的水手们,最后都毙了命。他们的尸体被冲到沙滩上,时刻提醒着后人无谓的担忧和恐惧是多么可怕。而那些把自己的注意力全部放在暗礁、激流、旋涡这些明确的事物上的人,其内心自然就不会充满恐惧,从而也就更有可能安全地渡过危险的水域。在做某件事的时候,只要我们全神贯注地只关注事情本身,那么我们就可以免去诸多不必要的担忧和恐惧,我们也就有可能把事情更出色地完成、做好。经验丰富的决斗者在与人决斗时绝不会感到害怕,因为他清楚地知道自己正在做什么,对手又在做什么,而且他脑子里只想着这两件事。而那些决斗时胡思乱想、担忧这担忧那的人,还未等敌方的剑刺过来就已经被自己的恐惧击倒了。

  一个患有肾结石的男子,被告知需要接受手术治疗。手术开始前,这个男子想象着自己的腹部被切开,五脏都露出来,血液到处流淌。一想到这他就坐立不宁,不寒而栗。可是,外科医生并不这么看。他知道,在手术中他不会伤害到任何一个细胞,他只是把一部分坏了的细胞从细胞群中分离开来,为生命打开一条通道。在这个过程中,患者可能会流失一点血,但绝不会比手上的一个包扎不善的伤口流的血多。他知道细胞的真正敌人是谁,而正是为了抵御这些敌人,细胞才形成一个紧密的组织。目前,这个组织正呈现在这位外科医生的面前,他知道这个组织的重要性,所以在手术时绝不会轻易伤害到它。他清楚,细胞的敌人就是那些细菌,由于结石堵塞了体内分泌物排泄的通道,细菌才得以在这个紧密的组织内大量繁殖。而手术刀带来的将是生命而不是死亡。一旦那些细菌被赶尽杀绝,被手术刀切开的地方就

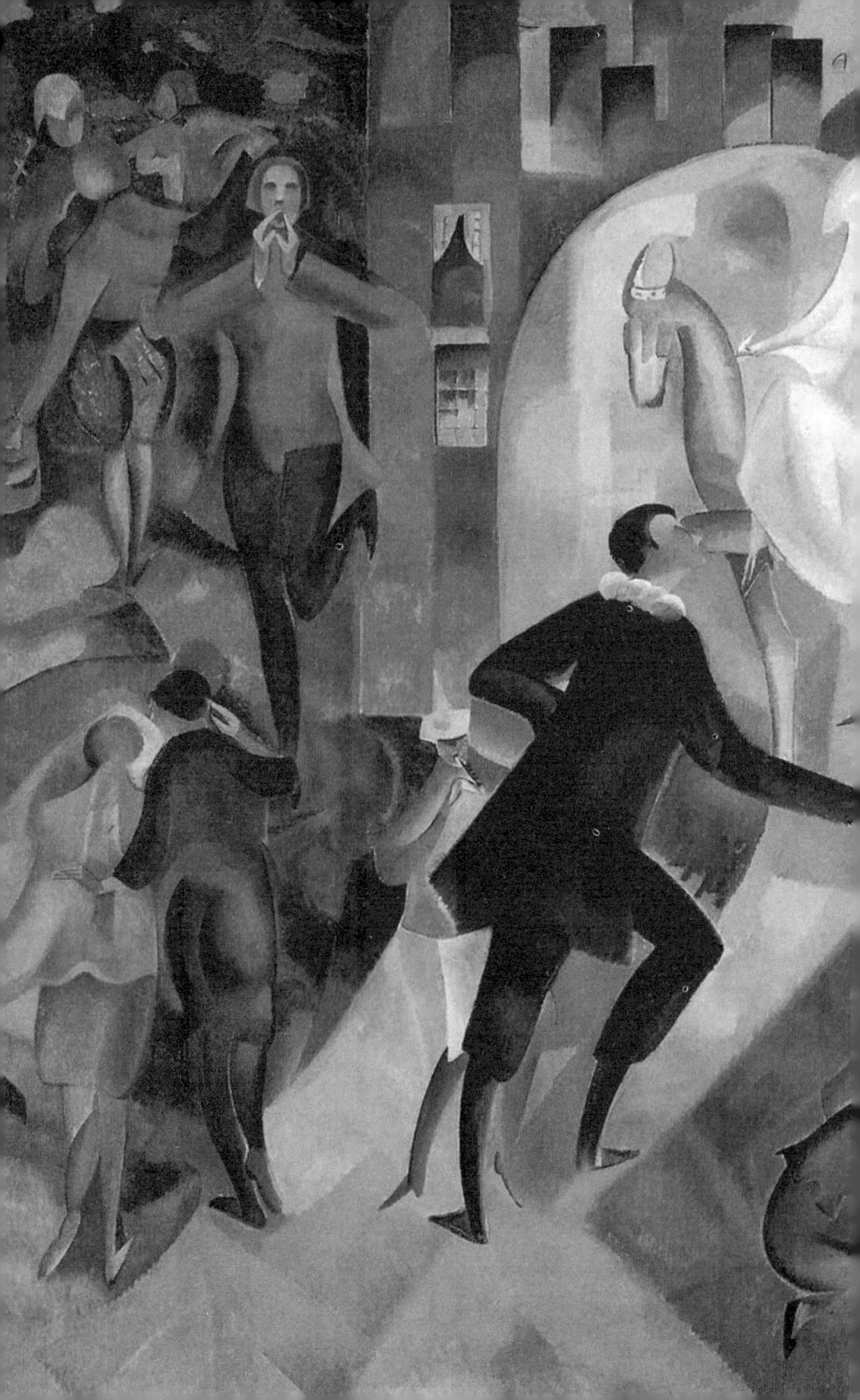

会重焕生机，就像一个处理得很好的伤口很快就会愈合一样。如果患者对上面这些真相都了解了，如果他不胡思乱想，没有那些错误的想法，那么，这虽然不能治好他的病，但至少可以治好他的恐惧。

1910年12月10日

六十六　斯多葛学派

　　长期以来，颇负盛名的斯多葛学派一直没有被很好地理解。世人以为这一学派只是教会我们如何抵抗暴君，如何面对折磨。很明显，他们的作用被低估了。在我看来，斯多葛学派所坚持的理念、所倡导的原则充满了丰富的智慧，而且这些智慧极具生命力和普适性，它们不仅有上面提到的那些用途，甚至可以用来抵御狂风暴雨。众所周知，斯多葛学派坚持认为人与其感受到的痛苦是两回事，应该将他们分开来看。斯多葛学派的哲学家将人感受到的痛苦作为一个客体来看待，并对它说："你属于物的世界，并不是我的一部分。"相反，那些不懂生活之道又抱有野心的人却甘愿让暴风雨侵入自己的体内，成为他们的一部分。他们会下意识地说："我远远地就感觉到了暴风雨，它正在向我逼近。我害怕，我惶恐，我被自己的臆想压得喘不过气来。暴风雨就要来啦，哦，我的天呐！"这样的生活跟动物很像，唯一的不同是前者多了一点思想。从外在的表现来看，动物在风暴实际到来之前不会做任何思考，更不要说什么担心和忧虑了，它只晓得在风暴来临的那一刻想着如何对抗它。这种情形有点类似于植物的生活，植物在阳光下低下头去，待太阳下山后又挺起腰板来。在风暴实际到来之前，动物们没有惧怕也不知道担忧，就像我们在熟睡后不知道自己是快乐还是痛苦一样。这种糊涂的状态对人类来说有莫大的好处，它能使一个人即使在遭遇最大的不幸时依然能保持平静的心情，当然，前提是这个不幸的人必须完全放松。这里所说的"放松"就是字面意义上的放松，也就是四肢自然伸展、肌肉松弛的生理状态。在休息时能保持一种放松的姿态，这里面大有学问，它等于我们为自己的器官做了一次按摩。与此相反的一种状态就是肌肉的紧绷，这种状态容易引起愤怒、不安和失眠。正是基于这一点，我想对那些睡不着的人说：装死你就能睡着。

　　如果一个人不能把自己降到这种幸福的动物状态，那么他就必须完全清醒过来，让自己升至斯多葛学派那种哲学的高度。这两种状态对我们都有好处，但介乎这两者之间的状态却没有任何价值。如果你不能拥抱暴风雨，无法与其合二为一，那么你就应该彻底排斥它，远离它，并告诉自己说："暴风雨只是暴风雨，并不是我的一部分。"如此一来，暴风雨再狂暴，也不会给你带来多少痛苦了。不过，如果我们遭遇的不是暴风雨而是嫉妒、失望这种情绪，或是遭受了不公正的对待，对付起来就稍微困难一些。这些情绪或遭遇就像妖魔鬼怪一样攀附在我们身上，让我们备受煎熬，痛不欲生。尽管如此，解决的办法还是有的。这个时候我们必须坚定地告诉自己："因为失望，所以悲伤，这很正常。所有的不愉快都会像风雨那样，要不了多久就会过去的。"不过，那些甘愿受自己情绪摆布的人听到这个建议，定会不高兴。这种人沉浸在自己的不幸中，像抱着宝贝一样抱着自己的痛苦不放。他们就像哭闹不休的孩子，越是哭闹就越是生气，越是生气就越是哭闹，由此进入一个恶性循环。对于这种人来说，在遇到挫折遭遇不幸时，正确的做法应该是告诉自己，一切只不过是一场暴风雨，很快就会过去。不过就算他做到了这一点，也不代表他就掌握了生活的艺术，要知道，大部分人并不懂得生活的艺术。无论如何，幸福的秘诀之一就是对自己的坏脾气持漠视的态度；一旦受到漠视，坏脾气就自行回到了动物的状态，就像狗儿回到了狗窝。在自己与自己所犯的错误、所抱的遗憾以及所有因过度思虑而带来的不幸之间划一道界线，把它们截然分开，并告诉自己"所有怒气不久就会消去"，在我看来，这应该成为实用伦理学最重要的内容之一。乔治·桑[1]有着惊人的判断力和伟大的智慧，在《康素爱萝》[2]中，她为我们塑造了一个善于驾驭自己的情绪、善于排遣人生苦恼的高贵灵魂的形象。《康素爱萝》是一部不错的作品，可惜读过它的人并不多。

1913年8月13日

---

[1] 乔治·桑：法国著名小说家，代表作品有《安蒂亚娜》《康素爱萝》等。
[2] 《康素爱萝》：由乔治·桑创作的一部描写女歌唱家的小说，首次出版于1843年。

六十七　认识你自己

　　昨天我在报上读到一则随处可见的广告，广告上说："传授给您成功的秘诀！告诉您操控他人、影响他人的超级大法！秘诀就藏在每个人的心态里，但只有X教授知道具体如何操作。仅需十法郎，他就会把秘诀传授给您。那些到目前为止尚未取得成功的人，都是没有花这十法郎的人。"在我看来，这条广告肯定有用，那位成功学教授不愁找不到客户。

　　实际上，这位教授十分聪明，或许他自己都没有意识到这一点。抓住了心态，他真是抓住了问题的关键。就拿胆怯来说吧，它是人生的最大障碍，通常也是唯一的障碍，很多人失败，就是因为自己过于胆怯，在困难面前一味退缩。人生难免会遭遇困难与挫折，我们常常将这些困难和挫折想象成一座座不可逾越的大山，然而实际上它们并没有那么大，但凡我们能有一点点自信，我们就可以克服那些困难，越过那些挫折，迎来成功和辉煌。这位教授深知上面这个道理，可以想见，他的成功学大法里肯定会传授这一点。

　　但是，教授所教的肯定还不止这些。他会教导人们学会专注和细心，做事要有条不紊，这些品质都弥足珍贵，它们是成功的必备条件。我猜想教授会一步一步地训练他的客户，直到他们能够掌控自我，专注于手头正在做的事。单凭这一点，他就该拿那十法郎。道理就在于：首先，通过这种方式，人们会转移注意力，不再沉溺于自己的过去、失败、辛劳和疾病，从而摆脱掉由此带来的精神负担。（有多少人将宝贵的生命浪费在了责备和抱怨上！）其次，通过这种方法，人们得以认真思考自己到底想要什么，周遭的环境是怎样的，如何更好地与他人相处，等等。如此一来，他们的头脑就会越来越清醒，他们的思维就会越来越清晰，他们会把精力放在眼下正在做的事情上，全力以赴地把它做好，而不是糊里糊涂地到处哭诉抱怨，浑浑噩噩地度日。这样一来，他们便能取得成功。如果老天作美，再给点好运气，成功就更有保证了。而至于那些坏运气，根本没有人会去在意它们。通常来说，我们每个人都认为自己有很多敌人，其实我们错了，我们的本性并没有那么始终如一。与结交朋友相比，我们更容易去树立敌人。你认为某人跟你作对，而他本人似乎已经忘了嫌隙，可是你却耿耿于怀，进而怒目以对，这无非是在提醒他与你重结旧怨。实际上，人除了自己之外几乎没有任何敌人，我们最大的敌人就是我们自己。错误的想法，无谓的恐惧，悲观的措辞，令人沮丧的说话方式，所有这些都是我们的劲敌。"你的命运掌握在自己手中"，仅仅告诫人们这一条，就足以值十法郎了。

苏格拉底时期，在远近闻名的希腊古都德尔斐①，有一个女预言家，她受太阳神阿波罗的启发而售卖预言。但是在如何获得好运、如何获取成功这件事上，神可比那位兜售成功学的商人要慷慨，他不向世人索取分文，而直接把秘密写在了神庙的大门上。当世人为了了解自己的未来而来到神庙祈求神的启示时，他们会首先看到篆刻在神庙大门上的那个神谕："认识你自己。"记住这个神谕，对我们每个人都有益。

1909年10月29日

---

① 德尔斐：位于希腊中部，历史至少可以追溯至公元前六世纪，被古希腊人认为是世界的中心，周围散布着诸多古迹，其中最为有名的就是阿波罗神庙，它是希腊最重要的景点之一。

六十八　乐观主义

"但愿那个人不是果园的主人。"这是几个女学生说的话。当时，她们正在一个果园里偷果子，突然看到一个人影向她们走来，她们非常害怕，于是就说了上面那句话。在我的一生中，我曾不止一次想起这件事情，每次想起它，我都会告诉自己：那几个女生说的那句话表面上看十分愚蠢，实际上却很符合人性和生存哲学法则。虽然她们所希望的并不等于她们实际可能遭遇的，但是抱有希望总不是什么坏事，这不仅是人之常情，而且对我们每个人也都有好处。

每当有个自以为聪明的人，当着我的面，疾言厉色地批评我"盲目地希望、过于乐观"的时候，我都会想起这件事。他批评的是一个叫阿兰的哲学家，在他的眼中，这位哲学家有点儿天真，他好像是未受过教育没读过书一样，执着地相信一切，尽管事实并非如此；他总是看到人的好的一面，认为人在本性上是诚实的、善良的、谦逊的、讲道理的；他认为武德能消灭战争，而正义与和平正手挽手向我们走来；在他眼中，选民们都充满了智慧，一定能选出一个最有能耐、最称职的总统；如此等等。这家伙把美好的愿望当成了现实，无异于掩耳盗铃，自欺欺人。这就好比是一个正准备出去散步的人，他站在自家门前，抬头看看天，只见天上乌云密布，散步的打算很可能就此落空，但他罔顾这个事实，依然一厢情愿地对自己说："尽管如此，我仍然希望老天不会下雨。"而在我看来，他这样说还不够，那片乌云若是能再黑再大一些才好呢！甭管会不会下雨，我只需带把伞就是了。那个人如此指责我、嘲笑我，我却一笑了之，不以为意。他批评我的那些话看似有理，实则缺乏深度，不容细究，它就像一出卖弄风情的戏，徒有美丽的舞台和华丽的布景，却没有思想和内涵。而我，只要摸摸我乡下的那座房屋的墙，就可以知道它的厚度。

世界上有两种未来：一种是自我形成的未来，另一种是自我创造的未来。真实的未来是由这两种未来共同组成的。自我形成的未来，例如风暴，例如日食和月食，它们自有其运行的规律，人们再有美好的愿望，也不能影响它们的命运。在这类事物面前我们能做的，就是擦亮眼睛去观察它们，利用我们掌握的知识去理解它们。就像擦去眼镜上的水雾一样，我们必须擦去蒙在我们心灵上的水雾。所有天体和天象自有其运行轨迹和运行规律，我们除了用几何学那样的知识和思维去了解它们、利用它们，此外便再不能对其做任何改变，而这，也是人类智慧的一部分。然而，人类通过自己的努力给地球带来的改变何止一件两件！生火取暖，种植小麦，扬帆远航，驾牛耕地，让狗看家，所有这些都是人类通过自己的努力而做出的改变和取得的成就，如若不是希望的支撑，单靠人类掌握的那点知识是绝不能实现这些的。

尤其是在社会和人文领域，自信更是不可或缺。如果我在制定一个计划时没把我的自信考虑进去，那么这个计划就没有制定好。如果我自认为会摔倒，那么我兴许真的就会摔倒；如果我相信自己无能，那么结果我会真的一事无成；如果我感到希望没用，结果它可能真的就没有用。有什么样的心态，就会有什么样的结果，所以我们一定要小心才是。是阴是晴，是悲是喜，首先取决于我，我在自己身上制造了一种天气一种心情，同时也给别人带去一种天气一种心情。无论是失望还是希望，它们的传播速度比云彩的变化还快。如果我对一个人充满了信任，那么这个人在我看来便是诚实的；如果见面的第一眼我就说他坏，那么他一定会抢劫我的东西。我给别人多少硬币，别人就会找给我多少零钱。所以，我对别人的态度决定了别人对我的态度。此外，我们还要记住，要实现愿望，有所创造，就不仅要怀抱希望拥有信心，还要有顽强的意志力。如果能做到信心和意志力兼备，即便是正义与和平这样伟大的目标也能实现。绝望则不同，它在我们体内扎根，不需任何滋养任何努力，就会自行扩张、增强。懂得上面这些，我们便能挽救那弥足珍贵却已被宗教丢失了的东西——我指的是希望。

1913年1月28日

六十九　打开心结

　　昨天，某人只用寥寥数语就给我下了定论，他说我是一个"无可救药的乐观主义者"。我知道他绝不是夸我，而是在说：你生来就乐观，正因为这一点你才会感到快乐，实际上这不过是一种幻觉而已，不能当真。对此我却不以为然。这种观点混淆了什么是客观存在的，什么又是我们想要的。如果我们只被动地接受一切而不去主动地做些创造和改变，那么我们的人生注定会是个悲剧。人类的任何一项事务，倘若我们对它不管不问，让其自生自灭，它立刻就会变得一塌糊涂。我们的脾气也不例外。如果我们不懂得控制我们的脾气，任由其膨胀发泄，我们很快就会变得闷闷不乐、令人讨厌。我们的身体结构决定了这个结果，一旦我们放松了警惕，不再严格监管我们身体的各个部分，我们的身体很快就会运转失灵，陷入瘫痪的状态。你看那群在一起玩游戏的孩子，如果他们不受任何游戏规则的约束，场面马上就会陷入混乱，他们马上就会打起来，由兴奋转为愤怒。为了说明问题，你不妨找来一个小孩子，跟他一起玩拍手游戏。一旦拍起了手、进入游戏之中，你会发现，那个小孩子会越拍越兴奋，越拍越起劲，直到把两个手掌拍得通红。这便是习惯的作用。找来一个小男孩，跟他聊起天，记着夸他几句。一开始他还支支吾吾，不敢言语，但很快你就会发现，一旦他克服了最初的羞怯心理，他马上就会变得能言善辩起来，更要命的是，他会不停地炫耀自己，没有任何遮掩。想到这一点，我们每个人都会脸红，因为我们都是这样的人。那些讲起话来没个停，不知道控制自己的人，很快就会胡言乱语说出很多蠢话来，以后当他回想起这些话时，他一定会悔青肠子，痛恨自己的。上面我们讲了大量的例子，至此我们不难明白，一旦我们的情绪失了控，一切恶果都可能产生。

　　不过，只要我们找到了"恶"的根源，我们就能除恶扬善，让事情往好的方向发展，我们也就不会陷入失望。举例来说。我们刚开始做某件事情、发出某种动作时，会显得很笨拙，就像身体不听我们使唤似的。其实这是很自然的现象，不必大惊小怪。开始时，由于我们的身体没有经过训练，它会显得十分僵硬，无论是画画、击剑、骑马还是讲话，一开始总是不顺，不是瞄不准目标就是半路掉链子，搞得我们焦头烂额着急上火，甚至是一蹶不振，陷入悲观。不过不要急，只要我们找到了原因所在，问题就可以迎刃而解，烦恼就会自行消散。就上面这种事情而言，问题主要出在我们的肌肉不够协调。人体的肌肉有许多，它们之间是互相牵连互相依存的关系，当一块肌肉运动时，其他肌肉都会跟着运动起来。一个笨拙的人，即便是做最简单的动作，也要使出全身力量，他的手脚是那样不灵活，仿佛被水泥浇注了一样。我们每个人开始时都是这个样子，这时候即便钉一根钉子，都会感到特别吃力。但是正所谓熟能生巧，只要多加练习，我们的动作就会越来越熟练，而且这种东西没有止境。所有的艺术和手艺都可以证明这一点，而一幅线条优美的素描尤其能说明问题。一只手，它笨拙而沉重，背负着人类的各种情感，时而生气时而不耐烦。而同样是这只手，却能调动五指，做出干净利索的动作，画出优美灵动的线条，这些线条既再现了客观事物的形象，又表达了我们的想法，简直是美妙绝伦。一个人，他可能嗓音粗哑，脾气暴躁，经常发火吵闹，然而同样是这个人，只要他愿意，他便能清音净嗓，一展甜美的歌喉。我们每个人从出生之日起便随身携带着一堆肌肉，这些肌肉微颤着，扭结成一团，让我们笨拙而不灵活。我们必须打开肌肉的结节，舒展我们的身体，让它变得灵活起来。当然，这并不容易，但这世上本就没有容易的事。就像肌肉内有结节一样，我们的精神也有结节，这种结节便是怒气和绝望的情绪，它们是我们需要首先击败的敌人。我们必须胸怀信仰，心怀希望，以微笑面对一切。当然，我们还必须让自己有事可做，认真工作。出于对人类天性的考虑，如果我们不能让不可战胜的乐观主义精神成为我们行动的指导，我们一定会陷入悲观的泥潭，置于悲惨的境地。

1921年12月27日

七十 放慢脚步

当我乘火车去外地时，我经常能听到人们说这样的话：几点几点以前你绝对到不了你要去的那个地方；火车跑得真是太慢了！旅途真的太无聊！不幸的是，说这些话的人还偏偏相信了自己所说的。谈到这个问题，我突然想起了斯多葛学派的哲学家们说过的一句话，它对我们颇有启示。这句话是这样说的："抵制了错误的观念，就意味着抵制了邪恶。"

如果我们能换一个角度看问题的话，原本漫长而无聊的旅程也可以变得充满乐趣。坐在列车里，透过车窗往外看，我们看到了蓝天，看到了大地，看到了一幅幅精美绝伦的大自然全景画。我们坐在列车上，各种各样的风景从我们眼前轮番掠过，而远方的地平线随着我们视点的变动而不断地变换。啊，好一幅美丽的画卷！面对如此美景，谁能不动心，谁能不向往。更何况，还有车轨的震动以及旅途中产生的其他声音，它们都为这移动的画廊平添了几分生机和活力。

这便是乘火车旅行给我们带来的意外收获，而且这些全都是免费的。我们花钱坐火车原本只是想到达某地，结果我们不仅实现了这个目的，还顺便欣赏了河流山川、峡谷草原这些美景，我们明显是赚到了。其实，我们的生活中不乏这种可以免费获得的乐趣，只是我们没有在意、没有用心去发现和享受它们而已。我们的确缺少发现美的眼睛，也缺少发现美的心灵，或许只有到处竖立提示牌，写上"请打开双眼，欣赏这里的美景"几个字，我们才会注意到身边的风景。

对此，有人或许不以为然，他会反驳说："我是到外地去办事的，不是去观光的。我是个商人，我有要事要办，我要尽快到达目的地。我的心里只想着生意上的事，顾不了其他。为此，我需要频繁地察看钟表，甚至是计算车轮转了多少转。我讨厌列车中途停车，看到那些推着行李箱慢悠悠懒洋洋地走在站台上的列车员，我就感到恼火。在我的潜意识里，我总是感觉火车跑得太慢，我恨不得下来推着火车跑，推着时间跑。你说我这样做简直疯了，可是在我看来，不这样做才不正常呢。"

啊，亲爱的兄弟，我承认你是个大忙人，但请别动不动就恼火，要知道，在这世界上能最终取得胜利的人不是易怒的人，而是明智的、懂得控制自己情绪的人。世界上最厉害的剑客也绝不是那种没搞清方向就盲目出剑的人。真正厉害的剑客懂得保持清醒的头脑，有着非同一般的耐心，一旦发现了机会，他们便会猛然出击，打得敌手措手不及。从这一点来看，你要学的东西还有很多。你不必推着火车走，它自己知道前行。你也不必推着时间走，时间自会以威严而泰然的姿态慢慢前行，把世界万物从此刻带往下一刻。放慢你的脚步，留心你身边的风景，你会立即陶醉在大自然的美好之中。如果说我们必须善待我们自己的话，那么这便是我们善待自己的最好方式。

1910年12月11日

七十一　善意

"对别人感到满意简直比登天还难。"拉布吕耶尔这句备受推崇的话应该引起我们每个人的重视。人类学和社会学常识告诉我们，我们每个人都是人类社会的一分子，我们所做的每件事、每个行为，都是基于适应生存环境的需要。从这个层面而言，任何人都没有权利去批评或指责另外一个人，否则便是厌恶人类的表现，有违人性。有时我们对待一个人的态度，就好像我们是买票进场的观众，非要对方取悦自己不可。就我个人而言，如果没有特定的原因，我肯定不会这样做。相反，我应该心存善念，遇事多为对方着想，想想他是否遇到了困难，或是遭遇了人生最大的不幸。当跟我说话的那个人难过或是发脾气时，我首先会想他是不是胃部不适或是患了偏头疼，又或者他可能遇到了财政危机，抑或家中出了什么事。我知道，有的人就好比是三月的天，阴晴不定，乍暖还寒，说变就变。遇到这样的人，我只需提醒自己，穿上厚外套，带上雨伞，除此之外别再有任何抱怨。

这样做固然很好，但光是这样做还不够。为了做得更好，我们首先需要对人性有个了解。人，真是一种奇妙的生命，他对外界很敏感，一丁点的动静都可能引起他的警觉或使他颤抖。他的性格、他的疲劳程度以及外界的环境决定了他会做出怎样的表情，会说什么话，会有什么样的行为。然而正是这样的一个生命体，我们却要求他慈眉善目、性情温和、言语温柔，待人有礼。我们希望他像奉上一束鲜花一样将这一切奉献给我们，而且我们想当然地以为这是我们应得的待遇。我们总是喜欢挑别人的刺，对自己的缺点却视而不见。在与人相处时，我们不经意间就会撇嘴皱眉，阴晴悲欢都写在脸上，殊不知这些都是没有礼貌、没有教养的表现。不无讽刺的是，我们在别人身上发现的令我们不快的东西，正是我们在与别人相处时对其表现出来的缺点。当别人的话伤害到我们时，我们总是责备别人出言不逊，却很少检讨自己是否首先做到了礼貌待人。人，是一种有思想的动物，他不是被捧得太高，就是被贬得太低，总之，他从未被公正地对待过。他一会儿挤眉弄眼，一会儿搔首弄姿；一会儿温情似水，一会儿勃然大怒。他把整个身体、整个自己都当成与外界交流的媒介，甚至没想过要做谨慎的思考和慎重的选择。面对如此复杂的东西，我们必须像探矿者那样披沙沥金，去芜存菁，多发现别人的优点，少挑别人的毛病，并保持一颗平静的心。如果我做到了这一点，我就是一个有礼貌的人。倘若别人冒犯我时我能原谅别人的过错，那么我则称得上人中精品。当我们宽宏大量、善待别人时，别人就会向我们袒露心扉，信任我们。我发现这样做还会带来另外一个让我们意想不到的好处。请看，那个胆小腼腆的家伙正带着一脸的怒气向我冲来，大有与我干一仗的意思。可是，当我向他表现出我的善意时，他立刻收回了他的怒气，像我一样变得友好起来。我们从这个例子中得到的教益是：如果两个发怒的人像两片乌云一样碰撞到一起，这时必须有一个人先站出来微笑示好，才能缓解险情，打破僵局；而如果你不是率先站出来的那一个，你就是个大傻瓜。

一个人再坏，也有人说他的好话，念及他的好处；一个人再好，也有人说他的坏话，计较他的坏处。人这种东西真是奇怪透顶，他不怕说令你不愉快的话，也不怕做令你不愉快的事。一句话，在得罪人这方面他总是十分慷慨。于是我们看到，即使是一个生性胆小的人也会有生气的时候。当他生气时，他就会失去理智，变得无所顾忌。而倘若他觉得大家都在讨厌他、自己不受人欢迎，那么他的情绪就会变得更糟，这时什么事他都可能做得出来。现在，既然你我都明白了这一点，那么我们就再也不能像以前那样任性而为了。一个有意思的现象是，与控制别人的情绪相比，我们总是更难控制自己的情绪。然而，我们恰恰可以从这一点入手来改变我们

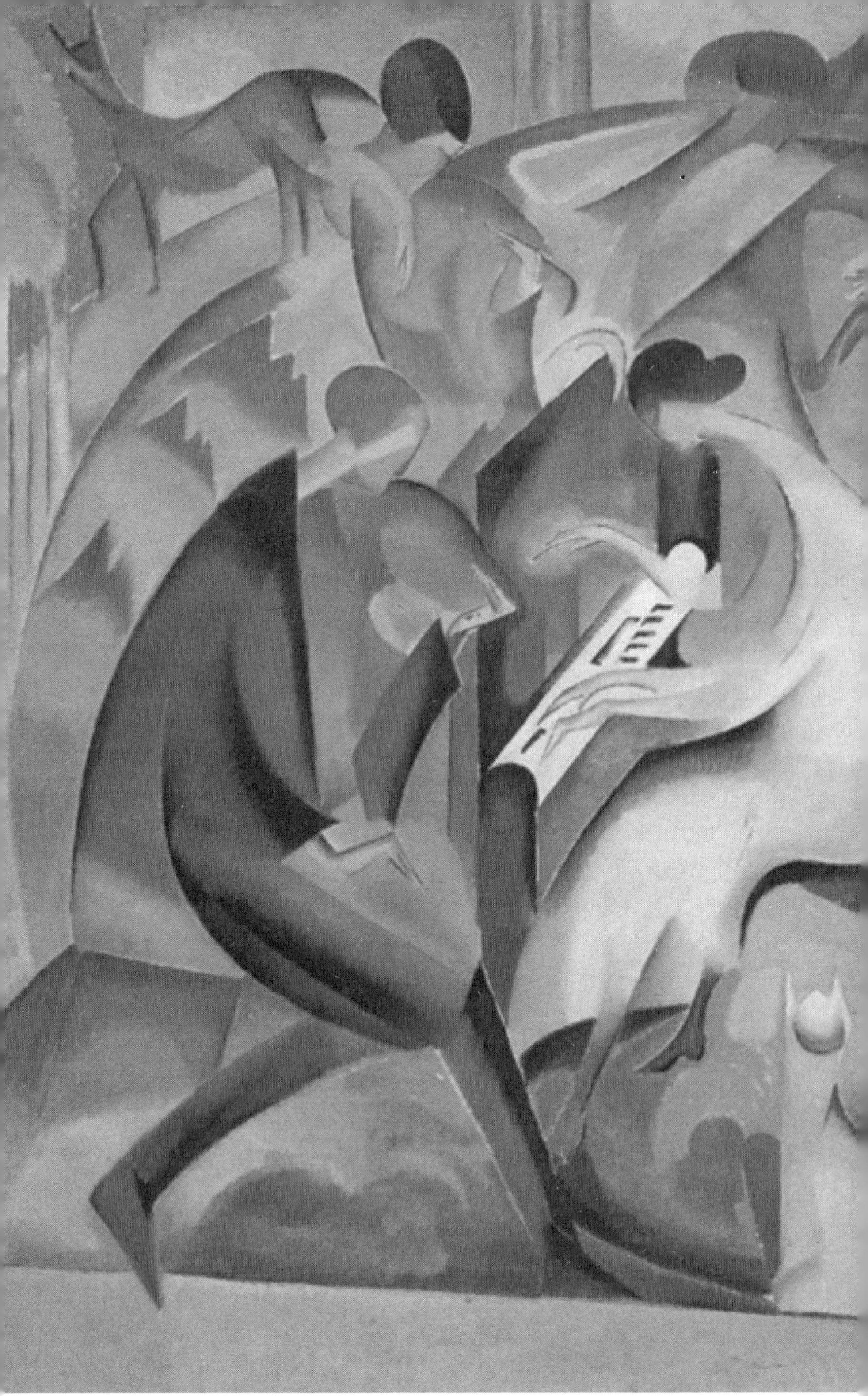

自己。与人交谈时，当我们通过得体的言行向对方展现出我们的善意时，对方的言行就会受到我们的影响，其情绪也会得到很好的控制，而看到他们得体的表现，我们自然也会满意起来。是的，交谈同跳舞一样，每一方都是对方的镜子。

1922年4月8日

七十二　咒骂

假如有一台留声机，里面突然跳出来一个声音，把你骂了一顿，你一定会哈哈大笑，不以为意。如果有个性情恶劣的人，为了发泄自己的怒气而播放了一段录有各种骂人的脏话的录音，我相信肯定没有人会认为那些骂人的话是冲着自己来的。然而，倘若有人当着你的面甩出一些污言秽语，你一定会认为他这么做是针对你的，至少当时他是这么想的。一个人在发泄自己的负面情绪时总是言辞激烈，他的那些话往往没有经过思考就甩出了口，我们以为他这样做一定有所用意，殊不知我们都被欺骗了。

笛卡尔写过一部非常棒的书，名叫《情绪论》。他在这部书中谈到，人体是一架有着特殊构造的机器，出于其特殊结构以及想象力的作用，它能产生种种并不反映客观现实的思想，这些思想不仅可以使别人上当，也会让产生这一思想的主人信以为真。当一个人生气时，他首先会想象出多如繁星的事件，这些事件不仅增加和强化了他原本的怒气，而且通过其栩栩如生就像真的似的特征，为他的发怒行为提供了一种正当性。他在向别人讲述自己发怒的理由时，就像是一个优秀的演员在表演，他的语调是那样坚定有力，他提到的那些细节是如此生动逼真，以至于听的人无不受到感染，就好像他说的一切都的的确确发生过一样。如果某个在场的人也像他那样发起怒来，并与之恶言相向，那么可以预见，一场好戏就要开始。此时，交战双方都失去了理智，一句话还没搞明白是什么意思就被甩了出去，而那些话就像神谕一样，其意义需要仔细琢磨才能被理解，而更多时候永远都无法被理解。

在一个和谐的家庭里，夫妻双方也会偶尔闹矛盾，也会生气摔盘子或者恶语相向。夫妻双方吵架时所说的那些话大多都是气话，任何人都不必当真。可是，大部分人都不了解这一点，所以他们很容易就被这些话激怒。如此一来，冲突就在所难免，仇恨越结越深。我特别佩服某些人，他们是那么自信，口口声声说自己发怒是有理由的，可是，你见过哪个法官愿意相信一个发怒的人所提供的证词？一个人一旦成为争执双方的一员，便失去了判断力，他无理由无条件地相信自己所说的话以及其他的一切。我们天真地以为，通过愤怒可以向别人表达出压抑已久的想法。其实，这是一个天大的误会，人一旦处于愤怒之中，压根就不可能表达出自己真实的想法，甭管这个想法是刚刚产生的还是压抑了一百年。如果我们想说出我们真实的想法，我们就必须学会控制自己的情绪，让自己处于理智的状态。明白这个道理的人不算少，可是冲动、生气和急于反击对方的心理常常使我们忘记这个道理。在司汤达的小说《红与黑》中，善良的修道院院长皮拉德预见一件事情就要发生，于是他对他的朋友说："我脾气不好，所以我猜我们以后可能不会再见面了。"哎呀，再没有比这位院长更天真的人了！如果我知道是我的喉咙、我的胃和我的胆汁在为我发怒的行为提供养料和支撑，那么我为什么不可以在这个拙劣的悲剧演员说到一半的时候就把它轰下台呢？

我们可以做这样一种猜想，即：咒骂只是我们的机体宣泄它的怒气的一种方式，它是一种本能的反应，并没有实质的内涵，它无意于给别人带来伤害，也不想造成任何不可挽回的影响。遇到堵车，每一个司机都成了哲学家，不是吗？不过需要注意的是，这些空壳子弹偶尔也会给人带来伤害。你用俄语骂我，如果我不懂俄语，你骂的那些话当然不会伤害到我。可是，万一我懂俄语呢？总归起来，辱骂咒骂不过是胡说八道、胡言乱语，明白这一点对我们每个人都有好处。

1913年11月17日

七十三　修养

　　如果让我写一部有关道德的著作的话，我一定会把好的修养列为人类首要的道德义务。有的宗教宣扬悲伤是伟大而美丽的观念，声称智者在挖掘自己的坟墓时一定在冥想死亡。在我看来，这种宗教十分残忍，它所倡导的那些理念和原则对我们十分有害。我十岁那年，去参观过拉特普修道院。当时我看到几个修道士正在挖掘坟墓，每天挖掘一点点。而距离坟墓不远处，有一个停尸房，死者被放在停尸房里，要等到一个星期以后才能安葬，据说这样做的目的是为了警示活着的人。这幅阴郁的画面连同那尸体的腐臭味，萦绕在我的脑海里很久才散去。修道士们的做法很明显有点过了。我已记不清我是什么时候以及出于何种原因抛弃天主教信仰的了，总之，我是离开了它。也就是从那一天起，我对自己说："他们的那一套做法是绝对有违生命的真谛的。"我打心眼里抗拒他们那副悲哀的扮相，所以我像远离疾病一样远离他们以及他们的宗教。

　　尽管如此，我的身上依然留有宗教的影响，我们每个人都是这样。我们太容易悲观和失望，动辄为鸡毛蒜皮的小事大动肝火。而当我们真的遭遇某种不幸时，我们又会到处宣扬我们的不幸，唯恐别人不知道。在面对生活的不幸和人生的烦恼时，由于受到错误观念的引导，我们就像那些修道士一样误入歧途。我们天真地以为，我们哭得越伤心就越能得到别人的原谅，这就是有些人在坟墓前哭得死去活来的原因。还有那位致悼词的人，你看他那撕心裂肺的样子，哽咽地话都说不下去了。其实，这种表演本身就是一出悲剧。如果有哪个古代的人刚好看到这个场景，他一定会觉得不可思议，他会说："天哪，你看他痛不欲生的样子，俨然一个悲剧演员，只知哭诉悲哀与死亡，这样的人怎能慰藉生者，指引他们积极生活呢？"这位古人又会如何看待野蛮的"神怒之日"①呢？我想他肯定会把上面这种对待死亡和悲哀的态度看做大悲剧，他会说："当我身为局外人，处在悲伤之外时，我才可能真正地看清悲伤是怎么一回事，这是上天赐予我的良机。可是，如果遭遇悲伤的人是我，我唯一要做的就是像个真正的男人那样勇敢地面对不幸，积极地拥抱生活。我必须调动我全部的意志和力量去面对不幸，就像战士面对他的敌人一样。当我谈及死亡时，心中也是充满热情和欢喜，即使留下热泪，那也是对生的渴望的表达。"

是的，在揭穿了神甫的谎言之后，我们还需勇敢地生活。我们不必唉声叹气，顾影自怜，也不必将自己的不幸拿出来供别人品尝。在面对生活中那些小小的烦恼时，我们更应该展现出我们的智慧和修养，不去夸大，不去渲染，不去宣扬。我们既要善待自己，也要善待别人；既鼓励自己好好生活，也帮助别人好好生活。而这，才是真正的善举。快乐就是善良，快乐就是爱。

1909年10月10日

---

① 神怒之日：天主教徒举行葬礼时所唱的拉丁文圣诗，大意是：最后的审判已经到来，上帝要召唤死者。

七十四　一种新型疗法

在一次健康交流会上，大家谈起了各自的养生秘诀。有的说自己爱洗温泉浴，有的说自己常洗淋浴，还有的谈到了食疗。这中间有一个人很特别，他向其他人介绍道："前两个星期，我尝试了一下好脾气疗法，现在我的感觉特别棒。遇到困难，遇到烦心事时，我们的大脑常常会出现短路的情况，这个时候我们大发脾气，看什么都不顺眼，对什么都不满，包括我们自己。当出现这种情况时，我们就需要给自己来一次好脾气疗法，让精神恢复原先健康的状态。这种疗法告诉我们，遭遇不顺、遇到麻烦的事情时，不要着急上火，而要保持清醒的头脑和平静的心情，尤其是在一些小事上不能大发雷霆。如果我们能换一个角度思考问题，平日里遇到的那些小麻烦也会变得有价值，这就像登山一样，我们正是在克服阻力的同时锻炼了自己的身体。"

"有些人实在很讨厌，"那人接着说，"有时他们聚在一起就是为了批评指责，漫天抱怨。一般人遇到这种人，肯定会躲着走，离他们越远越好。可是，倘若你了解了好脾气疗法，你不仅不会躲着他们，反而还会主动来找他们。你知道这些人就像健身房里的那些拉力器一样，可以拿来锻炼肌肉，强健身体。一开始，你可以从力量最弱的那个开始，慢慢的，你的控制能力和力量越来越强，你就可以不断增加强度，直至拿起力量最大的那个去拉。同样，你也可以把你的亲朋好友按照他们脾气的大小排出个顺序，你可以按照由小到大的顺序拿他们来锻炼自己对情绪的忍耐力和控制力。当你遇到某个人比平时更暴躁时，你可以安慰自己说：'好家伙，这可真是个考验。不过，我要振作起来，勇敢面对面前的这个挑战'。

"接受了好脾气疗法之后，你会发现原本糟糕的事情也可以变得不那么糟糕了。牛排烤煳了，面包变霉了，阳光炙热烤人，尘土迷蒙眼睛，还有许多账没算,或是口袋里身无分文,如此等等,均是我们磨练脾气的好机会。当你遇到困难或烦恼时,你可以把自己想象成一名拳击手或击剑手,你可以对自己说:对方的这一拳或这一剑真是太厉害了,我要么赶紧躲闪,要么坐以待毙。在没有接触好脾气疗法之前,当你遇到不顺心的事时,你会像个小孩子一样大喊大叫,又吵又闹,你害怕别人说你这一点,所以你会吵闹得更凶。可是,自从接受了好脾气疗法之后,一切都不一样了,你会以一个崭新的角度看待人生的所有烦恼。你会坦然面对每一个挫折,无论这个挫折是大是小。你接受每一次不快,就像是洗了一次淋浴。你耸一下肩膀,舒展一下肌肉,运动一下身体,像洗衣机洗衣服那样搅动身体的每一个部位,让自己变得柔顺轻盈起来。在这之后,你会感到一股生命之流打你体内流过,就像一股清流不受任何阻碍地自一潭溪水流出。这时,你会惊奇地发现,你的胃口变好了,身心变得轻盈了,你会感到生命无比美好。啊,我还是赶紧离开这里吧,我看到你们个个红光满面,容光焕发,想必你们已用不着继续听我讲好脾气疗法了。"

1911年9月24日

七十五　精神卫生

　　昨天我读到一篇讲述精神病患者的文章，文章说，有些精神病患者习惯于从同一个角度看问题，从而限制了自己的思维。这样的人很容易产生正在受迫害的妄想，随后他们的行为开始变得诡异，什么事都可能做得出来。这样的人充满了危险性，于是人们不得不将他们关起来。读完这篇文章，我感到特别难受——还有比疯子的话题更令人难受的吗？不过，它同时让我想起了我听过的另一句话，这句话对于上述这篇文章是个有力的反驳。情况是这个样子的：在某个场合，有人谈起了受迫害妄想狂患者，他说这种人会有各种身体不适，其中一个不适就是会感到脚冷。当时一个智者碰巧也在场，他接过上一个人的话音说道："血液流通不畅，思维就会不畅。"这个见解非常独到，值得我们每个人认真思考。

　　日常生活中，我们每个人都会产生许多疯狂的想法，比如梦中的奇想、荒唐可笑的联想，等等。之所以会有这些想法，是因为我们内部的语言遇到了障碍，变得口齿不清。不过，这些想法在一般人的脑海里只是一晃而过，不会长久地停留。实际上，一个正常人的思想总是处在不停的变换之中，就像飞虫不断变换自己的飞行方向那样。由于思想变换的速度太快，当新的想法出现时，我们早就把前一个想法忘得一干二净，以至于像"你刚才在想什么"这么简单的问题我们都回答不上来。在思想快速变换的进程里，大量无用的、幼稚的想法像渣滓一样被抛弃了，而正是因为这个原因，才确保了我们的头脑正常和精神健康。如果让我选择，我宁可做一个什么都不关心的人，也不愿做一个痴想狂。

　　我不知道那些搞教育的人是不是想过这个问题。在他们看来，学习的主要任务就是在头脑中形成一些固定的观念，这些观念坚如磐石，搬都搬不动。

为此，我们从小就被强制去做多如牛毛的可笑的记忆练习。在以后的日子里，我们就像拖着笨重的行李一样拖着这些蹩脚的诗文和空洞的格言，它使我们跟跄而行，到处碰壁。再后来，我们被限定在某个特定的学科里，再次接受冗长而枯燥的讲述。我们被训练成像牲畜一样，一遍一遍地咀嚼没有营养也不美味的草料。随着时间的流逝，这种训练的危害性日益显现出来，当我们的思想变得苦闷找不到出路时，它的危害就达到了顶点。多年的劣质教育让我们习惯了背诵，即便是后来面对悲伤，我们也习惯于去背诵。我们就像背诵地理知识那样温习自己的忧愁。

面对这类问题，我们要学会为精神松绑。在我看来，确保精神卫生的法则是：不要翻来覆去想同一个问题。那些患有疑病症的人也许会说："这个我办不到，我的大脑就是这样制造出来的，我体内的血液按照自己的节奏流淌，这是我驾驭不了的。"的确如此，但这并不等于说我们束手无策，无所作为。我们可以学着给我们的大脑做一些按摩，让它时刻精神，保持充足的活力。为此我们要变换思想，学会从不同的视角看问题。只要加以锻炼，做到这一点并不难。我找到了两种方法，它们都百分百可靠、有效。首先，我们要打开窗户向外看，懂得欣赏周围的景色，扩展自己的眼界。其次，在遇到困难和烦恼时，我们要追本溯源，找到产生问题的原因，而不要陷在糟糕的结果里不能自拔，这样我们就不会再感到忧闷了。事实上，由果溯源就像是一次旅行，它能把我们带到很远的地方，让我们远离眼前的烦恼。这种做法就好比是当阿波罗神庙里的皮提亚①预言我是一个吝啬鬼时，我不去问这位女祭司为何做出如此预测，而是去观察她的嘴是怎样发出"吝啬鬼"这三个音的。为此我要研究元音和辅音以及它们之间的联系，于是整个语音学都派上了用场。我的一个朋友有一天做了一个噩梦，我建议他去找这背后真正的原因，一般来讲，这种情况

---

① 皮提亚：德尔斐城的阿波罗神庙里的女祭司，在进入一种类似昏迷的催眠通神状态后，她能做出对未来的预测。

往往都是平日里受到压抑，对某种小小的不适反复纠缠而引起的。在我的建议下，他开始思考，做各种推测和假设，当他这样做的时候，他已经从噩梦中解脱出来，也就是说他的思想再次顺畅地流通起来。

1909年10月9日

七十六　母乳礼赞

我在阅读笛卡尔的著作时学到了这样一种观念：爱有益于健康，恨有损于健康。想必大家都听说过这种说法，只是还不够熟悉。更确切地说，有些人根本就不相信它。倘若提出这种观念的不是笛卡尔而是其他人，人们早就嘲笑他了，谁叫笛卡尔像荷马或《圣经》那样神圣呢！不过，爱终究是好东西。如果人们能抛下仇恨，以博大的胸怀去爱世间万物，如果人们在纷繁复杂的世界面前懂得选择那些美好且值得爱的事物，那么这不仅证明人类在朝正确的方向前进并取得了不小的进步，同时这也不失为抵制一切有害之物的最有效的方式。换言之，与其对着一首坏曲子发出嘘声，不如找来一首好曲子对其鼓掌叫好。道理何在？道理就在于，爱能使我们变得强大，恨却只能把我们变得愈加软弱。不过，那些屈服于自己情绪的人是绝不会相信这些的。

为了更透彻地理解这个道理，我们有必要追根溯源，找到最终的解释。这一次我们又从笛卡尔那里得到了启发。笛卡尔在他的一部著作里写道：甘甜的乳汁，新鲜的空气，温暖的怀抱，这些都是婴儿健康成长所需要的东西，而我们最早、最古老的爱难道不正是对于这些东西的爱吗？是的，我们早在人生之初便学会了爱的语言，它最初表现为婴儿在吮吸乳汁时口、手、头、身等人体重要器官之间美妙协调的运动。我们通过点头的方式表示一碗汤好喝，这是我们人生中做出的第一个赞许。相反，如果一碗汤太烫，我们会通过摇头甚至是扭动整个身子来表达我们的抗拒。同样的，当我们遇到有害的食物时，我们的胃、我们的心、我们的整个身体都会发出抗拒的动作，以至于以呕吐的形式表达最强烈的不满。呕吐？是的，呕吐，它是最古老的也是最有力的表达藐视、反对和厌恶态度的方式。正是基于这一点，笛卡尔才说，"仇恨有碍消化"。笛卡尔以荷马那样简洁明了的语言道出了放之四海而皆准的真理。

这个真理很吸引人，我们还可以不断扩充它、发展它，它不会过时，也不会枯竭。人生的第一首爱的赞歌是献给母乳的赞歌，它由婴儿的整个身体唱出。婴儿在寻找、拥抱、吮吸宝贵的母乳的那一瞬间，发出了这世界上最美的称赞。由吮吸乳汁带来的快乐是人类体验到的第一个生理上的快乐。而亲吻的最早的实例就是来自于婴儿。孩子永远记得这最初的虔诚行为，于是长大后他又去吻十字架。我们的想法，我们的态度，我们要传达的思想，所有这些都可以通过我们身体的肢体语言表现出来。例如，我们的肺知道抵制恶臭难闻的气体，我们的胃懂得拒绝变了质的食物，我们身体里的所有组织会团结起来，共同抵抗细菌、病毒等有害物质的入侵。所有这些都是我们表达不满和诅咒的方式。哦，亲爱的读者，倘若我们把书比作食物，把阅读比作一次晚餐，你选择了一本烂书，你就不能指望从它那里获得有益的东西，这个道理就同我们不能从变了质的食物那里得到营养一样。哦，亲爱的读者，你为什么不去读笛卡尔的《情绪论》呢？哦，这或许不能怪你，因为你常去的那家书店的老板从未听说过这本书，而你的心理医生对此更是不了解。知道读什么，知道什么才值得读，这很重要。

1924年1月21日

七十七　友谊

友谊给我们带来巨大的快乐。一旦我们认识到快乐会传染，我们就很容易理解这一点。如果我的出现让我的一个朋友感到了快乐，那么看到他快乐，我也会感到快乐。于是我们可以说，我们给予别人的快乐最后都会返还到我们这里。

快乐的源泉在于我们自身。有些人对这个不满对那个不满，甚至是对自己也不满，他们唯一发笑的手段就是找人来胳肢自己，在我看来这种人十分可怜。不过还有一种人，与前面那种人相比，他能体验到真正的快乐，然而一旦一个人独处时，他很快就会忘记自己是快乐的。这时他原先所有的快乐都尘封起来，他自己则遁入一种无意识的麻木状态，离呆子已不远。对一个人来说，内在的情感需要通过外在的形式体现或释放出来。如果我被某个暴君以蔑视权威的罪名关进大牢，我一定会告诉自己每天坚持大笑几次，因为这样做对我的健康大有好处，我会像锻炼我的腿脚一样锻炼我的快乐。

快乐就好比是一捆木柴，它需要点燃。你看，这里就有一堆干木柴，从表面上看，它像泥土一样死气沉沉、了无生气，如果你让它待在那里不去管它，它迟早会化为泥土。然而，它平静的外表之下却隐藏着从太阳那里获得的难以抑制的热情。只需一点火苗，它就会熊熊燃烧，发出噼里啪啦的声响。同样的，摇响监狱的房门，你就能唤醒里面的犯人。

快乐也需要唤醒。婴儿第一次发笑时，他的笑不表达任何意义。在我看来，与其说他是因为感到快乐才发笑，不如说他是因为发笑才感到快乐。婴儿想笑就跟他想吃一样，皆出自于他的本能需要。不过，他必须先去吃才能体验到吃的快乐。这个道理不仅对吃适用，对笑、对其他一切东西都适用。只有通过语言我们才能知道一个人在想什么。当一个人独处时，他不可能成为真正的自己。那些头脑简单的道德学家们常说，爱就是忘记自己。这个观点太片面。真相是，一个人越是远离自己，到朋友、到群体中去，就越能发现自己的价值，也就越能实现自己，成为自己，从而也就越有存在感。所以，让我们点燃木柴吧，不要让它腐烂在地窖里。

1907年12月27日

七十八　优柔寡断

笛卡尔说，优柔寡断是人性最大的弱点。他不止一次这样说过，但从未给出过解释。这个论断一针见血地指出了许多不幸的根源所在。实际上，人类所有不良的情绪都可以从中得到解释。有些人之所以喜欢赌博，是因为在赌博时他们需要不断作出决定，而这给予他们一种驾驭自己的快感。就赌博而言，赢和输的几率是一样的，因此纯粹的赌博是最不需要深思熟虑的，参与赌博的人必须当机立断，立马作出决定。赌博游戏一旦开始，游戏本身即成为主宰，参与游戏的人只需作出选择和决断即可，不需要作任何思考，也没有任何后悔可言，因为赌局的变化并无固定的规律，也毫无逻辑可言。参与赌博的人不会把"要是我早知道"这样的话挂在嘴边，因为在赌博中一切都是未知的，一切都是不断变化的，你不可能提前知道一些东西。基于这个事实，我敢说消除烦恼的最好方式非赌博莫属，要知道，烦恼一般都是胡思乱想和思考得太多造成的。

为了更好地理解这一点，我们不妨看一看那些情场失意或事业失意的人，想一想究竟是什么使他们感到痛苦。究其根本，这类痛苦都是由思想造成的，当然也不排除有时是出自身体上的原因。他们之所以感到痛苦，晚上睡不着觉，正是因为他们在那里胡思乱想做各种各样的打算，却一个主意都拿不下来。这必然会带来身体上的反应，于是他们一个个像是跳上岸的鱼一样翻来覆去，辗转反侧。优柔寡断带来的是内心的挣扎。"好了，我实在受不了了，干脆就照这样办吧。"他告诉自己说。可是，用不了五秒钟，他又会想出成百上千条主意来。他想想这种做法的后果，又想想那种做法的后果，这么多方法让他难以取舍，于是时间都过去了一大半，事情还没有任何进展。而行动的好处就在于，一旦采取了行动，原先被放弃的方案就会被抛到九霄云外，更准确地说，它们永久地消失了。行动改变了所有的关系，带来了崭新的局面。正所谓"临渊羡鱼，不如退而结网"，光是在那里计划、设想并没有用，只有行动才能带来实际的改变。其实可以说，每一种行动里都有赌博的影子，因为行动者在一切可能性都被考虑到之前就停止了思考。

在人类所有的不良情绪中，恐惧是最赤裸裸的，同时它带给人的痛苦也是最刻骨铭心的。在我看来，当人处在恐惧之中时，他会感到自己失去了做决断的能力——他听到内心的呼唤，要求他立刻采取行动，可是他仿佛被断了手脚，无法迈出切实的一步。眩晕是我们观察恐惧的一个极佳的窗口。一个人站在悬崖边上向下看，他感到一阵眩晕，仿佛就要掉下去似的。他之所以感到害怕，是因为他无法克服自己就要掉下去的那种预感，而实际上这种预感纯粹是想象出来的。换句话说，是因为我们想得太多才会感到恐惧。但最糟糕的还不是感到恐惧，而是我们自以为无法克服恐惧，从中得到解脱。我们把自己看成是一架会走路的机器，我们瞧不起自己，不相信自己能克服恐惧。让我们重新回到本文开头的那句话：优柔寡断是人性最大的弱点。笛卡尔思想的全部精华即在于此，它既道出了问题的根源，又为我们指明了方向。或许正是看到了军人需要果断行动这一点，笛卡尔才那么热衷于参军[①]。杜伦尼[②]元帅刚参加完这个战役，又投入到另一个战斗中，他总是处在不停的行动之中，没有任何优柔寡断的毛病，所以才能百战百胜，相反他的敌人就没有那么幸运了。

同杜伦尼元帅一样，笛卡尔也是一个果断的行动派，只不过他是在思想的领域。他积极思考，大胆想象，总是把行动的主导权紧紧地握在自己的手中。在需要立刻作出决断时，他没有任何犹豫。像笛卡尔这样的几何学家，如果也像其他领域的人一样优柔寡断，那将是十分可笑的，因为几何学上需要决断的问题无穷无尽，犯不着对已被大家公认为公理的东西再去求实论证。一条

[①] 笛卡尔曾于1618年加入荷兰拿骚的毛里茨的军队，1621年退伍回到法国。
[②] 杜伦尼：法国历史上六大元帅之一，为拿破仑所敬仰。

线上有多少个点？当你看到两条平行线时，你会想到什么？聪明的几何学家都知道，这些问题早已有了定论，没有必要将前人的路再走一遍，再去论证一番。如果你留心观察一个理论，你就会发现，它的成立是以一系列早已被确认了的事实为基础的，不论这个事实是真的存在还是假的存在。所以，在构建一套理论体系或是在处理几何学那样的问题时，理论家或几何学家只需以已有的事实为基础作出一个个判断，而不去构想或规划某个早已被确定了的事实。有些人什么都不信却照样有把握做成某事，其秘诀即在于此。

1924年8月10日

七十九　仪式

如果说人性最大的弱点就是优柔寡断，那么我们便不难理解为何仪式、盛大的公共集会、礼服、时装界会成为当今世界的主宰。每次我们被迫临时作出某种决定时，我们都会感到特别紧张。这倒不是因为我们想到要做以前从未做过的事，说以前从未说过的话，而是因为情况来得太突然，我们的体内同时会出现两种反应，这使得我们的肌肉（我们的仆人）感到不知所措，继而使我们的心脏（我们的主人）深感不安。长期处在这种紧张不安的状态，会有损于人的健康。缺乏规矩的约束，不仅会使个人变得自由散漫，而且也容易在人与人之间造成矛盾和敌意。我们能在孩子们的游戏中观察到这一点：如果没有规则的限定，局面很快就会陷入混乱，孩子们马上就会起争执。有人以为，我们每个人的身上都存在邪恶的本能，只是念及法律的威慑才没敢发作出来。这种看法是不对的。人们不仅不惧怕法律的威严，反而喜欢法律的存在。倘若失去了法律的约束，人们就会变得无所适从，反而会不悦和不安，甚至做出很多傻事来。一个人，一丝不挂地在大街上乱窜，他看似摆脱了一切束缚，然而这并不值得我们羡慕，因为他是个疯子。法律就像衣服，它看上去是一种约束，实际上能给我们带来保护。路易十四[①]是一个十分严厉的君王，可在他的臣民中却享受崇高的威望。乍看上去这似乎让人不可思议，仔细深究一番却也不难理解。一切都是因为路易十四是个严格自律的人，他为自己的日常起居，甚至是如厕更衣，都制定了详细的规定，并严格执行。不能说路易十四是因为拥有权力才使他的臣民遵从他的那些规定，应该说他之所以拥有权力是因为他是那些规定的践行者，他本身就是规定。正是有了这些规定，他身边的每一个人都知道自己处在什么位置，应该做什么事情。

---

① 路易十四：全名路易·迪厄多内·波旁，法国波旁王朝著名的国王，在位时间为1643年5月14日至1715年9月1日。

战争是邪恶的，战争是恐怖的，人人都知道这一点，人人都讨厌战争。不过，战争有一个不那么令人讨厌的地方，就是它可以让参与其中的人获得平静，我指的是真正的内心的平静。战场上的每个人都有自己的角色，都知道应该做什么。虽然理智会提醒他战争的危险，但他并不会就此退缩。战场上，每一个战士都有明确的职责和不可推卸的责任，每个战士也都有不容拖延的事情等待着他马上去做。他的全部心思都放在眼前要做的事情上，身体听从他思想的指挥立刻展开行动。每个人各司其职，各行其事，共同促成了一股战争的洪流，这股洪流像飓风一样不可抗拒，影响、感染着每一个人。世人常常惊叹那些有权有势的人得到的太多，殊不知，他们之所以得到那么多是因为他们原先要求的就多。修道院的生活能锻炼人的意志，让人做起事来不再优柔寡断。不过在我看来，光是要求人们祷告还不够，还应该向人们明确应该在什么时间做什么样的祷告。那些当权者非常聪明，他们知道普通人都有优柔寡断的毛病，所以他们发布一道严令时从不做任何解释。任何解释都难免会引起大家的议论，而一个人的议论又会引来成百上千人跟着议论，这样下去没个完，直接影响政令的推行。思考当然是件好事，但不能因为思考而耽误了及时决策。写到这里，我突然想起笛卡尔。笛卡尔堪称人类的楷模，他既善于思考，又善于作出决策。我们都知道他参过军当过兵，不过他可不是觉得战争好玩才去当的兵，他是想在战场上把纠缠他多时的那些忧郁的情绪摆脱掉。

人们往往觉得穿着打扮没有什么，其实它是一件极其严肃的事。有些人打心眼里瞧不起时装，但他首先会把自己的领结佩戴好。军服和修道士服具有神奇的功效，军人和修道士一旦穿上它们，就会立即镇静下来。穿上它，他们不再犹豫不决，而是果断决策；穿上它，他们不再迷于沉思，而是果断行动。

1923年9月26日

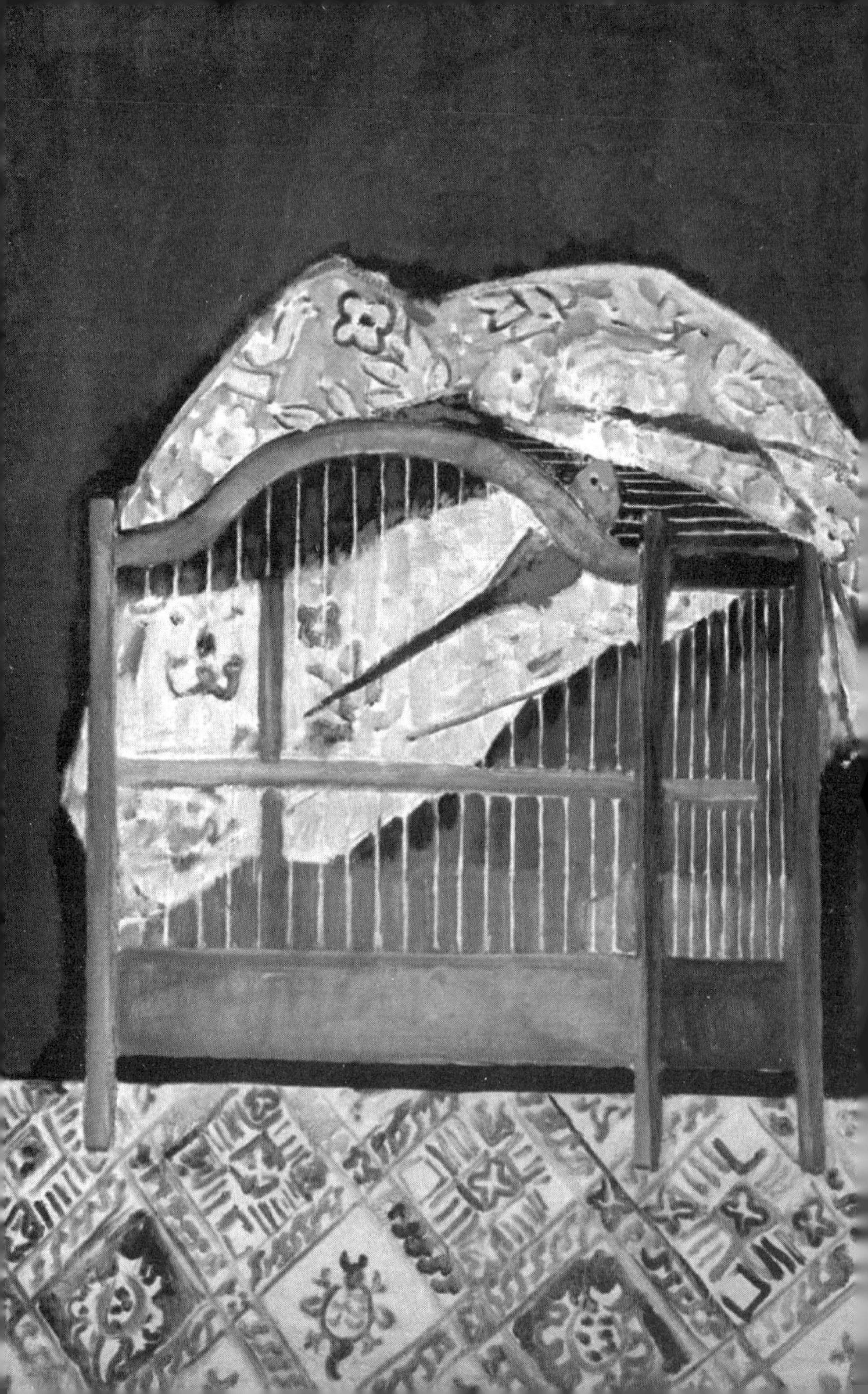

八十　新年快乐

新年来了，又到了人们互赠礼物的时间。大大小小的礼物堆满整个房间，然而它带给人们的更多是烦恼而不是快乐。收到多少礼物，又送出去多少礼物，每个人都要算一笔账。很多人私下里抱怨，收到或送出去的礼物多是没有用处的东西，只是肥了那些商家，他们可是赚得盆满钵满。我还记得有个小女孩，她的父母有好多朋友。有一年她收到的礼物是一盒吸墨纸，她收到这个礼物的时候便说："吸墨纸就要大批地送来啦！"当送礼物变成一种义务时，它也就变成了一种负担，这时候人们便失去了热情，生出诸多烦恼和怨言。巧克力糖吃得太多，不仅会败坏胃口，增加肠胃的负担，同时也会使人滋生厌世的情绪。不过话又说回来，既然谁也躲不过这一劫，那还是快送快吃吧。

新的一年就要到来，我不想送你礼物，只想祝你新年快乐，愿你每天都有好脾气。我希望我们每个人都能送出和收到这样的祝福。好脾气体现出一个人真正的礼貌，它能让我们受益，而首先受益的就是赠予它的人。好脾气是世间最宝贵的财富之一，通过交换它可以成倍地增长。你可以把它撒到大街上，撒到电车里，撒到报摊旁，它不会损耗半分。不论你把它播种到哪里，它都可以生长、开花。某个十字路口发生了交通堵塞，各种叫骂声不绝于耳，这时候马儿还一个劲地往前挤，终于使交通陷入瘫痪。其实，生活中类似这样的烦恼还有很多。在这样的事情面前，倘若我们能够面带微笑，懂得节制，那么再大的矛盾也会融化，再大的烦恼也会消散。相反，如果我们一遇到一点事就咬牙切齿，怒目相向，再小的事情都会变成戈耳迪之结[①]。女主人向仆人发火，仆人向女主人撒气，双方都没有好脸，羊腿必然会烤煳，而一场大战在所难免。

[①] 戈耳迪之结：出自一个典故，讲的是：古代佛律基亚的国王戈耳迪，用乱结把轭系在他原来使用过的马车的辕上，这个结非常牢固，很难被解开。后来这个词就用来比喻一切难解的问题。

如果这二位能在适当的时机向对方递个微笑，再深的矛盾也会顷刻之间化解。遗憾的是，这么简单的解决之道却没有一个人能想到。每个人都在拼命往自己的脖子上套绳子，不勒死人才怪呢。

当一群人在一起的时候，很容易出现乱子。想象一下你现在来到一家餐馆，你恶狠狠地瞥了坐在你旁边的那个人一眼，接着用同样的眼神瞥了一眼菜单和餐厅里的侍者。殊不知你于不知不觉中惹了大祸，餐馆里顿时炸开了锅：有摔盘子的，有砸碗的，那个被你瞥了一眼的侍者当天晚上回到家则拿他的老婆出气。不过，只要你明白了造成这种局面的原因，只要你看明白了这里面的道理，你完全可以来个一百八十度大转弯，由一个麻烦制造者变成为一个快乐的使者。与人交流时，你总是好言好语；受了别人的恩惠，你总是不忘说声"谢谢"；面对侍者端上来的凉菜凉饭，你总是抱以宽容之心。你就像一个魔法师，走到哪里就把快乐带到哪里。你的改变影响了每一个人，大家都像你一样有了改变，就像换了个人似的。侍者通知厨房准备你的点单时，语言变得温柔起来；人们进进出出餐馆时特别在意其他人的感受，唯恐给别人带来打扰。好脾气的浪潮在你的周围扩散开来，使你自己和其他一切都快活起来。它的影响没有尽头，不可估量。开头很重要，要想一年都顺利，新年的头一天就要开开心心有个好脾气。让我们再回到前面提到的那条街，它是多么的喧嚣，多么的乱套！大家谁也不让谁，互相争吵着，叫骂着，甚至拳脚相向，血肉相搏，最后不得不对簿公堂，让法官来做了断。而只要有一个马车夫懂得节制、不冲动，这一切原本可以避免。所以，我们每个人都要努力做一个好的马车夫，我们要平心静气地坐在各自的马车上，驾驭好各自的马儿。

1910年1月8日

八十一 美好的祝愿

一月是欢乐的海洋,到处都充满了问候和美好的祝愿。原本这只不过是些信号,但这类信号却很重要。千百年来,人类就靠着这些信号安排自己的生产和生活。在我们祖先那里,风雨雷电、花鸟虫鱼都成了某种意义的象征,它们或是能表明狩猎成功,或是能昭示前途未卜。实际上,宇宙中的万事万物都有自己的运行规律,而且这些规律不以人的意志为转移。前人的错误即在于他们误以为自然天象就像人的面孔那样能表达赞同或否定,能预示吉凶。如今我们已不再去问宇宙有没有见解,有什么见解,但我们依然会问我们的同胞是否有见解,有什么见解。我们在别人身上看到各种信号,我们通过这些信号去解读别人对我们的看法。不管这种看法是什么,它们都会影响我们的心情和行为。

值得注意的是,对于那种有理有据、明确表达的见解,我们一般都能应付自如,妥善处理,而对于那种模棱两可、含糊不清的见解,我们则无能为力,不知所措。前一种见解多是人家向我们提出的有益的意见,我们却常常对其持冷漠态度,甚至是反感。后一种见解很多时候都是无意义的、无理的,我们却拿来仔细玩味,甘愿受其摆布。这后一种见解影响我们至深,我们不知道它是如何俘获我们的,更不知道该如何从中逃脱。有些人的脸上写满了批评,好像对一切都不满似的。对于这样的人,我们要敬而远之。人是善于模仿的动物,和一个喜欢抱怨的人在一起,久而久之,我也会变得满腹牢骚起来。有时候我甚至没有意识到自己在抱怨,也不知道自己在抱怨什么。就这样糊里糊涂的,我全部的想法和计划都蒙上了阴郁的色调。我为自己的这种状态寻找各种理由,而且总是能找到。所有事情在我眼中都变得复杂起来,而且总是充满危险性。即便是过马路这样简单的事,我也要鼓足勇气,使出浑身解数,否则就过不去。我对自己失去了信心，身体变得如此僵硬，动作一点都不灵活。一个人在过马路时如果脑子里想的是自己有可能被汽车撞倒，那么这种想法会直接影响到他的行为，甚至能使他瘫倒在马路中间。倘若他在做一件比过马路更复杂、更具有不确定性的事情时看到或是想到充满敌意的眼神，他就不可能把要做的事情做好。粗鲁的言语，不怀好意的一瞥，这些东西就像魔鬼一样附在我们身上，给我们的心情和行为带来负面的影响。

我们还是回到节日的话题。新年，这是一年中非常重要的一个节日，在此期间人们互送礼物，互送祝愿。在邮差送来的新年贺卡上，我们看到了亲朋好友对我们的关心，对我们未来的美好期许和祝愿。未来充满变数，我们无法知道在未来的岁月里我们将遭遇什么。但无论遭遇什么，我们都不能让悲伤的色调把我们的未来变得灰暗和惨淡。于是，我们立下规矩，要求所有人在新年这一天都面带微笑，逢人就说祝福的话。迎风飘扬的旗子让人看了就感到愉悦，尽管我们不知道升旗子的人此时是什么心情。同样，一张笑脸看着就舒服，尤其是看到一个素昧平生的人向我们展露笑脸时，我们更会心花怒放，心情愉悦。我们不必去想这张笑脸究竟要表示什么意思，我们只管将它接收下来，就已足够。正所谓"赠人玫瑰，手留余香"，传递快乐的人，自己也会得到快乐。世界上最天真无邪的就是孩子们的笑容，看到这样的笑容，原本想发怒的人此时也会收回自己的怒气。在礼貌这方面，孩子们是我们的榜样。

无论你愿意与否，新年都是一个对你有益的节日。只要你愿意，只要你想到好心情带来的好处，新年对你来说就是一个真正的节日。收到那么多的贺卡，看到那么多的美好祝愿，你的心情自然会受到感染，变得欢快起来。你下定决心，在未来的日子里一定要保持快乐的心情，微笑待人，如此一来，生活中那些不如意、那些烦恼也就变得无足轻重。拥有一份好心情，这便是我对你的新年祝愿。

1926年12月20日

八十二　礼貌（一）

　　礼貌和跳舞一样，可以通过学习而掌握。不会跳舞的人常常以为，学跳舞最难的就是熟记那些舞蹈规则，并使自己的动作服从于规则。这种看法只看到了问题的表面。跳舞时，只有做到了四肢舒展，舞步自然，从容不迫，气定神闲，才能说真正学会了舞蹈。礼貌也是如此。掌握礼貌的规则仅是迈向礼貌的第一步，接下来你还要不断练习，让自己的言谈举止显得自然，任何不自然的表现都会被觉察到。倘若做不到后面这一点，即便你知道再多的礼貌礼仪，即便你再怎么严格地遵从那些规定，你依然还处在礼貌的大门外。

　　有些人开口讲话，不需要知道他说了什么，单从他的语音、腔调就可以判断他有没有做到礼貌。声乐老师最了解这一点，他常常对他的学生说：你的喉咙绷得太紧了，肩膀也没有放松。别小看晃肩这个动作，一旦做得不好，就可能给人留下不礼貌之嫌。过于热情，用力过猛，装作自信，这些都是不礼貌的表现。击剑教练对他的队员常说的一句话就是：你用力太猛。击剑是观察礼貌的最好的一个窗口，剑术同礼貌具有相通性，掌握了剑术之道也就掌握了礼貌之道。任何行为，只要透出一丁点的野蛮和鲁莽，就是不礼貌的。即便是你没有做出这样的行为，而仅仅是做了这样的暗示，那依然是不礼貌的表现。可以说，不礼貌总是让人感到受了威胁。在这种威胁面前，女性是最大的受害者，这种情况下她们往往需要寻求保护。一个不懂得控制自己的男人，当他发怒时，一定会提高嗓门，咆哮大吼，而这绝对是不礼貌的表现，因为懂礼貌的人从不大声讲话。政治家饶勒斯[1]在会客厅与人交谈时，不太讲究社交礼仪，也懒得考虑公众的意见，他常常衣衫不整，甚至领结都会戴斜。然而正是这样

---

　　[1] 饶勒斯：法国历史学家、哲学家和经济学家，二十世纪初法国社会主义运动中最有影响力的领导人之一。他从二十六岁开始当选国会议员，十九世纪九十年代参加社会主义运动，是"独立社会主义者联盟"的领导。

的一个人，他的声音却是温柔甜美的，从他口里说出的话，感觉不到任何强迫和做作。而同样是他，在代表人民发言、为人民争取权利时，他却铁嘴铜牙，口若悬河，声如洪钟，气贯长虹。我们看到，在这里力量同温柔并不矛盾，它们相互补充，相得益彰。

不懂礼貌的人在自处时也是不礼貌的。这样的人做什么都会过头，他的心里就像打了结一样显得不自在，其实，这是他恐惧自己的表现。多年以前我曾在一个公共场合听过一个男子在讲语法问题。照理说，这种问题都是学理上的问题，用不着尖声厉语。可是这个小伙子却不是这样，只听得他声嘶力竭，声音暴烈，就像在吵架一样。从他的声音里可以嗅出明显的仇恨的味道。众所周知，坏情绪比疾病的传播速度还快。所以不难想见，其他人受他的影响，也都提高了嗓门，加入到这蔚为壮观的声音大战之中。原本平平常常的话题，竟能掀起如此大的波澜，想想就可笑。那位小伙子以及其他人的表现表明他们的心里充满了恐惧，这种恐惧缘于他们的不自信。然而，他们越是提高嗓门，就越是暴露出自己的不自信，进而就越会增加他们的恐惧。从某种层面说，狂热就是缘于不自信。由于狂热的人没有足够的信心让别人相信他的主张和见解，因此他便产生了恐惧，这种恐惧压得他喘不过气来，而他又没有别的办法，因此只好仇恨起其他人以及他自己来。此时的他已失去判断力，因此很容易胡乱抓来某个成问题的观念，把它当作自己的信仰。由这个例子我们可以看到，歇斯底里是相当可恶的一种情绪发泄和行为表现。当一个人的情绪歇斯底里地发作时，这个人便没有了任何颜面可言，更不要说礼貌了。明白了这一点，我们便明白了为什么说手拿茶杯可以让一个人变得文明有礼。一个有经验的击剑教练只需观察一个人搅拌咖啡的动作，就可以判断出这个人适不适合练击剑，他知道好的击剑手绝不会做出任何多余的动作。

1922年1月6日

八十三　礼貌（二）

　　为了讨主子的喜欢而对其百般迎合，这种行为算不上礼貌，也不值得称赞。在我看来，一切预先谋划好了的、带有私心的行为都和礼貌不沾边。相反，那种为了伸张正义而与可鄙可恶的人闹翻脸甚至大打出手的人，乃是真正的汉子和真正有礼貌的人。带有心机的善不是真善。为了得到某种好处而奉承一个人，这也并非礼貌之举。当我们做一件事或说一句话时没有预先计划，也不计较个人得失，而是发自内心、自然而然地去做它，这样的行为才符合我们所说的礼貌的内涵。

　　做事好冲动；口无遮拦，想到什么就说什么，没有任何顾忌，从不为别人着想；喜欢发脾气，甘愿受情绪的摆布；甚至还没弄清自己的真实感受就匆忙下结论，立即表示出或惊讶或厌恶或欢喜的态度：上述这些行为都不是一个懂礼貌的人应该有的行为。有上述这些行为的人欠众人成千上万个道歉，因为他们行为鲁莽唐突，经常无意间打扰到别人，给别人带来伤害。

　　说话不经大脑思考的人，常常会无意中说错话，从而给别人带来伤害。礼貌之人也有说错话做错事的时候，但一旦发现了错误，他们就会立即改过来，努力挽回局面，尽可能地减少给他人带来的不好影响。当然，一开始我们就应该知道什么当说什么不当说，倘若把握不准，不知道该说什么好，此时应该把话语的主动权交给对方，自己则做一个用心的倾听者。能做到这一点的人，真可谓得了礼貌之精髓。有的时候，跟你谈话的是一个反面人物，而你想当面给他点颜色看看，这个时候你当然可以把话语的主导权牢牢地掌控在自己的手中，这样做没有任何不妥。不过话又说回来，到了这个份上，你的行为已经跟礼貌不礼貌没有关系了，而是变成了一个道德的问题。

　　不礼貌的言行常常伴随着笨拙的表现。透露一个人的年龄，尤其是一个女人的年龄，这绝对是一种不礼貌的表现。有时我们的一个表情、一个姿势或者一句欠考虑的话可能让对方想起自己的年龄，或者有暗示对方年事已高之嫌，这种情况我们往往难辞其咎，难脱不礼貌之嫌。故意踩某人的脚，这是粗暴之举；而无意中踩了某人的脚，则是无礼之举。我们对别人不礼貌，别人就会对我们不礼貌，我们理应为自己不礼貌的行为负责。礼貌之人懂得这一点，所以他们说话做事总是特别小心，伤人害己的事他们绝对不干。礼貌绝不等于蜜语甜言，更不等于阿谀奉承，溜须拍马。

礼貌说起来就是一种习惯，它是一个人发自肺腑、自然而然地表现出来的所有得体言行的总称。当我们变得不那么礼貌时，往往是因为我们无意中说了不该说的话，做了不该做的事，比如不小心打坏了一个花瓶，踢坏了一只瓷器；有时候则是因为我们说话声音太大，打扰到了他人，又或者欲言又止，说话支支吾吾，结结巴巴，所说非所想。倘若是出于这些原因，这倒也好办，我们只要下次留心就是了。礼貌同击剑一样都是可以通过学习而掌握的。公子哥喜欢穿着打扮，力图标新立异，可是他做过了头，表现得太俗艳，他究竟要什么，甚至连他自己都不知道。腼腆羞怯的人内心里也想成为公子哥那样的人，然而他没有资源，不知道怎么做才能实现。他知道要在言行上做一番表现，但他不知道具体怎么办，他的肌肉绷得紧紧的，四肢僵硬得犹如砖块，这让他一说话就变腔，一迈步就踉跄。他极力去控制自己，结果双腿却像筛筛子似的抖个不停，额头上、身子上到处都沁着汗，脸也憋得通红通红的，比他什么都不做时更加笨拙了。而优雅的举止看上去总是那么得体，表情和动作看起来总是那么协调、自然，它不会给别人带来伤害，也不会让别人感到难堪。这些品质对我们获得幸福至为关键，而高尚的生活必然包含这些品质。

1911年3月21日

八十四　给予快乐

　　人们应该掌握生活之道，应该把"给予快乐"作为生活之道的一个原则。这个原则是我从我的一个朋友那里得来的，原来他是个暴脾气，后来变得温和了。给予快乐？这乍听起来让人觉得不可思议，有人或许会说：这不就是叫大家去撒谎，像侍臣一样阿谀奉承、谄媚逢迎吗？当然不是这样。我的意思是，我们在不撒谎也不自降身份的前提下尽可能多地给别人带来快乐。这一点我们每个人都能做到。操着尖酸的语调，说一些刻薄的话，讲一些令他人不快的事，又或者动不动发脾气，给人脸色看，这都是不好的行为表现，它表明我们的机体开始生病了，可我们并不知道该如何医治这种病。有人甚至把这些行为当成勇敢的表现，这真是愚蠢至极。有些人为这种表现找借口，说他这样做并不是故意的，实在是迫不得已。这也没有道理。总之，不能对普通人发怒，要发怒，请你去找那些位高权重、势力比你大的人发怒去，那才是勇敢的表现。我们要有乐观主义精神，并懂得宽容，要多看到别人的优点和事情好的一面。即便我们所说的全是事实，我们也不必尖声厉语，一副盛气凌人的样子。

　　一切事情里都存在值得赞扬之处。一个人的真正动机总是很难了解，既然如此，我们不妨尽量把人往好的方面想。有时，一个人不与人争，表面上看是胆怯懦弱，实际上人家可能是宽宏大量，不与一般人见识罢了。有时候你觉得有人对你爱答不理，实际上他那是出于对你的考虑，害怕影响你的心情。尤其是跟年轻人相处时，我们更应该多表扬他们，给他们信心。当你为某个年轻人画一幅漂亮的肖像时，他会以为自己真的那么漂亮，在未来的日子里他会时时刻刻维护自己漂亮的形象。相反，一味地挑刺和批评则没有任何好处。我们每个人都要学会赞美。假如今天你跟一位诗人在一起，你应该当着他的面引用或背诵他的几个诗句。如果你遇见的是一个政治家，那么你应该赞扬他没有做坏事，没有失职。

说到这，我突然想起一所幼儿园里发生的一件事。在这所幼儿园里有一个淘气鬼，他平日里不知道好好学习，只会调皮捣蛋，乱写乱画。可是有一天上拼写课，他竟然完成了近半页纸的拼写练习，而且他写得是那么认真，那么工整。拼写课老师在教室里来回巡视，给学生们打分。当他经过这个小男孩的座位时，没有注意到他的那些拼写，所以就没事儿一样走过去了。小男孩非常生气，随口骂了一句脏话。听到骂声，这位老师立刻折回来，二话没说就给他打了个高分。很明显，这个分是打给他的拼写的，而不是打给他的那些言语的。

像上面这种情况处理起来确实很棘手，但那位老师却做到了。生活中还有许多麻烦是不需费多大劲就可以处理好的。比如，你在人群中被人撞了一下，这时你只需淡然一笑，就能化解不快，下次人家也就会格外小心，争取不再撞到你，而你礼貌的表现则使你免于怒火的折磨，说不定你还会就此交上一个新朋友呢。

在我看来，礼貌就是一种体操训练，它能平抑我们的怒火，消除我们不良的情绪。懂礼貌就意味着我们要以实际的言行，时时处处对自己说："我不要生气，不要弄糟生命中的这一刻。"这是不是福音书里所宣扬的善呢？不，不是的，还没达到那个程度。有些善事，做得不好，考虑得不周到，还可能引起尴尬，让人感到难堪。而我所谓的礼貌，则是指能减少摩擦、消解矛盾，能给人带来快乐的一系列有教养的言行表现。而且，由礼貌带来的快乐会传染，一传十十传百百传千千万，直至所有人都变得有礼貌起来。不幸的是，很少有人懂得这个道理。我们自称生活在一个有礼貌的社会里，然而我看到的更多是卑躬屈膝、阿谀奉承，这与我所讲的礼貌差了十万八千里。

1911年3月8日

八十五　作为医生的柏拉图

柏拉图不仅是一位伟大的哲学家，而且还是一位出色的医生。作为医生的柏拉图有两个疗效神奇的宝贝：体操和音乐。所谓体操，就是有规律地锻炼、按摩身体的肌肉，使它们得到舒展，变得灵活，从而能更好地发挥出各种功能。酸痛的肌肉就好比是沾满污垢的海绵，我们可以像清洗海绵一样清洗我们的肌肉：先是让它吸足水，然后再反复挤压揉搓几次。生理学家一直告诉我们说，心脏实际上可以被看成是一块有空腔的肌肉，在这块肌肉的周围密布着许许多多个血管，当心脏收缩和扩张时，这些血管也会跟着收缩和扩张。基于此，我们可以反过来说，每一块肌肉都是一个海绵状的心脏，所不同的是，我们可以通过意志的力量来调节其活动。而所谓的腼腆者，就是不懂得通过体操来调节和控制自己肌肉活动的人，这种人会感到体内有一股不可控制的血液之流在冲击他们身体内最柔软、最易受伤的部位，表现在外观上，就是他们会无缘无故地脸红，或是由于脑部充血而产生短暂的谵妄现象，有时候还会伴随胃部的不适。面对这种情况，最好的处理办法就是让全身的肌肉有规律地活动起来，而这时候音乐就派上了用场。看呐，舞蹈老师在小提琴的伴奏下操起舞步，跳出优美的舞姿，身上的肌肉自然伸展，体内的血液自由地流通起来。可以说，跳舞不仅可以帮助我们消除腼腆，而且还能舒缓、按摩我们的心脏，减轻我们心脏的负担。

我的一个朋友患有头疼症，前几天他告诉我，当他咀嚼食物时他的头疼就会立刻减轻。我对他说："你的嘴里应该经常放一颗口香糖，就像美国人那样。"我不知道他有没有按照我说的去做，不过我个人认为那样做是管用的。每当我们遭受疼痛袭击的时候，我们的脑海里总会涌起形而上学的想法：我们想象着我们的体内藏着一个大恶魔，它在我们的皮肤下游走，必须用魔法才能将它驱除。当然，并不存在什么大恶魔，这只不过是一种比喻，也没有什么所谓的魔法。如果非要说存在消除痛苦的魔法的话，那么这个魔法就是有规律地锻炼我们的肌肉，让全身的每一个细胞都活跃起来。长时间地单条腿站立，你的脚不麻才怪，可是，待你改回正常的站立姿势，那种麻感就会立刻消失。舞蹈的用处无处不在，几乎所有的场合都需要舞蹈的存在，我所说的舞蹈是指肌肉自然的舒展。世人皆知伸懒腰、打哈欠的好处，那真叫一个舒服。做体操同样能起到这个效果，但很少有人去尝试。患有睡眠障碍的人本应该放松身体和心情，让自己慢慢入睡，然而他们偏偏不这么做。他们的眼睛总是睁得大大的，头脑里想这想那，把自己搞得特别紧张和兴奋，如此这般不失眠才怪呢。

1922年2月4日

八十六　健康的秘诀

　　保持平和的心情，虽然这不能使一个人大富大贵，但绝对有利于一个人的健康。一个快乐的人不怕被世人遗忘，而实际上即便他死了一百年，荣誉还会来找他。快乐是防御疾病的最佳方式。忧郁的人可不这么看，他们认为快乐只是健康的结果，而非健康的原因。这种看法太肤浅。身强力壮、精力充沛的人固然容易爱上体育运动，然而经常参加体育运动也能使一个人变得身强力壮、精力充沛。不同的心态会产生不同的结果：乐观的心态有利于机体战胜疾病，排除体内有害物质；消极的心态则会毒害我们的身体，让我们感到压抑。尽管我们不能像按摩腿脚一样按摩我们的心态，但一切积极的思想都有助于营造一个快乐的心态，从而有助于增进我们的健康。

　　当我们生病时，我们还能快乐吗？不，不可能，你或许会如是说。不过，你这样说为时过早。对于一个士兵来说，除了不幸被子弹击中外，战场的生活有如天堂。对此我深有体会，因为我当过三年兵，有一些这方面的体验。那个时候，我像野兔子一样，每天都会顶着清晨的露珠在丛林里溜达几圈，听到一点动静便又立即钻回防空洞里去。在那三年里，我只感到了疲劳，怎么睡都睡不够。而在此之前，也就是在我二十岁左右的时候，我得了一种足以要了我的命的疾病，这种病一般都是想得太多而做得太少引起的，它几乎成了我们那个时代的通病。有人或许会说，我后来之所以能够康复，完全是得益于我的三年战争生活，是战争让我呼吸到了新鲜的空气，是它让我来回奔跑有事可做。这或许是一方面，但我觉得还有别的原因。我还记得有一天，一个步兵下士来到我的防空洞对我说："这下我可真的病了。我有烧，是少校告诉我的，他让我明天再去他那里一趟。我想我可能得了伤寒，现在我的双腿发软，头脑发晕。他们会把我送到医院的。在泥水里泡了两年半，现在我终于要解放了，终于要脱离苦海了。"眼看着自己就要离开战场,他能不感到开心吗!然而,正是这份愉悦的心境将他的病治好了。果不其然,第二天当少校给他测量体温时,他的烧已经退了。最后,他离开了待了两年半的弗利雷战场,被派往战事更激烈、条件更艰苦的一个新阵地。

生病又不是什么错,更不是犯罪,它无关于纪律,也无损于荣誉。在枪林弹雨的战场上,哪一个士兵不想在自己身上找出一些生病的症状?哪一个士兵没想过要生一场病,哪怕是不治之症?在悲惨的岁月里,得病死掉了,这比什么都好,免得再受苦受罪。然而颇具喜剧效果的是,正是这种不惧死亡渴望死亡的心理反而使他们远离了疾病,个个都活得好好的。

在对付疾病保持健康这件事情上,喜悦的心情胜于最好的医生所开的药方。越是对疾病充满恐惧,就越是不利于身体的健康。古代的隐士们渴望死亡,他们把死亡看作是上帝的恩赐,这种坦然面对死亡的心态反而使他们长寿,所以我毫不惊讶他们能活到一百岁。长寿老人之所以长寿,很大程度上是因为他们看淡了一切,对死亡不再畏惧。懂得这一点对我们每个人都有好处。骑手越是担心从马背上掉下来,他的肌肉就越是会变得僵硬,动作也就越是不协调,而这反而会使他更容易摔下来。有时候,冷漠也是一种智慧。

1921年9月28日

八十七　幸福是什么

　　一个人一旦开始去寻找幸福，幸福势必会离他远去。这里面并没有什么神秘可言。幸福不是你付了钱就可以带走的商品。商店的橱窗里摆放着琳琅满目的商品，如果你没有看走眼，那么一件商品你在商店里看到它是什么颜色，你把它买回家后就依然是什么颜色。幸福则不同，你看到的幸福未必就是你能得到的幸福，而只有抓在手里的幸福才是真正的幸福。如果你到身外去寻找幸福，如果你到未来去寻找幸福，你将一无所获。总之，幸福无须争辩也无法预测，它只能即刻拥有。如果你感到未来向你展示了幸福，那么这种幸福不是别的而正是你当下的感受，因为单单是希望就能带给人幸福。

　　诗人的理解能力值得怀疑。他们总是纠缠于音节和韵律的问题，而忘记了要表达深刻的思想。他们说幸福正在未来向我们招手，正在远方等待着我们，而等我们真的得到它时，它已变得索然无味；幸福就像彩虹一样只能远观而不可近取，或者说它像手掌里奔腾的泉水一样让人抓不住。上述这些说法很粗浅，它没有点到问题的要害。那些满世界寻找幸福的人之所以会感到失望，是因为他们把幸福当成了一个现成品，而没能意识到幸福在于努力追逐的过程。桥牌对我来说没有任何乐趣，因为我不玩桥牌。拳击和击剑对我来说一文不值，因为我对它们不感兴趣。对于音乐来说，真正接触过它的人、真正经历过并克服了某种困难的人，才能感受到音乐的美，才能享受到音乐带来的快乐。阅读也是一样。阅读巴尔扎克需要很大的勇气，刚开始读巴尔扎克时，你甚至会感到有些无聊。观察偷懒的读者读书的样子是一件很有意思的事情。你看他先是打开一本书，随便翻上几页，只草草地读了几行，便将那本书甩到了一边。阅读的过程充满了种种难以预料的惊喜，甚至是有着丰富阅读经验的读者也会得到持续的新鲜感。归纳好的现成的知识索然无味，只有通过实际的经历而获取的知识才令人感到喜悦,当然,获取这样的知识也更困难一些,尤其是在刚开始的时候,得硬着头皮坚持下去。持续地努力,然后取得一个接一个的胜利,这便是获取幸福的秘方。当许多人在一起共事时,比如一起打牌、一起唱歌、一起作战,体验到的幸福感尤其强烈。

  不过也有独享的幸福,这种幸福同其他幸福一样,也需要具备这样几个元素:行动、工作、胜利。守财奴和收藏家所体验到的幸福就是这样的幸福,这二者很像。在世人的眼中,聚敛钱财是一种可鄙的行为,尤其是聚敛的对象是古金币的时候;而收藏瓷器、收藏象牙制品、收藏古籍字画则被认为是高雅品味的体现。同样是集聚东西,人们对他们的评价却迥然不同,这个问题值得我们深思。我们之所以嘲笑守财奴,是因为他宁可把黄金埋在地下几千年也不愿用它来换取其他快乐。而有些藏书家,为了防止他的那些藏书被弄脏而把它们雪藏起来,从不拿出来读。集邮爱好者从集邮中体验到快乐,而我不喜欢集邮,所以我体会不到他的那种快乐。同样的,拳击手喜欢拳击,猎人喜欢打猎,政治家喜欢政治,他们各人有各人的喜好,各人也体验着独属于他的那份快乐。自由的选择和自由的行动让我们感到幸福,遵守我们自己制定的规则让我们感到幸福,自愿接受某种规则的约束(比如足球规则或科学研究规则)也让我们感到幸福。有一些约束,在外人看来简直是一种煎熬,更不要说带来愉悦了。当你执着于做某件事而无意于追求幸福时,幸福就来到了你身边。

1911年3月18日

八十八　诗人

歌德与席勒①之间的友谊历来被传为佳话，这从他们之间的通信可以得到印证。他们彼此之间各取所长各补所短，互相帮助，互通有无。他们充分地理解和尊重对方的个性，不要求对方为自己而改变本色。实事求是地评价一个人并没有什么，而且这也是我们应该做到的。真正令人佩服的是，有一颗博大和真爱之心，允许别人坚持本色，成为自己。歌德和席勒是两位伟大的诗人，他们各自有各自的创作才能，各自有各自的创作特性，然而他们都一致认为：差异是一件好事，这个世界正是因为有了差异才变得丰富多彩；一朵玫瑰花和一匹马之间分不出孰优孰劣孰好孰坏，可是一朵普通的玫瑰同一朵漂亮的玫瑰、一匹普通的马同一匹良马之间则存在着差别，有着很大的不同。各人有各人的胃口，各人有各人的喜好，比如，有人喜欢玫瑰花，有人喜欢马，这本无可厚非，也分不出孰优孰劣。但同样是玫瑰花，或者同样是马，则有着明显的好坏之别和优劣之分。争论绘画与音乐孰高孰低没有意义，但讨论一幅原创绘画作品与一件仿作之间的区别则是有意义的。通过原创作品，我们可以看到一个人独特的天才表现和个性印记，这是别人所没有的；而在一件仿作里，我们看到的则是偷来的观念和受奴役的痕迹。歌德与席勒对此非常了解，他们在写作时也明确地体验到了这些差别。但令人钦佩的是，他们虽然经常切磋，经常在一起讨论完美的概念与理想的特质，但他们每个人依然保持了自己的本色，没有因为对方的影响而丢失自己独特的创作个性。他们分别写很长的信，向对方介绍自己的创作方法和创作思路，彼此向对方提建议。可是与此同时，他们又都坚持说自己所提的那些建议可能并不适用于对方，而且他们也不会听从对方的建议，而是坚持走自己的路，创作属于自己的诗歌。

---

① 席勒：德国十八世纪著名诗人、哲学家、历史学家和剧作家，德国启蒙文学的代表人物之一。

诗人乃至所有艺术家，他们在艺术上所能取得的成就和所能达到的高度，同他们在创作时所能体验到的幸福程度呈正比关系。亚里士多德说得好，他说："幸福是力量的象征。"在我看来，这一道理不仅适用于艺术家，也适用于所有普通人。这个世界上最令人讨厌的人就是那些对什么都不满的人，这种人不是因为令人讨厌才对一切不满，而是因为对一切都不满才令人讨厌。他们走到哪里，就会把不满带到哪里。他们盲目地行动，机械地生活，没有头脑，没有活力。他们之所以会落到这种地步，是因为他们没把精力用在发挥自己的潜能上。这些人犹如疯子一般，被愤怒包裹，被错误的思想误导，他们堪称这个世界上最可恶、最可怜的人。每一个善举，就像绘画中优美恰当的运笔，都是美的，这种美既体现在善举本身，又绽放在做出善举的人的脸上。可以说，完美的事物之间并不存在冲突，而只有不完美的、邪恶的事物才会相互冲突，相互冲撞。恐惧就是最好的例证。只有暴君和懦夫才会把人绑起来，在我看来，这是极其无能的表现，也是一切疯狂的根源。要学会松绑，学会解放。人在自由时便会放下武器。

1923年9月12日

八十九　幸福是美德

有一种幸福，它与我们的关系就如同衣服与我们的关系，可以随时被脱去，被拿走。继承财富或是彩票中奖就属于这类幸福，人们争相追逐的荣誉也是这样的幸福。这类幸福受到外在条件的制约，具有极大的偶然性，因此它是可望而不可求的。相比之下，那种依赖我们自身的才能、通过我们自己的努力而获取的幸福才是真正的幸福，它与我们融为一个整体，它在我们身上染上的颜色比羊毛染上的颜色还要牢。古时候有一个智者，遭遇了海难，变得一无所有，最后他一丝不挂地游到了岸边，而此时他却说："我并没有损失什么，我全部的财富都带在身上。"对瓦格纳①来说，他真正的财富就是他的音乐；对米开朗琪罗来说，他真正的财富就是他创作的那些画和那些雕塑；对一个拳击手来说，他的财富就是他的拳头、他的腿脚以及他因此而取得的一切成就。上述这些财富与金钱和王冠迥然不同，它们带给人的幸福是金钱和王冠所不能比的。赚钱的渠道有千万种，真正懂得赚钱之道的人，即便损失了一切也依然是富有的。

古代的智者努力追求幸福，当然，他们追求的是自己的幸福，而不是邻人的幸福。而今天的人们自以为聪明，认为个人的幸福不值得追求，他们中甚至有人说美德与幸福势不两立，不可共存。还有人在鼓吹，人民的幸福才是个人幸福的真正源泉，只有先实现了人民的幸福，个人才能获得幸福。这无疑是无稽之谈，甚至是别有用心。向周围的人灌输幸福，就好比是向竹篮子里灌水，结果只能白费力气。一个对自己都感到厌烦的人，你怎么逗他他都不会乐。要成为一个音乐家，就必须真正地对音乐感兴趣，而这种兴趣绝不是靠别

---

① 瓦格纳：德国古典音乐大师，德国歌剧史上承前启后的人物，将浪漫主义歌剧推至巅峰。代表作品有：《特里斯坦与伊索尔德》《黎恩济》《漂泊的荷兰人》《尼伯龙根的指环》等。

人灌输的,而是你自身就有的或是主动寻求的。所以,在沙漠里播种是一种愚蠢的行为。此时,我想起了以前读过的一则寓言,这个寓言告诉我们,内心贫瘠的人也没有能力接受任何东西。相反,自身强大而幸福的人,在得到外力相助时会变得更加强大、幸福。两个幸福的人在一起,可以相互从对方身上汲取力量、汲取幸福。当然,一个人必须首先自己幸福才能给予别人幸福。有抱负的人应该认识到这一点,免得误入歧途。

在我看来,切身的、个人的幸福不仅与美德不相违背,而且它本身就是一种美德。如果我们追溯"美德"这个词的历史,我们便会发现它原本就有"力量"的意思,而力量恰恰是幸福的标记。真正幸福的人,在失去一切外在的幸福时总是显得那么淡定,对他来说,外在的幸福就像衣服一样可以随时脱去。然而,他真正的幸福,也即他真正的财富,决不会被他扔掉,他也无法将它扔掉。一个士兵,只有当他阵亡的时候,他的幸福才跟着他一同阵亡;一个飞行员,只有当他驾着飞机撞毁在地面的时候,他的幸福才跟着他一起撞毁。他们切身的幸福同他们的生命一样与他们结为一体,作战时,幸福就是他们的武器。真正的英雄,即便战死沙场也是幸福的。不过,在这里我要借用斯宾诺莎的说法来纠正一个传统的观念。传统的观念认为,一个人正是因为为国家献出了生命他才感到幸福。而真实情况恰恰相反,正是因为他是幸福的他才甘愿为国家献出生命。愿我们将这个道理编织进十一月的花环[①]。

1922年11月5日

[①] 1918年11月11日,德国政府代表埃尔茨贝格尔同协约国联军总司令福煦在法国东北部贡比涅森林的雷东德车站签署停战协定,德国投降,第一次世界大战宣告结束。于是,每年的11月11日成了一战停战纪念日,每年的这个时候法国民众都会为阵亡将士鲜花,以示纪念。

九十　幸福即慷慨

幸福需要我们拿出诚意并付出努力。那种以旁观者的心态坐等幸福来到自己身边的人，最后必然会感到失望。一个不懂得控制自己情绪的人，动不动就暴跳如雷，火冒三丈，这样的人最终会以泪洗面，陷入悲观的境地。我们可以从小孩子身上看到这一点。一个孩童，正处在贪玩的年龄，如果这时候你把他锁在屋子里，不让他出去玩，他肯定会因为无事可做而坐立不安，甚至是发疯都有可能。游戏对于孩子们的吸引力不同于水果对于饥饿的人的吸引力。看到别的孩子在游戏中玩得很高兴，自己也想参与其中，而且他确定自己同样可以在游戏中获得快乐。孩子的这种自信决不是毫无根据，而是有着坚实的基础的，打陀螺、推铁环、互相追逐打闹，这些都是看得见摸得着、可以立即付诸实施的行为，在这些活动中孩子们必然会感到快乐。社交带来的快乐也是如此。许多人聚在一起谈天说地，畅聊人生，世上还有比这更惬意的事吗？不过，这里面有个前提，那就是人人都要穿着得体，遵守社交礼仪，而这个前提正是社交乐趣的基础保障。久居大城市的人向往乡下人的生活和乡村的风光，但他必须亲自来到乡下，才能享受到乡下的一切，才能切实感受到这一切给他带来的快乐。我认为，但凡我们做不到的事情我们都不会花太多心思去想它。同样，如果没有实际的努力作为基础，再好的希望也会变为失望。那些不知道付出，只等着天上掉馅饼的人，最后必定会陷入悲惨的境地。

我们都熟悉家庭里的那些"暴君"，他们都是些自私的人，只想着自己方不方便，不问别人高兴不高兴。他们受着情绪的驱使，总是把自己的意志强加在其他人的身上，而即便人家都照着他们的意愿去做，他们还是会感到不满意。长期以来，我们都以为正是因为他们是自私的人他们才这么做，而实际上并非如此。自私者之所以会抱怨这抱怨那心情不佳，是因为他们只知道坐在那里等待，而不知道主动去寻求幸福。生活中难免会有不如意的地方，然而对于自私的人来讲，即便没有这些不如意，他们也会感到烦躁，对生活充满抱怨。所以，自私者强加给爱他的人或怕他的人的实际上是他的那种厌烦的心态和不满的情绪。相反，那些性情温和、懂得控制自己情绪的人，不仅是很好相处的，而且是十分慷慨的，他们善于给予而不善于索取，他们给予别人的东西比别人给予他们的东西要多得多。为他人的幸福着想这本没有错，但我们常常忽略了一个更重要的道理，那就是：我们自己必须幸福才有可能使我们所爱的人幸福。

礼貌是我们走向幸福的第一步，它是幸福的外观。在与人相处时，当我们的一言一行都表现出礼貌时，对方很快就会感受到，并以同样的方式把他们的感受回馈给我们。这是人际关系中重要而恒定的法则，可惜经常被遗忘。对年长者来说，年轻人在他们面前露出灿烂的笑容，释放出青春的活力，这是对他们最大的尊重，是最有礼貌的体现。这种礼貌仿若神的恩赐，给人惊喜，又如潺潺的泉水润人心田，沁人心脾。当一个人越是变得年老，就越是应该保持这种礼貌、这种优雅。家人或朋友为你烧了一桌菜，你当着他们的面大快朵颐，没有一丝厌烦的情绪，那么无论你的这些家人或朋友平时多爱发牢骚，脾气多不好，他们这时候都会十分开心。你开心的样子感染了他们，使他们暂时忘却了平日的烦恼和习惯性的悲伤。我们在阅读一部作品时体验到的那种快乐，早在作品形成时就被作者体验过了。作者在选词造句时感受到的那份兴奋和惊喜同样会传达给读者。一切装饰都是快乐的表现。别人要求于我们的，不是别的，正是我们自己感到满意的那种东西。从这个意义上说，礼貌无疑是最佳的处世之道。

1923年4月10日

九十一　幸福之道

我们应该教给孩子们幸福之道。我不是要求大家学会苦中作乐，那是斯多葛学派的做法，不是我要表达的意思。我所谓的幸福之道是指，我们要以乐观的心态去面对生活中的小小烦恼，如果生活还算过得去，如果遭受的苦难还可以忍受，我们就应该对生活心存感激，始终保持一份愉快而淡定的心情。

获得幸福的第一个法则就是：永远不要向别人讲述自己的不幸，不论这种不幸发生在过去还是现在。当着他人的面倒苦水，说什么自己头疼心乱、胃部不适、消化不良，这些都是不礼貌的行为，即便你的语气再轻柔再缓和。同样，你也不应该向对方抱怨你受了不公正的对待，不能拿着自己失望的情绪去打搅人家。抱怨只会让人感到厌烦，引起别人的不快。有些人或许愿意倾听你的哭诉，甚至可能给你些许安慰，但那只是出于礼貌的表现，他的内心未必真是这么想的。所有的人，无论他是成年人还是小孩子，也无论他是年轻人还是老年人，都应该把这一点牢记在心里。悲伤是一种毒品，它会让人上瘾，一个人坠入伤心之河而不能自拔，这会对他的健康造成巨大的伤害。然而在快乐面前，悲伤会自惭形秽，抬不起头来。每个人都喜欢生而害怕死。每个人都喜欢同"活着"的人在一起——我这里所说的"活着"不是指机体的存续状态，而是指精神的活力，一个内心快乐外表看起来也快乐的人，才是我所说的真正"活着"的人。倘若每个人都能为火堆加把柴火而不是对着灰烬哭泣，我们所生活的这个世界就会变得更美好！

我上面讲到的这些原则，其实都是上流社会在早前奉行的生活原则。只不过后来大家感到这些原则约束力太强，使人无法自由地表达自己的想法，于是大家就有了厌倦的情绪和抵触的心理。这时有人提出要对这些原则进行松绑，要求人们不必太拘泥于形式，不必太拘于小节，大家应该打开心扉，坦诚相待，畅所欲言，各抒己见。这无疑是一件好事，不过需要注意的是，不能就此以为我们可以恣意抱怨，乱发牢骚，这样只会使大家更加不愉快。其实我倒有个主意，我们不妨走出家庭，参加更多的社会活动，扩大自己的社交圈子。家庭这个圈子实在太小，成员与成员之间太过熟悉，仗着血缘关系，一个人很容易就会恣意妄为，大事唠叨小事也唠叨，丝毫不考虑别人的感受。而一旦融入了社会，需要交往的人会更多，面对的事情必然会更加复杂，这时我们就会把全部的精力都投入到谋划、谈判、组织、执行等等事务中，从而也就无暇顾及那些鸡毛蒜皮的小事和生活中遇到的小小的不如意了，这样也就必然会减少许多不必要的抱怨。而一个人为了更重要的目标而做出的那些努力、所吃的那些苦，最终都会转化为快乐。这里我们便有了获得幸福的另一个法宝，即：如果你不去谈你的那些小小的不幸，它们就会渐渐地被你忘掉。

在本文的最后，我想再谈一下如何面对坏天气这个问题。刮风下雨，电闪雷鸣，这都是自然现象，人力不可控制，更无法主宰。如果一个人在面对糟糕的天气时依然能面带微笑保持愉快的心境，那么可以说他已经掌握了幸福之道。在我写下这些文字的时候，窗外正飘着雨。雨水滴滴答答地打在房顶上，化作成成百上千条细流从房顶流下。雨后的空气是如此清新，仿佛被过滤过一般。西边的天空上依然飘着几团乌云，远远地看上去就像是尊贵的华衣。这是多么奇妙、多么壮观的一幅美景！然而有人却担心地说："这会毁坏庄稼的收成！"另一个人则抱怨说："满地里都是泥水，到处都是脏兮兮的！"又有一个人叹息道："要是天晴了该有多好，那样就可以到草地上玩耍了！"尽管他们说的都是事实，但依然于事无补。这种抱怨就像大雨一样把我淹没，甚至我回到了家，耳边还响着那令人不快的噪音。越是糟糕的天气，人们就越是渴望看到微笑的脸庞，我们就越是需要保持愉快的心情。

1910年9月8日

九十二　幸福是一种义务

做一个不快乐的人或是做一个满腹牢骚的人，这很容易，你只需坐在那里，像一个王子一样等待别人来取悦你就可以了。你坐在那里被动地等待幸福，你把幸福当成商品一样看待，你对待幸福的这种态度决定了你阴郁的心境，所有事物在你眼里都黯然无光。你以一种高高在上的姿态俯视一切，嘲笑一切。就像儿童利用沙子建造出城堡一样，灵巧的工人利用自己的双手创造出自己的幸福。你对这样的幸福嗤之以鼻，甚至是感到愤怒。你对生活感到厌倦，你讨厌一切，包括你自己。经验告诉我，像你这样的人永远体验不到幸福。

事实上，幸福是美丽的，在这个世界上，再也没有什么东西比幸福更美丽了。你看那个天真无邪的孩子，他玩起游戏来是多么认真，多么忘我。他一个人在那里玩，并不需要别人来逗他。当然，一个硬币总是有两面，当他发起脾气来，谁都哄不好。可是小孩子的心情总是变化很快，他很快便将刚才的不快忘得一干二净。有些成年人，甚至连小孩子都不如，小孩子哭泣了过一会就没事了，可是成年人却发誓要将生气进行到底，而且他们总有那么多漂亮的理由。时光易逝，快乐难寻，幸福的获得需要我们付出艰苦的奋斗和真诚的努力。在通往幸福的道路上，我们可能遭遇失败，就此一蹶不振。的确，在通往幸福的道路上横亘着许多难以逾越的障碍，充满了太多的挑战，这些障碍和挑战巨大无比，以至于连以"苦行僧"著称的斯多葛派哲学家都难以承受。然而，作为一个堂堂正正的人，我们的义务就是要竭尽全力与困难做斗争，争取不被困难打倒。最最重要的是，我们要有一颗志在必得的心，我们必须对幸福有着强烈的渴望，并且不怕付出。

幸福不仅是我们自己的追求，也是我们对别人的义务，对于后面这一点很多人都没能意识到。人们常说，只有幸福的人才能得到别人的爱，但很多人忘了，这是他们理应得到的回报。我们当前的空气里充满了太多的牢骚、抱怨、绝望、不满和忧郁，压得我们喘不过气来。就在这时，幸福的人面带微笑，来到我们的身边，像清风一样吹走罩在我们头顶的情绪的雾霾，净化了环境，净化了我们的生活。他们给予我们这么多，我们理应感谢他们，给他们带上桂冠和花环。在爱情中，还有比发誓给对方带来幸福更令人感动的吗？所有人都要铭记，幸福，那种通过自己的努力而获得的幸福，是一个人能给这个世界带来的最美丽、最珍贵的礼物。

我甚至曾经做过设想，要给那些下定决心选择快乐、追求幸福的人颁发一个公共荣誉奖。曾几何时，整个欧洲都变成了战场；目光所及之处，横尸遍野，满目疮痍；巨额的军费开支让国库几乎处在亏空的状态，老百姓苦不堪言；那些防御性的进攻显得十分荒谬、愚蠢。而在我看来，所有这一切都是那些自己不快乐也不让别人快乐的人干的。我小的时候身体很胖很壮，一般人都打不过我。由于体重过重，我走起路来十分困难，这直接影响了我的性格，让我变得很沉稳，再急的事也能耐住性子。或许正是这个原因，我经常受到一个比我瘦弱的小孩的欺负。那个孩子之所以那么瘦，现在想来，大概是因为他心情不好，总是郁郁寡欢吧。当时，他揪我的头发，掐我的胳膊，想着法子捉弄我。有一次我实在是受不了了，就挥起拳头，狠狠地揍了他一顿，打那以后，他就再也不敢欺负我了。现在，每当有人鼓吹战争已经迫在眉睫，需要积极备战时，我都会背过脸去，听都不听。因为我知道，这些人都是战争贩子，他们自己不幸福，也容忍不了别人幸福。现在，在我看来，暂处和平中的法国和德国就好比是健壮的孩子，几个居心不良的、讨人厌的孩子老是来纠缠他们，一旦把他们惹怒了，超过了他们忍受的极限，他们就会用力反击，将其赶尽杀绝，化为灰烬。

1923年3月16日

九十三　誓言的力量

悲观总是情绪在作怪，而乐观则来自于意志的作用。一个任由自己情绪摆布的人，必然会陷入悲伤，进而转入愤怒。孩子们的游戏为我们观察情绪的影响提供了一个绝佳的窗口。在玩游戏时，倘若孩子们不受规则的约束，局面很快就会失控，他们肯定会打起来——不受控制的行为最后都会让人自食其果。从本质上说，并不存在所谓的好情绪，只要是情绪，就都是坏的。所以，要获得幸福，就不能仰赖有个好情绪，理智也帮不了忙，而只能求助于伟大的意志力和自控能力。不快乐的人总能找出一大堆不快乐的理由，他讲起自己的不幸来就像是在演电影，那么逼真，那么生动，听的人很容易被感染，从而奉上怜悯和同情。这种人再发展下去，就是疯子一个。快乐或者说乐观的人也有一种感染力，不过它带给人的不是疯狂而是平静和安慰，忧郁的人在它面前会自动退缩。当情绪发作时，你总能从它身上听到哀嚎声，扰得人不得安宁。这说明情绪不仅自身是一种病，它还会传染给别人，让别人跟着它一起生病、遭罪。很多人都有过失眠的经历。躺在床上，想睡却睡不着，那种痛苦的感觉让人想死的心都有。不过，这个问题并不是不可解决，解决之道即在于学会自我控制。自我控制是我们生存的一部分，学会自控有助于我们提高生命的质量，让我们更安全、更惬意地生活在这个世界上。当务之急就是采取行动。一个正在锯木头的人，他的头脑里不会有杂七杂八的想法，而正在围猎的猎狗它们也决不会当场撕咬起来。道理就在于：行动要求我们专注于一件事，从而不给我们胡思乱想的机会。其实，处在清醒状态下的思想本身就有镇静的作用，因为它需要根据实际形势的变化不断作出选择。让我们再回到失眠这个问题。你躺在床上，等待入睡。你命令自己不许翻来覆去，想东想西。可是你控制不了自己，依然在那里搬拳弄腿，胡思乱想。那些动作让你苦不堪言，那些想法像小虫子一样啃噬你。你开始怀疑朋友,怀疑人生,怀疑人世间的一切。你总是想到事情坏的一面,你在自己的眼中是那么愚蠢,那么可笑。这种感觉是如此强烈,以至于你想从床上爬起来,冲出房外。可是,现在是深夜,外面漆黑一片,你什么也干不了。

在幸福这个问题上,我们要相信誓言的力量,懂得发誓。我们要发誓让自己快乐起来,发誓使自己幸福起来。乍一看这很奇怪,但细想一下又不无道理。我们要成为自己的主人,要勇于拿起鞭子,狠狠地抽打在我们身体内哀嚎的那只狗。同时,我们还必须使自己明白,任何负面的想法都是虚妄的、误导人的。做到这一点很重要,因为一旦我们的大脑被消极的想法占据,我们便没有心思干别的事了,这势必会给我们带来不幸。思想本身并不致命,致命的是消极的思想给我们带来的那些消极的心态,也即一系列或悲伤或愤怒或无聊的情绪。人一旦放松自己,就很容易入眠,而一旦进入了幸福的睡眠状态,除了梦,一切想法都会荡然无存。反过来说也是成立的。也就是说,一旦我们拒绝了胡思乱想,我们就会慢慢的进入那种懒洋洋的、软绵绵的、迷迷糊糊的状态,这种状态并不会持续太久,很快就会把我们送入梦乡。思想的大忌就是想什么都只想一半。我们只能在两种出路中做选择:要么彻底想清楚,要么什么都不想。当我们什么都不想的时候,我们也就离入睡不远了。而那些替人解梦的人,总是把每一个事件都看成是某种信号。当我们给本是虚妄的事物赋予太多意义的时候,不幸就降临了。

1923年9月29日

江苏文艺
世界大师
果壳宇宙

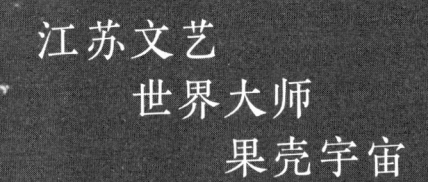

热情
情怀 勤勉 革新
善良 豁达 澄明 睿智
沉稳 平衡 神秘
浪漫

人类的过去，书写在这里；你的未来，藏在你读过的书中。

人类是一根连接在兽类与超人中间的绳索——
一根悬于深渊上的绳索。
人类之伟大，在于它是桥梁而非终点；
人类之可爱，在于它是过渡也是没落。

每个不曾起舞的日子都是对生命的辜负/尼采

荣光时刻/丘吉尔

不要因为走得太远而忘记为什么出发/纪伯伦

这里有我对生命全部的爱/加缪

这个世界既不属于富可敌国者,
也不属于权势滔天者,
它属于那些有心人。

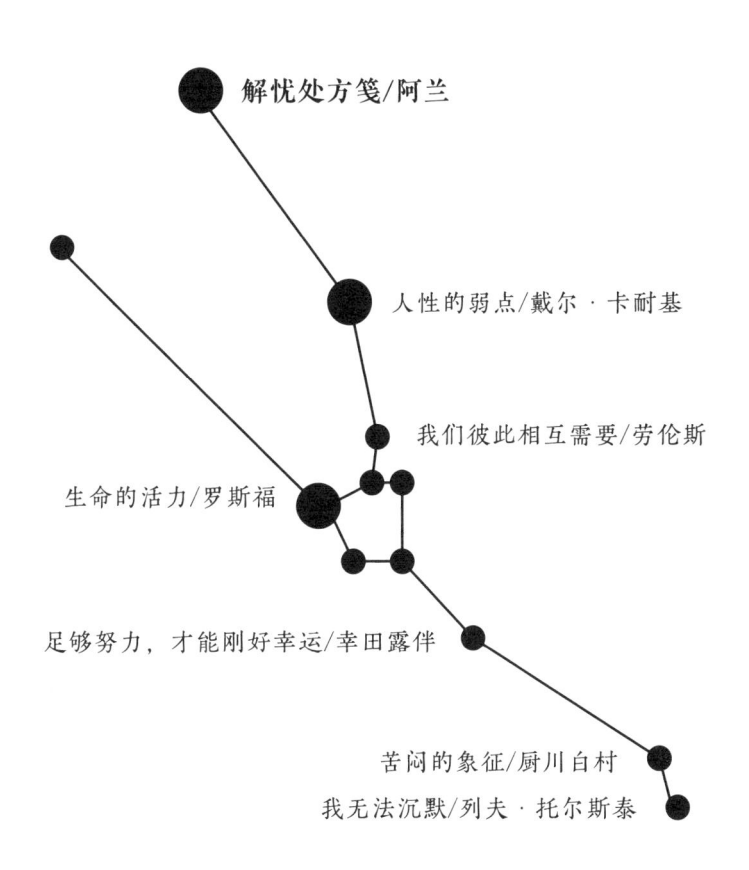

解忧处方笺/阿兰

人性的弱点/戴尔·卡耐基

我们彼此相互需要/劳伦斯

生命的活力/罗斯福

足够努力,才能刚好幸运/幸田露伴

苦闷的象征/厨川白村

我无法沉默/列夫·托尔斯泰

生活的不确定性，正是希望的源泉。

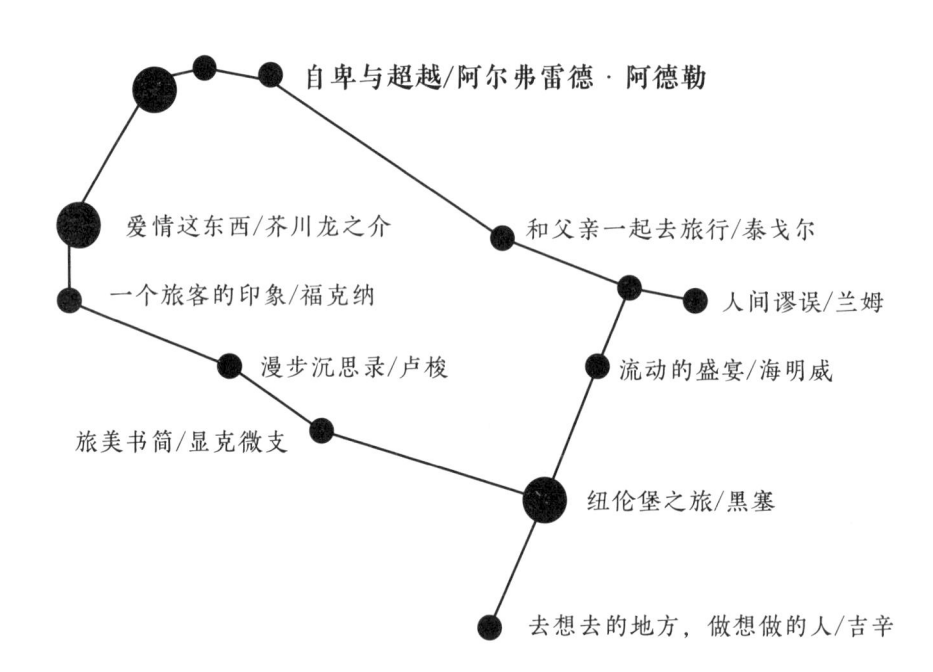

自卑与超越/阿尔弗雷德·阿德勒

爱情这东西/芥川龙之介

和父亲一起去旅行/泰戈尔

一个旅客的印象/福克纳

人间谬误/兰姆

漫步沉思录/卢梭

流动的盛宴/海明威

旅美书简/显克微支

纽伦堡之旅/黑塞

去想去的地方，做想做的人/吉辛

坚定你的信念吧,天会破晓;希望的种子深藏于泥土,它会发芽;
白天已近在眼前,那时——
你的负担将变成礼物,你受的苦将照亮你的路。

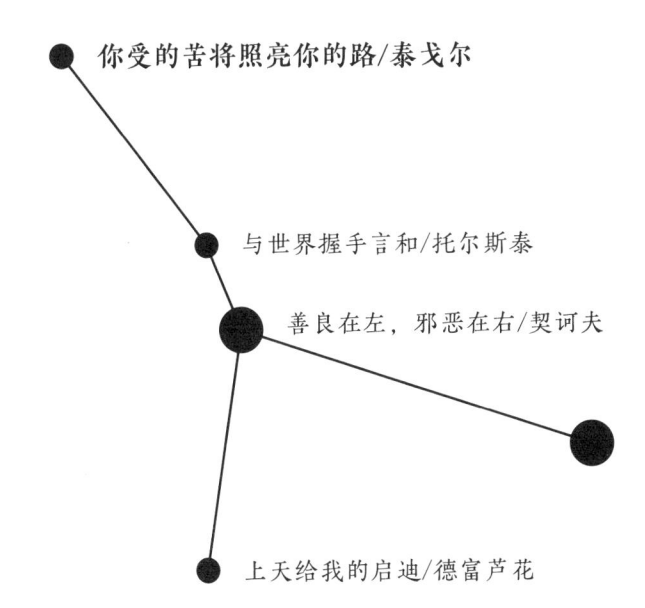

你受的苦将照亮你的路/泰戈尔

与世界握手言和/托尔斯泰

善良在左,邪恶在右/契诃夫

上天给我的启迪/德富芦花

诗意地理解生活,理解我们周围的一切——
这是童年最可宝贵的馈赠。

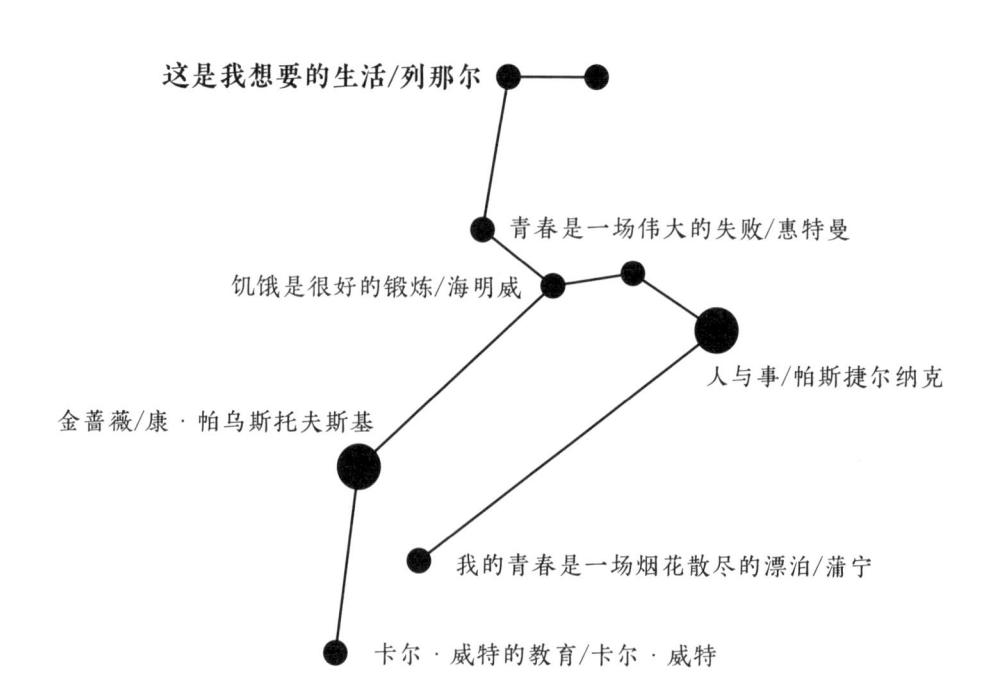

这是我想要的生活/列那尔

青春是一场伟大的失败/惠特曼

饥饿是很好的锻炼/海明威

人与事/帕斯捷尔纳克

金蔷薇/康·帕乌斯托夫斯基

我的青春是一场烟花散尽的漂泊/蒲宁

卡尔·威特的教育/卡尔·威特

我们在这世上的时日不多，
不值得浪费时间去取悦那些卑劣庸俗的流氓。

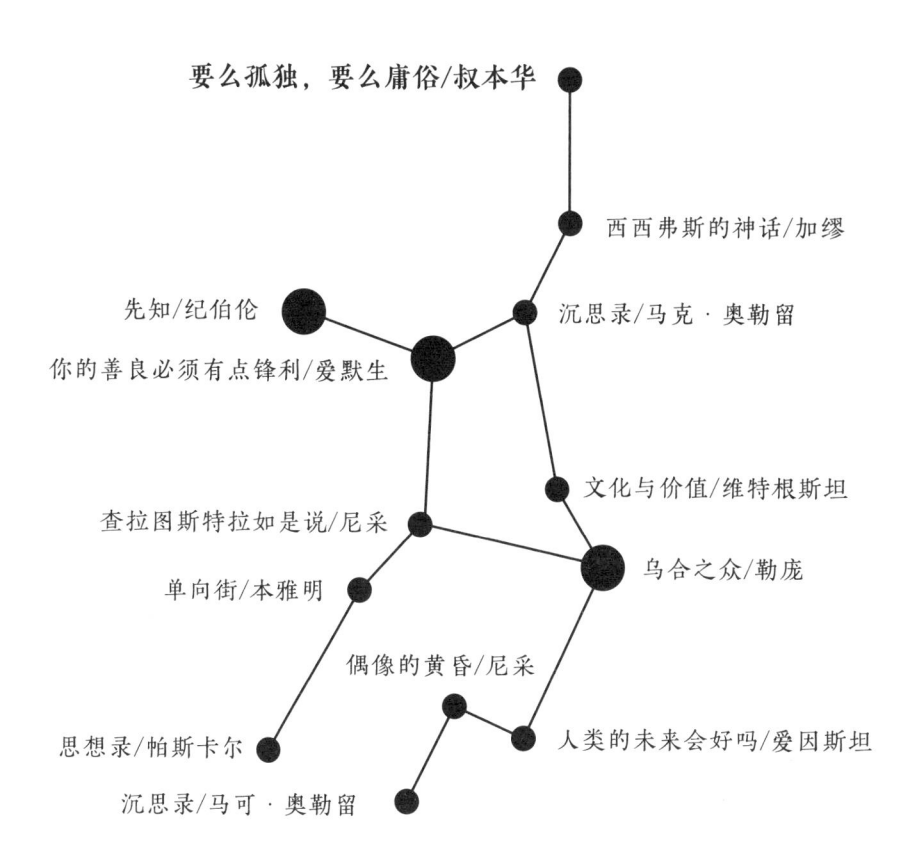

要么孤独，要么庸俗/叔本华

西西弗斯的神话/加缪

先知/纪伯伦

沉思录/马克·奥勒留

你的善良必须有点锋利/爱默生

文化与价值/维特根斯坦

查拉图斯特拉如是说/尼采

乌合之众/勒庞

单向街/本雅明

偶像的黄昏/尼采

思想录/帕斯卡尔

人类的未来会好吗/爱因斯坦

沉思录/马可·奥勒留

平衡

"可能"问"不可能"道："你住在什么地方呢？"
答曰："我就在那无能为力者的梦境里。"

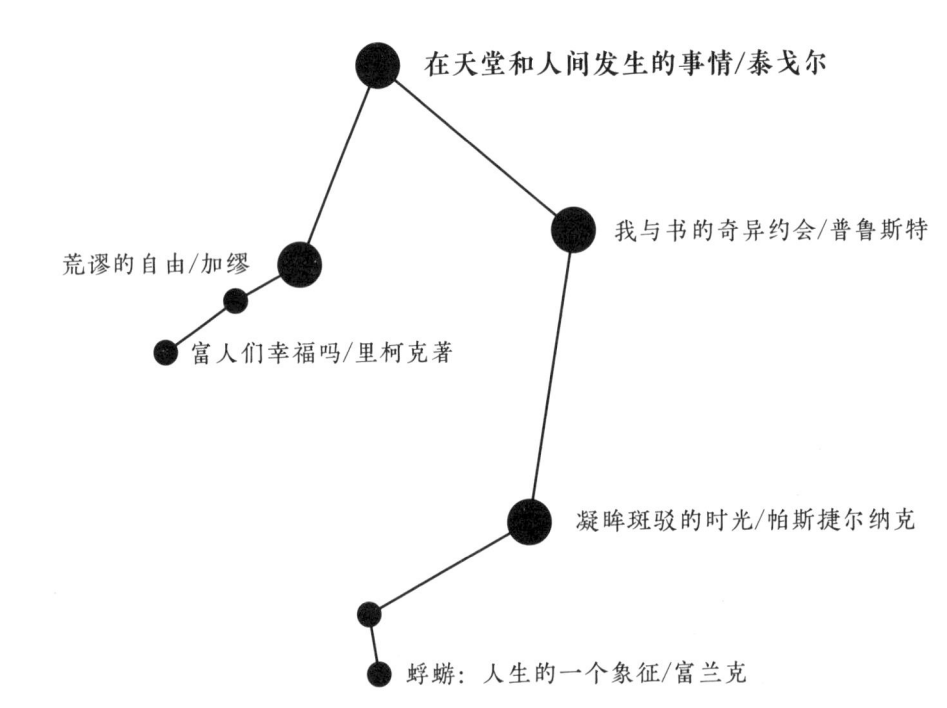

在天堂和人间发生的事情/泰戈尔

我与书的奇异约会/普鲁斯特

荒谬的自由/加缪

富人们幸福吗/里柯克著

凝眸斑驳的时光/帕斯捷尔纳克

蜉蝣：人生的一个象征/富兰克

Libra

这莫名其妙的世界啊，无论如何令人愁肠百结——
她，总还是美的。

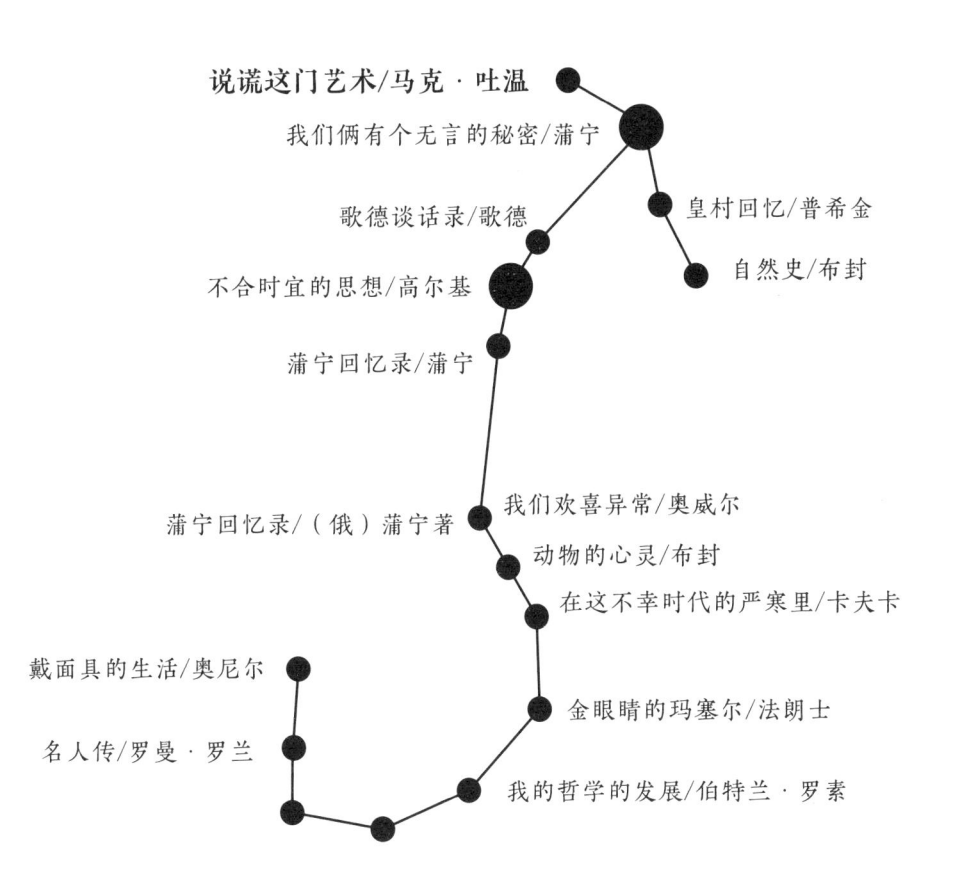

说谎这门艺术/马克·吐温

我们俩有个无言的秘密/蒲宁

歌德谈话录/歌德

皇村回忆/普希金

不合时宜的思想/高尔基

自然史/布封

蒲宁回忆录/蒲宁

我们欢喜异常/奥威尔

蒲宁回忆录/（俄）蒲宁著

动物的心灵/布封

在这不幸时代的严寒里/卡夫卡

戴面具的生活/奥尼尔

金眼睛的玛塞尔/法朗士

名人传/罗曼·罗兰

我的哲学的发展/伯特兰·罗素

世界上最宽阔的是海洋，
比海洋更宽阔的是天空，
比天空更宽阔的是人的胸怀。

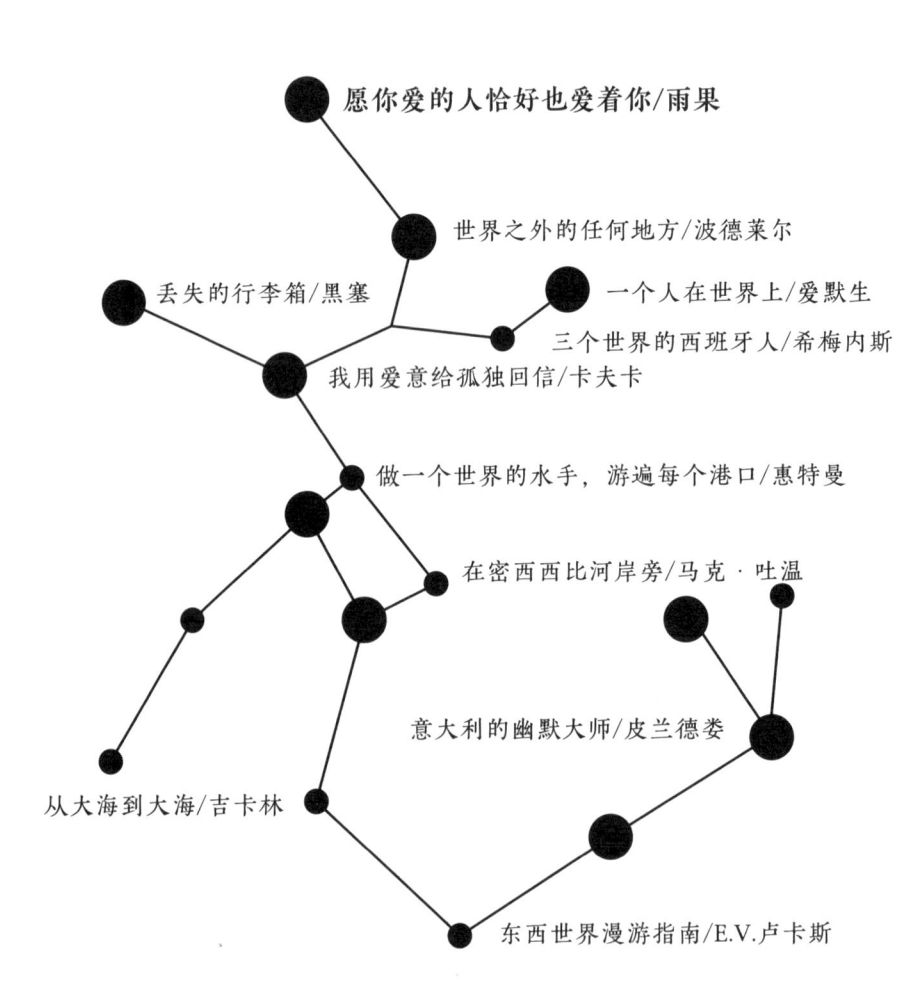

愿你爱的人恰好也爱着你/雨果

世界之外的任何地方/波德莱尔

丢失的行李箱/黑塞

一个人在世界上/爱默生

三个世界的西班牙人/希梅内斯

我用爱意给孤独回信/卡夫卡

做一个世界的水手，游遍每个港口/惠特曼

在密西西比河岸旁/马克·吐温

意大利的幽默大师/皮兰德娄

从大海到大海/吉卡林

东西世界漫游指南/E.V.卢卡斯

Sagittarius

谁将声震人间,必长久深自缄默;
谁将点燃闪电,必长久如云漂泊。

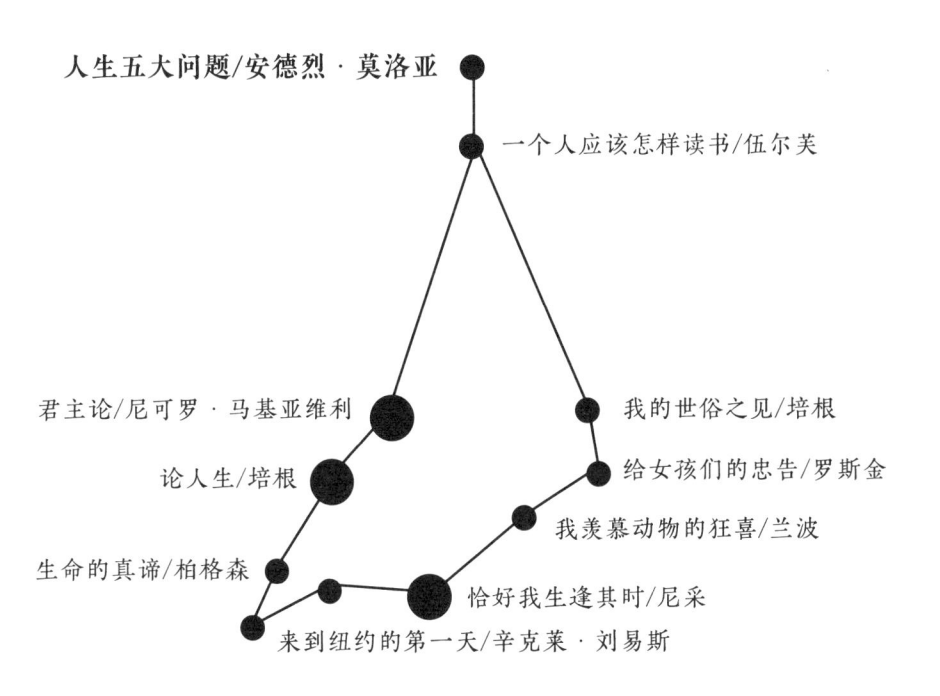

人生五大问题/安德烈·莫洛亚

一个人应该怎样读书/伍尔芙

君主论/尼可罗·马基亚维利

我的世俗之见/培根

论人生/培根

给女孩们的忠告/罗斯金

我羡慕动物的狂喜/兰波

生命的真谛/柏格森

恰好我生逢其时/尼采

来到纽约的第一天/辛克莱·刘易斯

我们的整个生命是一场惊人的道德之争，
人，你本该活得荣耀。

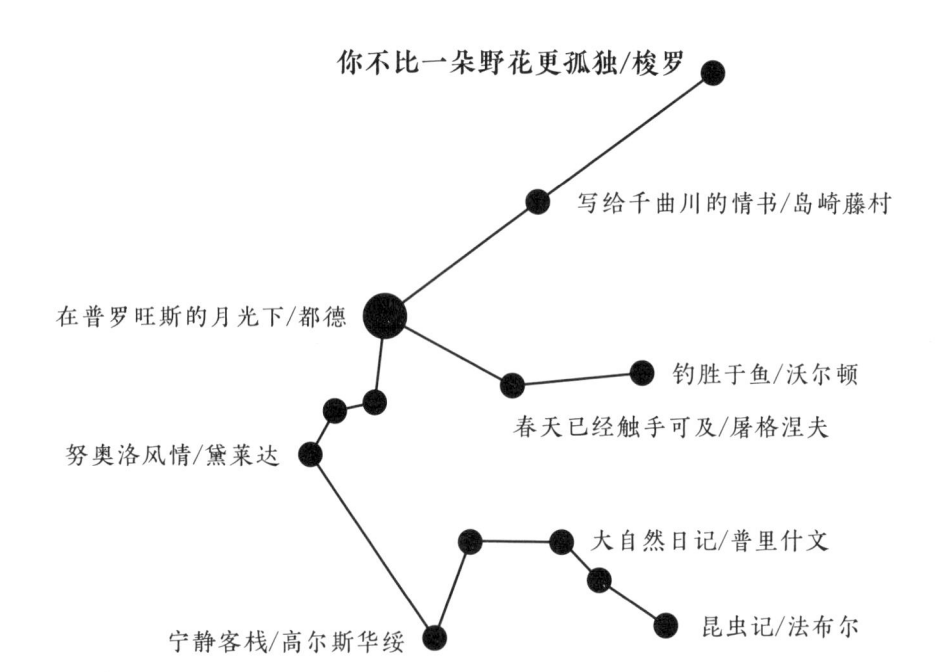

你不比一朵野花更孤独/梭罗

写给千曲川的情书/岛崎藤村

在普罗旺斯的月光下/都德

钓胜于鱼/沃尔顿

春天已经触手可及/屠格涅夫

努奥洛风情/黛莱达

大自然日记/普里什文

宁静客栈/高尔斯华绥

昆虫记/法布尔

Aquarius

你我相知未深,

因为我不曾与你同在一片寂静之中。

我想为你连根拔除寂寞/夏目漱石

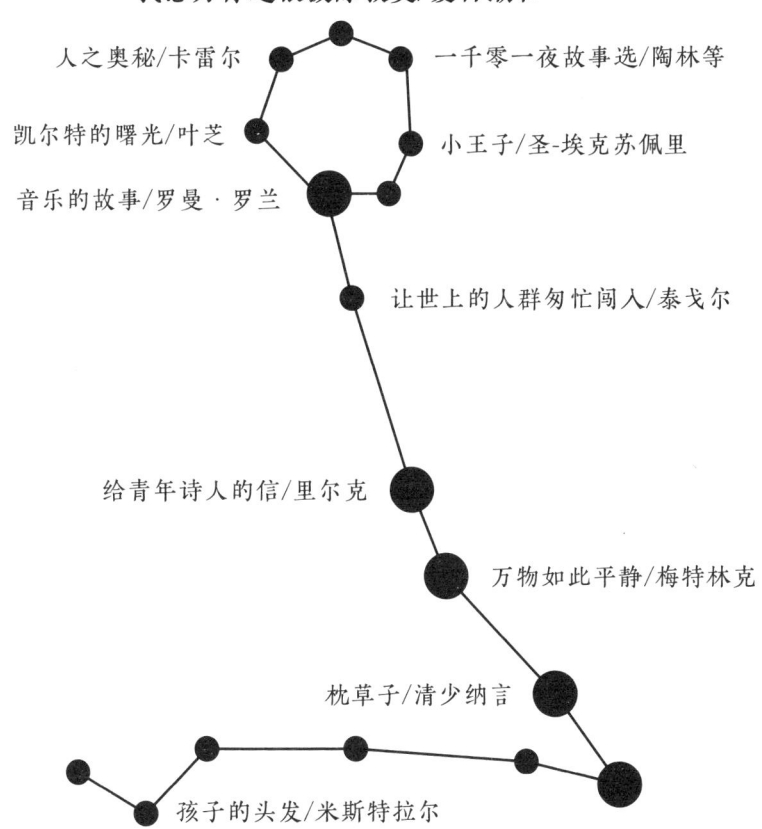

人之奥秘/卡雷尔

一千零一夜故事选/陶林等

凯尔特的曙光/叶芝

小王子/圣-埃克苏佩里

音乐的故事/罗曼·罗兰

让世上的人群匆忙闯入/泰戈尔

给青年诗人的信/里尔克

万物如此平静/梅特林克

枕草子/清少纳言

孩子的头发/米斯特拉尔

Pisces

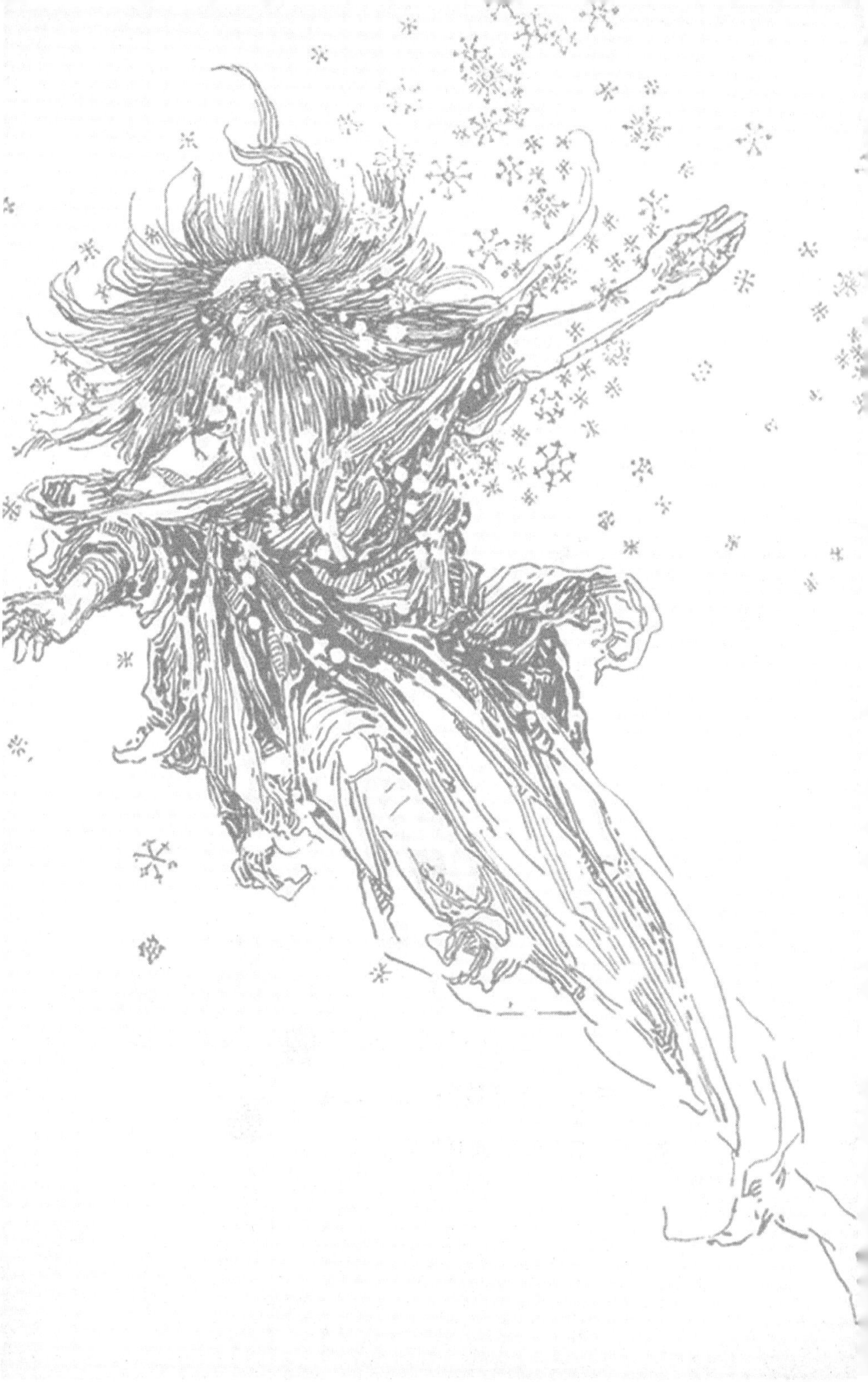